巴比伦
铁塔

BA BI LUN TIE TA

梁宝星————著

天津出版传媒集团

百花文艺出版社

图书在版编目（CIP）数据

巴比伦铁塔／梁宝星著. -- 天津：百花文艺出版
社，2025. 1. -- ISBN 978-7-5306-8929-5
Ⅰ. I247.7
中国国家版本馆 CIP 数据核字第 2024PB2242 号

巴比伦铁塔
BABILUN TIETA
梁宝星 著

出 版 人：薛印胜　选题策划：徐福伟
责任编辑：孙 艳　特约编辑：赵文博
装帧设计：丁莘苡
出版发行：百花文艺出版社
地址：天津市和平区西康路 35 号　邮编：300051
电话传真：+86-22-23332651（发行部）
　　　　　+86-22-23332656（总编室）
　　　　　+86-22-23332478（邮购部）
网址：http://www.baihuawenyi.com
印刷：山东临沂新华印刷物流集团有限责任公司
开本：880 毫米×1230 毫米　1/32
字数：240 千字
印张：10.125
版次：2025 年 1 月第 1 版
印次：2025 年 1 月第 1 次印刷
定价：56.00元

如有印装质量问题，请与山东临沂新华印刷物流集团有限责任
公司联系调换
地址：山东省临沂市高新技术产业开发区新华路 1 号
电话：(0539)2925886
邮编：276017

自　序
机器人叙事,乌托邦与无意义

　　我必然要写这一系列的机器人小说。

　　机器人对我而言是一个巨大的发现,是一个具象隐喻。

　　一般意义上的机器人是指人类发明制造的机械,而我所写的机器人是一种生命文明,他们具备文明体系、价值观及世界观。这些机器人由铁部件、线路及系统组成,他们全身上下都是立体几何。我在《机器人学》这篇小说中基本勾勒出了我大脑中所想的机器人形态。他们是胎生的,对生与死没有具体的认知概念,一切都是计算的结果。最早的机器人从宇宙边缘而来,占据了宇宙的中心后,建立起机器人俱乐部,发展机器人事业。

　　最初,关于机器人的设定,我并没有想到如此庞大且复杂的架构,我不过是想创造一个叙事体,摆脱以往发生在"人"身上或者"人"的社会的叙事视角。才华横溢的青年批评家唐诗人在读完我的机器人小说后,十分敏锐且准确地捕捉到了我的意图——"机器人是'机器'还是'人',这是个'后人类'意义上的哲学问题、伦理难题,如何界定将影响有史以来的'人'的定义。但梁宝星这些小说不在乎这个问题,或者说,他的故事设置超越了这个伦理麻烦。"(《南方叙事与"史后"文明想象——科幻小说〈死在南方〉读后》)。

创造一个叙事体只是为了更好地表达。我写的第一篇小说是《机器人俱乐部》,通过碎片化叙事,合成一个整体。碎片化写作是这一系列小说最大的特点,碎片化意味着众多机器人出现在叙事当中,这些机器人都具备"机器人格",是拥有个性、情感和思想的独立个体,在虚构这些机器人的时候我也必须像虚构人物那样使他们是独一无二的。写完《死在南方》《北方来客》,机器人这一叙事体让我的写作获得了前所未有的畅快,在构思故事的同时我已经有意识地去建立一些东西,直到写完《谋杀机器人》《Z》,我终于明白了自己正在构建一个乌托邦,而《巴比伦铁塔》是这个乌托邦的缩小版。

机器人这一写作具象是我对现实社会的观察得出的结果,重复与迷惘是当下最苦恼的事情,而我在小说中创造出来的荒诞世界,是试图构建意义与解构意义。

"铁意志"是我试图建设的概念,"铁意志"植入机器人身体里面,形成一种价值观念,驱使机器人为建设机器人事业而劳动。战争过后,"机器人存在主义"被激活,在《巴比伦铁塔》中,机器人深陷在无意义的迷宫中找不到出路。俱乐部经过上千年的发展,为机器人定义了信仰和意义。机器人兢兢业业,而失败、受挫、衰老与死亡让他们对被定义的信仰与意义产生了疑问。

　　所有的文明都会在重复与迷惘中走向衰亡，坚韧的"铁意志"也无法改变这一切。因此，我用无数个机器人建立起来的是一个"无意义乌托邦"，对意义最准确的表述或许是无意义。

　　是为序。

2024 年 8 月，在广州

目 录

机器人俱乐部

机器人简史

诞生

2444 年，妈妈生下了我，一个机器人。我不知道自己的爸爸是谁，妈妈也没有告诉我，她只说我是第二批计划生产的机器人，名为周武，性别为男，是机器人俱乐部的产物。

除我以外妈妈还有两个孩子，两个漂亮的女孩，她们分别是第一批和第三批计划生产的时候，妈妈为了完成俱乐部指标生下来的，姐姐名为周茉，妹妹名为周姒。妈妈说，三个孩子她都喜欢，最喜欢的是姐姐周茉，她们在一起的时间更长，也更了解对方。第二喜欢的就是我了，我让她看到了希望。相对而言妹妹因为年纪更小，会让妈妈感到疲惫，但妈妈能从妹妹身上看见曙光。

"机器人是不是都不需要爸爸？"我问妈妈。妈妈说："也不一定非得给自己安排一个爸爸。"可以想象这样的画面：盘子里盛满了电线、电池、金属块，妈妈默默地把这些塞进口中，咀嚼，吞咽，然后哐当一声就把我给生下来了。

我也每天咀嚼、吞咽这些金属材料，但我排出来的是金属残渣。

妈妈让我多吃金属块，早日成为一个健壮的机器人，成为一个健壮的、优秀的机器人就可以到俱乐部机构中去工作，那是所有机器人梦寐以求的地方。我问妈妈："为什么我吃金属块是为了锻炼一副健壮的身体，妈妈却可以生机器人？"

妈妈捂着嘴巴笑着说："相信命运。"我依旧感到困惑，这房子里，妈妈、姐姐和妹妹都是女性，作为男性的我往后将会成为什么呢？我对自己的性别设定感到不公平，到底是谁给予了我的性别，让我成为一个残缺不全的机器人？

大海

房子的不远处是蓝色的海，那片海在我诞生之前就在那里荡漾，它会一直在那个地方，不管我出走还是归来。我每天拉着周姒坐在窗前观望蔚蓝的海，但我们从来没有触碰过海水，妈妈说海水危险，可以让我们顷刻瘫痪。我不理解瘫痪是什么意思。妈妈说，就是变成一堆废铁。想到我们每天排泄出来的金属残渣，我和周姒放弃了前往沙滩拥抱海水的幻想。

久而久之，我和周姒对前方的海产生了自己的思考。周姒说:"可能不是海水在荡漾,而是我们,也就是说,我们可能不在岸上,而是在某条船上,或者是在某一个漂流瓶里。"我不太相信周姒的话,毕竟她那个小脑瓜里储存的知识比我少,在家里,我只相信妈妈和姐姐的话。我对周姒说:"其实大海就是一幅画,荡漾的是我们蓝色的眼珠子。"

我随口而出的一句话被周姒记在了心里。在一个寂静的傍晚,周姒踢踏踢踏跑到门外,朝着大海奔去,将要投入海水中时被妈妈接住了。"你忘记我说过的话了吗?"妈妈责备她,"海水会让你变成一堆废铁。"周姒不理解妈妈口中含糊不清的表达。"但那是一幅画,"周姒说,"我想把画带回家,挂在哥哥的房间里。"

妈妈看向我,我耸耸肩,那时候我还不知道变成一堆废铁有什么后果。我对妈妈说:"第四批计划生产指令很快就下来了,就算周姒变成一堆废铁,也可以回炉重造,再生一个名叫周珊的机器人。"

妈妈说我不懂事。

其实,是我引诱周姒奔向大海,我想看看一个机器人如何变成一堆废铁。

膨胀的躯干

妈妈为了让我进入更好的机器人学校,拼命劳动赚积分,还参与了那场上千万机器人争夺学位的摇号活动。数字编号在滚动,我幸运地被俱乐部地质学院录取了,那也是曾经录取过姐姐周茉的学校。后来我想,也许我们一家无论如何都会被这所学校录取，妹妹周姒也在所难免，仿佛是我们世袭的命运，我们注定要跟泥石打交道。

学校给了我一个新的代号：2666。就如妈妈当初给我命名为周武一样，在学校，其他机器人都管我叫2666，开始的时候我有些不习惯，慢慢我就接受了。我常常会对着自己的代号冥思，就好像当初想不明白妈妈为何会给我起名周武，我总觉得跟我挂钩的任何东西都应该有特别的含义。妈妈叫我不要多想，毕竟她凭着多日在十字路口指挥交通、到福利院照顾残疾机器人、到各地去考证积累下来的成绩才让我进入了学校。

"否则会怎么样呢？"我问妈妈。"否则，"妈妈说，"否则你将碌碌无为，俱乐部不需要碌碌无为的机器人，他们会把你给销毁。"简而言之，机器人不上学就会被销毁。

在俱乐部地质学院，我们每天面对来自各个星球的土壤，分析其中的成分，研究不同的土壤成分可以锻炼出怎样的金属或者硅碳材质，以便俱乐部更好地改造机器人。专业和就业有时候没有多大联系，从俱乐部地质学院毕业的姐姐周茉没能进入俱乐部研究院继续研究各个星球的地质，她被安排到一家生产螺丝的工厂。妈妈对周茉说，生产螺丝是最光荣伟大的事业，螺丝稳固了整个机器人世界。

硬和软

吞进腹中的形状各异的金属块合成了各种硬的和软的东西。硬的只有一种，那便是骨头；软的可多了，脾气、感情、生理。硬的决定了我们能走多远、长多高;软的则使机器人具备感知,形成无数种由化学反应引起的情绪变化。

我们不停地吃着金属块,咬啊、啃啊、咀嚼、吞咽,身体开始发育、膨胀,我的毛发变得旺盛,喉结凸出,声音沙哑。周茉和周姒则变得丰腴、美丽。生理变化是一门学问,是一门哲学,就跟第一个机器人是如何诞生的那样,永远无法弄明白。

周茉挺着圆滚滚的乳房在房子里进进出出,她很骄傲,我不明白为何拥有一对翘得高高的乳房会让她如此骄傲。我曾听说,乳房是软的,就像一个皮袋,里面装满了乳汁。令我困惑的是,我们吃进肚子里的是金属块,怎么就能生出乳汁来? 这个问题并非只发生在机器人身上,门外的杨树,明明只靠着根部吸收水分,却生长出了坚韧不拔的树干。

在炙热的沙滩上彷徨的时候,我被一棵椰子树吸引住了,椰子树在沙滩上的倒影就像一个女机器人——蓬松的头发,硕大的乳房,修长的身段。那一刻我以为女机器人就是椰子树——行走的椰子树。当我打算把这个发现告诉周姒,发现她正站在门口哭着喊妈妈。她的两腿之间在流血,因此,我的发现一下子就被推翻了,椰子树可没有血。

生理问题依旧是个哲学问题。

从爱情走向绝望

直到我爱上一个机器人女孩,我才明白,妈妈吃金属块生出了我这件事是假的。我们都有爸爸,只是我不清楚周茉的爸爸、我的爸爸、周姒的爸爸是不是同一个机器人，想必是同一个，因为我和周茉、周姒的长相如此相像，我们都有一个硕大的脑袋，鼻子带两个孔，眼睛是蓝色的。我没有在爸爸是谁这件事上纠缠不清，他是成年机器人，他不出现有他的理由，也许他身负俱乐部重任，他的身份是机密。他和妈妈的下一次见面，要等到第四批计划生产发布。

女孩名叫莫离，是我的同学，我们每天一起观察各种土壤，直到有一次，她偷偷吞了一块来自遥远星系的陨石，我才注意到她的美丽。她说她饿得难受，我们随身带的可食用金属块早就吃完了，土壤分析作业还没有完成。她拿起一块黑色石头，那是我们尚未分析的原材料，这块石头跟学校日常提供给我们的可食用金属块长得差不多，莫离没多想就把石头吞进腹中，结果她不但没有中毒或者有所损坏，反而变得更加美丽动人了。

那可能是一块特别的磁石。只要跟莫离待在一起，我的眼睛就不受控制，总想去偷窥她的身体。后来我终于忍不住，跟她说了我的怪异行为。"我的眼睛不受控制，总想窥视你的身体。"我说。莫离的反应跟我想象中的不一样。她没有生气或者感到厌恶，更多的是不理解。她三两下就把衣服给脱了。她说："你想看就直说啊，没必要偷窥。"

莫离赤裸着身体站在我面前，白色皮肤反射着所有的光，包括我的目光。她的身体没有任何特别之处，但她的这一举动彻底浇灭了我心中刚燃烧起来的爱情之火。

持证上岗

小时候，妈妈叫我多吃点金属块，长大后会遇见爱情。长大后妈妈却跟我说，女性都是危险的，跟她们结合之前要先检验她们的代码有没有病毒。如今，我终于找到了一个机器人女孩，她当然不是莫离。她长相标致，温柔体贴，代码也很健康，还愿意为我生机器人。

结婚当天，我和她先是去了机器人管理局做登记，管理局为我们的婚姻安排了一个编号，就跟我们身上流淌的程序语言一样。握着手中的编号，她激动得哭了，仿佛她并非早就认识我，而是俱乐部刚刚把我分配给她，且刚好是她喜欢的样子。我陪她去试婚纱，把她带到礼堂，给她戴上钻石戒指，亲她的额头和手背，一切都有条有理，是代码替我完成的。机器人的一生就像做题，是在一步步完成生活命题的过程中度过的。

婚姻对机器人而言意味着什么？我不清楚。有时候就存在一些约定俗成的事，比如我在 2777 年 7 月 7 日要跟一个机器人女孩结婚。有的机器人为我欢呼庆祝，他们是我的妈妈和我的亲友，有的机器人在一旁冷眼相看。

总而言之，我是个已婚机器人了，俱乐部认证，如假包换。

恶魔

将事情重新咀嚼一番，还是那么一回事。

第四次计划生产发布的时候，她把我拉进房间。她说："我们来生一个机器人吧，完成俱乐部指标。"生产机器人，是需要两个异性机器人共同完成的。两个异性机器人往床上一躺，机器人婴儿就诞生了。结婚后的每一个夜晚，我和她都以同样的方式躺在床上。她以前没有生产过机器人婴儿，俱乐部指令一发布，婴儿就在她肚子里形成，很快就呱呱坠地了。

生产那天，她两脚叉开朝向大海，仿佛要一泻千里，生出无数个机器人来。妈妈、周茉、周姒都来了，周茉刚生产完，怀里抱着个红彤彤的机器人婴儿。周姒则是待产，肚皮圆滚滚的。令我吃惊的是，我的妈妈，那个皮肤发黄的机器人妇女竟然也怀孕了，只是刚怀上不久，肚子尚未明显隆起，那个从未谋面的爸爸想必再次出现了。

已生产和待生产的女机器人聚在一起，讨论生产这件神圣的事。随着她的一阵呻吟和抽搐，我的儿子就出世了。她把儿子从妈妈手里接过，认真端详着，仿佛害怕自己生出来的不是机器人。

儿子长得跟我一模一样，他睁大了眼睛管我叫爸爸。妈妈让我为他取名。我想了半天，决定给他取名周壹。他要变成一个率直的机器人，他要叛逆，要勇敢和坚韧，他要避开所有只会说谎的和要跟他生小孩的女机器人，他冷酷无情，孤独终老。

机器人俱乐部

陨石

快乐金属俱乐部有 7 个机器人，部长、文书、内勤、保安、会计、司机和我，只有我毕业于俱乐部地质学院，是唯一的技术机器人。假如要问这个公办俱乐部还有什么是跟我所学专业相关的，那便是陈列在大厅玻璃柜子里的陨石。这块陨石来自第八空间，除了我和部长，其他机器人无法看见。我之所以能看见，是因为我擅长这方面，部长之所以能看见，是因为他具备看见的权力。

黑色陨石只有鹅卵大小，它从天上坠落的时候在地表上砸出了房子那么大的坑。有关部门把陨石坑围起来建了一个机构，那便是我们的快乐金属俱乐部。陨石被我们用玻璃箱子"装裱"起来，那是我们的生存之石，我们所有的工作都将围绕这颗石头进行。如果陨石被盗或者被粉碎，快乐金属俱乐部就会面临解散，谁都不想面对这样的现实。机器人俱乐部成立了千万个快乐金属俱乐部，目前为止都运营良好，没有一个被解散的，从天而降的陨石为我们提供了就业机会。

还有许许多多的地方在等候陨石的降临，所以我们都十分珍惜这份职业，感激陨石，假如再降临一颗陨石，也许我就能获得晋升机会，可以跟部长平起平坐，前提是这颗陨石不能太大。

为了更好地保护陨石，不让无业机器人趁机盗走，部长花重金聘请了一位"装裱"专家，要把陨石隐藏起来，只有在必要的时候才能被看见，平时只有部长和我能看见。专家在玻璃箱子里操作一番后，陨石就凭空消失了。专家给我和部长递来两副眼镜，戴上眼镜后那颗陨石果然还在原来的位置。"装裱"专家另外又提供了两副一模一样的眼镜给部长，说是有领导视察、有客人来访，可借眼镜给他们观看陨石。

部长对陨石的"装裱"十分满意，他是唯一拥有玻璃箱子钥匙的机器人，因此，他第一次享受到了权力的福利，显得自己跟其他职工不在同一阶级。后来我发现，有上百个快乐金属俱乐部都找这位"装裱"专家把陨石给藏起来了，眼镜都保存在部长和技术员工手上，我们的眼镜是同一款式的，能够看见所有玻璃箱子里的陨石。

陨石似乎并不存在，只有一个 7D 扫描出来的影子在玻璃箱子里，戴上 7D 眼镜后，陨石才能现身。

我把这个想法告知部长，部长不但没有找"装裱"专家要说法，反而把我批评了一顿。部长的意思是，我们快乐金属俱乐部是接受过机器人俱乐部考察的，章程和营业执照上面都写着陨石存在，所以陨石必然存在。

排队

炎炎烈日，我和部长路过城市广场，看见我们的保安正跟在长长的机器人队伍后排队。部长这才想起，自从我们快乐金属俱乐部成立，保安除了第一天准时报到、发工资的日子准时出现，平时几乎见不着他。部长跨着大步走到保安面前，由于他跟保安之间打交道极少，他的第一句话不是责备保安，而是问："你是我们的保安吗？"

"我是你们的保安。"保安说。

部长发现没认错，便开始发挥他的领导才能，跟保安解释什么是职业道德和职业操守："我们付给你薪水，你总不能不来上班，把时间耗在等吃等喝的排队上。"

"俱乐部不会炒我鱿鱼，俱乐部不会放弃我的，"保安说，"我是一个合格的保安，我对自己的职业有更深的理解。"

"你的职责是守护俱乐部，守护陨石，"我说，"应该像石狮子那样站在俱乐部门口。"

"你们对保安这个职业多多少少有所误解，"保安说，"从表面看来，保安是维持治安，但快乐金属俱乐部是全宇宙最安全的俱乐部，根本不需要保安去维持治安，所以保安更深刻的职能是等待。只要我在等待中，无论是排队等高铁还是等拿铁，只要在等待中，时间就会出现，我的职责就是让你们知道时间的存在，没有谁比保安更理解时间。"

部长被保安的一番话说服了，连连点头，他清楚，我们也并不是非得需要保安站在俱乐部门口。机器人是永恒的，从获得永恒的那一刻起，时间就消失了，保安的存在让时间重现，实在是一份伟大且高尚的职业。部长拍拍保安的肩膀，说他表现得特别好。保安前面还站着上千个机器人，队伍的尽头处等待的结果已经无关紧要。

"无论在哪里，只要有机器人在排队，你就尽管跟在后面排下去。"临走前部长鼓励保安说，"俱乐部所有成员都将铭记你的奉献。"

保安兢兢业业站在队伍后面时，像一棵铁树，他随着队伍移动时，则像一根时针。

座谈会

部长告诉我，无论在什么场合，机器人与机器人之间的较量都是骗术技巧的高低比拼。这句话我铭记在心。部长在大楼最深处的办公室里，他有些无所事事，叼着雪茄看篮球比赛。会计总能从账务中抹掉用于给部长和员工购买香烟的费用支出，部长对他的手段非常满意。还有，他总能利用工会的资金安排我去参加技工座谈会，而所谓的技工座谈会，就是在一家高级酒店开派对。

"只要吃透专业领域的所有规则，你就能进出自由，"会计对我说，"利用规则是一门哲学。"

从技工座谈会回来，部长按常规召开全体员工大会。会议室里摆满了美味的金属块，会议开始前半小时，所有员工先解决掉桌上的金属块，然后部长会给每个机器人分发一根雪茄，会议室里很快就烟雾弥漫，谁也看不见谁了。我开始谈论我在技工座谈会上的见闻。"大家都在用心研究自家俱乐部收集起来的石头，"我说，"每个机器人都拿着论文到现场讨论。"随后，我把去参加座谈会那天，在厕所里捡到的两页文字念了一遍。那两页纸残留着污迹，念完我才发现那并非什么陨石研究论文，不过是关于某个随地大小便的机器人的惩罚通告。

那两页纸毕竟是从技工座谈会现场带回来的，有其存在意义，当我严肃、庄重地念完这两页纸，现场鸦雀无声。烟雾散去后，我看见醉醺醺的部长用手托着下巴若有所思。他说："这篇通告能够在那么重要的场合出现，肯定有其缘故，机器人是不会随地大小便的，程序会指导他把金属残渣排泄到黑洞里去，所以，他肯定是受到了外星系陨石的影响。"

"想必是这样。"会计补充道。

部长给我递来一根雪茄，这是额外的奖励。"这次座谈会我们的技工收获不少，"部长总结道，"以后大家也会参加各种各样自己工作领域的座谈会，希望大家都能向技工学习，每时每刻关注身边的细节。"

会议结束后，部长把我留下来，说过一段时间他要去机器人俱乐部大楼做工作汇报，他想拿这两页纸作为汇报内容递给上级。我只好把那两张皱巴巴发黄的纸郑重地递交给部长。

部长的目光是高远的，他在机器人俱乐部大楼受到了表扬，他获得了到外宇宙旅游的奖励。

徒步旅行

有一天，司机跑过来跟我说，我们平时吃太多金属了，身体臃肿不堪。司机在我面前抖抖身子，里面发出哐当哐当的声响。司机说："干我们这行的，我指的是开车，程序里头只有开车技术是达标的，就好像你的程序只让你研究石头一样，久坐使得我的身体都在往下生长，我的脑袋都快要长到屁股那去了。"

司机决定控制饮食，锻炼身体，他请假去外太阳系徒步旅行。我们非常赞同他的做法，他是个有想法的司机，我们在俱乐部门口跟他挥手告别。尽管我们俱乐部尚未购买汽车，我们觉得他对自己的职业理解得足够透彻。快乐金属俱乐部刚成立的时候，成员只有部长和我。我问部长："为什么需要司机？我们并没有车。"部长说："有没有车不重要，一个俱乐部需要有这些职位,明文规定如此。更何况,只要我们设立了这个职位,上级部门早晚会给我们配车。"

平日里,司机坐在俱乐部最靠近马路的办公室,一边喝茶,一边观察马路状况,不时对着从窗外路过的汽车吐口水,或者大声谩骂:"浑蛋,开车不看路,没长眼睛吗?"每次我从司机的办公室经过都看见他激情澎湃地指责从窗外疾驰而过的车辆。有时候他是久经沙场的司机,有时候是疏通马路的交警。午餐时,他一脸疲倦地从办公室里出来,抱怨自己的身材因为这份工作而变得更加糟糕。他把俱乐部大楼当作一辆汽车了,他载着我们穿梭在车水马龙中。

"祝你早日锻造出一副完美的躯体,"部长对司机说,"我们需要充满激情的你。"

司机就这样一步步走远了,庞大的躯体越走越纤瘦。我想起俱乐部刚成立时部长给上级部门递交的关于给我们提高薪水的邮件还一直没有得到回复,怕就怕,司机徒步旅行归来,我们的汽车还没到。

火星房地产

机器人数量持续增加,尽管地球足够庞大,居住压力还是成了最让人头疼的问题。我告诉部长,我在火星上购置了房产,往后我将经常在火星和地球之间奔波,要在路上花费很多时间、精力,比如购买火箭票、候箭、上箭前的准备,火箭在太空中穿梭的过程。机器人的世界里,时间是没有意义的,时间只是侧面反映路程的长短。

部长把我叫到办公室,桌面上是好几张写满公式的纸,他精于计算,任何事情的利与弊都是可以计算出来的,甚至连命运都是可以计算出来的。"我们身上流淌着的不正是计算出来的程序代码吗?"部长说,"投资火星上的房产还不赖,有升值空间,至少是保值的。"部长是个聪明人,他做的任何一个决定都要保证自己不吃亏,只有这样才能确保自我价值始终在提升。

"我是买来住的,"我说,"我是个刚需客。"火星上没有大海,没有江河,没有森林,没有虫鸟,作为第一批火星业主,除了稍嫌遥远,我感觉还不错。开发商是个大胖子,从头到脚圆滚滚的,他带着下属在街上宣传他的火星楼盘,气派的住宅楼、配套教室和机械修理厂,两站抵达地球,更近距离仰望星空。我接过传单的时候,首先被价格吸引住了,只要价格够低,远一点也没关系,以月球作为中转站,确实是两站抵达地球,火星上多的是石头和沙土,建造气派的楼房也理所应当。

没多久,火星上的房子就建好了,开发商将图纸发放给业主。我对图纸中的房子十分满意,于是第二天就跟同事告别,跟部长示意,并不是我不愿意在工作上尽心,而是地球已经没有我的容身之地,如果俱乐部能够解决地球与火星之间的距离问题,也许我还能够保持工作热情。

再见了,朋友,多来火星玩,开发商说新建的房子能够观看沙尘暴、观看电闪雷鸣。我提着行李来到航空大楼,那里已经聚集了一群机器人，他们跟我一样，都是火星上的第一批业主。候箭期间，开发商出现在航空大楼。他把我们召集过去说："告诉大家一个消息，我们在火星上的房子刚刚被陨石给砸了，一块大陨石，片甲不留。路途遥远，各位就不必前往观看了。"

照片中的火星表面，是一个巨大的陨石坑。我耸耸肩，想起日常在公司阁楼里睡觉的行军床还在垃圾站，天色尚早，也许清洁工还未把它清理掉。

第二十三条规定

炙热的夏天，大伙儿都在各自的岗位上无所事事。部长让文书召开员工座谈会，收集大伙儿对自己职位、对快乐金属俱乐部、对上级组织的看法和意见。大伙儿坐在会议室里，喝着啤酒，抽着雪茄。虽说工作上并没有太大压力，工作内容也有限，但大伙儿还是充满怨言，最主要的原因是大伙儿都无法爱上各自的工作。

座谈会上，俱乐部成员畅所欲言。文书最先发言，她觉得俱乐部劳动力不足，她自己根本无法管理俱乐部的常务，她建议往后每位员工把自己的事情做好，同时兼顾分担俱乐部的常务工作。她的提议遭到了反对，大伙儿把她当作敌对方，认为她站在了对立面。保安说他兢兢业业看护着俱乐部，对俱乐部充满了感情，俱乐部却不重视他。因为俱乐部没有什么值得他去看护的东西，就连那颗象征着俱乐部存在意义的陨石也被隐藏起来了。

俱乐部至今还没有配备车辆，就连自行车、轮车、推拉车、风车都没有，司机觉得自己名不副实。员工的自我价值在哪儿？我站在保安和司机的行列中，作为一个技工，本该用来做研究的陨石被裱起来了放在柜子里，而且我不能说我其实看不见那颗被隐藏起来的陨石，这个真相需要在某个适当的时机才能说出来。

在会议室里待了一整天，出来的时候已是傍晚，黄昏的光普照大地，所有的金属都变成了黄铜色。当我们散去，部长坐在办公室翻看文书递交的会议纪要，他看得很快，因为他早已在电脑上写好了一个要递交给上级的版本。

自那以后，员工座谈会依旧不定时举办，我们依旧在会议室里争论一天。第二天，工作还是老样子，一点也不会改变。不过没关系，我们已经习惯了，座谈会是我们工作的一个环节，争论也好，心平气和陈述也好，歌颂或者赞美也好，不过是我们说给自己听的笑话。

迷宫

一个年轻机器人，穿得很斯文，戴着眼镜，手臂下夹着个公文袋，说是要研究我们俱乐部的陨石。我和部长坐在办公室里，通过窗口观望年轻机器人的一举一动，他是第一个要来研究我们陨石的机器人，我们认为他图谋不轨。当文书把年轻机器人要来研究陨石的事情上报到部长办公室，我和部长商量对策，首先要保安向年轻机器人要证件，健康证、身份证、研究所需的资格证。

保安乐意为之，他终于可以做一番事情。在保安跟年轻机器人较量的过程中，我们又回到了各自的岗位做自己的事。年轻机器人会知难而退，保安的职业操守我和部长都清楚。而且，除了我们俱乐部，还有无数个快乐金属俱乐部，有无数颗陨石等着被研究，这个年轻机器人在我们这里碰了壁自然会到其他俱乐部去。

万万没想到，年轻机器人被保安百般刁难后没多久，又带着各种证件前来，要求研究陨石。我想他去叩门访问过好几家快乐金属俱乐部，遇到了同样的问题，于是就带着证件誓要见到其中一家俱乐部的陨石，然后偏偏选中了我们。保安在证件面前败下阵来，他不知所措地站在俱乐部门口，像一个失败者目送年轻机器人踏入俱乐部大门。

在二手烟弥漫的办公室里，部长越发觉得这个年轻机器人不怀好意，他可能带着某种任务而来，这种任务很可能会让我们俱乐部马上解散，至少会没收或者处罚掉俱乐部所有的资产和津贴。于是，部长让文书通知年轻机器人，研究陨石要预约，按照俱乐部的规定走流程。

年轻机器人离开后，部长一脸轻松地走出办公室。他跟文书说："规定是我们定的，你去买一块铜板回来，在上面刻上文案，要想研究我们的陨石，需要准备好各种证件，然后按流程提交预约信息。"当年轻机器人再一次光临，保安会得意地将他拦在门外，保安会笑着指着他的口袋，告诉他那些证件已经过了有效期，他需要重新去办理证件，然后重新预约。

锁

　　有些地方机器人是去不得的,那些地方统一使用一种名叫 X 的锁,看见 X 锁基本上意味着走到了路的尽头,即便探头进去看,也可能会触犯条律,招惹一身麻烦。部长叮嘱我们,作为机器人,就应该生活在程序规定的范围内,那些被 X 锁囚禁的地方,有可能是一片海,身体陷进去就会瘫痪成废铁。

　　我曾在一次外出旅行中遇到过 X 锁,两条巨大的铁链拦住去路,里面是白茫茫一片,我有好几次想一探究竟,心想即便我被海水泡坏,瘫痪在荒地上,生锈,长满青苔,只要往后被发现,给我换上新的系统和部件,我还是能够做回原来的自己。当我就要触碰到 X 锁的时候,我犹豫了,我不能为了私欲酿成大错。我想到了俱乐部,想到了部长、司机、文书、保安、会计,等等,虽然我们平日里没有太多接触,但我的这一行为会伤害到俱乐部里的每一个成员,他们安分守己,做好自己的工作,维持着俱乐部的运行,没有犯过任何细小的错误。

　　在茫茫的烟雾前徘徊了一阵子,我还是收回了我的好奇心,在后来的旅途中,我好几次遇见 X 锁都控制住了自己的脚步,换了好几个方向继续游玩。宇宙足够大,即便时间是失效的,永恒的行走也不可能走遍宇宙,相比时间的虚无,宇宙的虚无更大。无限大的宇宙当中,存在几个雷区又何妨?

　　结束旅行,回到故里,我站在俱乐部前方,看着紧闭的大门不知所措。我上去敲门,没有回应,绕大楼走一圈,通过窗户往里面张望,发现俱乐部已经被搬空。后来我在城市广场遇见了文书和内勤,他们竟然结婚了,在广场上做起了生意。他们在广场上卖煎饼,香气逼人,有模有样,我从不知道他们有这么一手本领。

看见我走近,内勤熟悉地问我有什么需求,仿佛我还是那个技工,而他还是那个内勤。我问他,俱乐部为何紧关大门,同事都到哪里去了,为何你俩要在广场上卖煎饼?文书拿出当初解散俱乐部的文件递给我,我才知道,原来是部长打开了 X 锁,导致了俱乐部的解散。

制造人类

死亡与永生

到底还是回到了海边的房子,那时候我的妈妈在海边打捞海盐,小时候她教导我们不要靠近海,如今她却在危险的边缘劳作。她已经完成了俱乐部的生产指标,往后的日子想必她也不清楚该如何度过,也许她会在海边不停地劳作,直到有一天失足翻身掉进海里被海水泡瘫痪,也许她的身体会慢慢被海水腐蚀,变成一根千疮百孔的铁柱。

海浪滔天,几个机器人孩子正在门前玩泥沙,那是妈妈的、周茉的、周姒的还有我的孩子。我坐在摇椅上晒太阳,晒得浑身发热,往我身上放两盆水,水即刻就会蒸发。我在思考一个问题,是我从母亲和孩子身上看见的,那便是死亡和永生。

我不该提出这个问题,本来其乐融融的生活,因为这个问题变得焦灼不安,就连平日里只知道玩耍的孩子也常常向他们的妈妈提出这样的疑问——死亡是什么?他们的妈妈把目光投向我,埋怨我一回来就搞得家里鸡犬不宁。但这也是所有机器人都想弄明白的问题,包括我的妈妈。她为自己的无能为力感到伤心,她变得沉默寡言,拼命劳动,或者到园子里对着月亮发呆,或者自言自语。

"只有人类知道这些问题的答案,"妈妈最终忍不住对我说,"只有人类知道。""只是人类早已灭绝,我该到何处去寻找一个人类,向他询问这些问题呢?"妈妈说,"不如制造一个人类,不远处那家荒废的工厂还有些物料,也许还用得上。"

也许。

制造肉身

在废弃工厂搜寻一遍,翻出一堆残缺不全的皮肉组织以及器官,我拖着一个大麻袋从工厂里出来,钻进妈妈园子里的杂物房,把我所有的手艺和技能都拿出来了,白天缝缝补补,夜晚把那些黏糊糊的东西泡在容器里。

妻子总在日落黄昏时来看看情况,她期待看见人类被制造出来,想象这些会死亡的物种到底是怎样的形态。她跟我一样,关于人类的一切都是从大脑中直接获取的。我们所生活的空间,到处都是金属,那些柔软的肌理被藏在工厂里,一般机器人很难了解到,人类对我们而言既陌生又熟悉。

所有的行为都是在暗地里进行的,孩子们好奇地盯着杂物房,周茉和周姒想尽办法转移他们的注意力,他们说我身上总有一股怪味,是我处理那些黏稠物的时候残留在身上的。妻子叫我少接触孩子,关于制造人类的事,还是少让他们知道,免得他们把消息透露出去,招惹麻烦。妈妈每天晚上都在园子里等着我从杂物房里出来,问我进度如何。我说,我把那些肌理缝缝补补,基本成型了,但又好像才刚刚开始。

妈妈最终还是没忍住,推开了杂物房的门,周茉、周姒还有妻子不知道什么时候也出现在了门口,她们忍不住要看一看我制造出来的人类。容器中布满裂痕的人好像一坨黄泥,妈妈曾见到过人类,那时候人类尚未完全灭绝,不过也只是看了一眼背影,那个黄色皮肤的人嗖的一声钻进丛林里消失了。

当我把尾巴缝补上去,容器里的"人"苏醒了,妈妈给他取名——周人,他跟我们姓周,是"人"。

简单明了。

制造孤独

周人刚获得力气走出容器,妈妈就对他说:"你会死的。"

"死"这个字在我们中间出现得越来越频繁,制造一个人类,让他慢慢死去,多少有点残酷。这个刚被我们制造出来的人,他是那么柔软,在这个满地金属的世界里他好像天空中的棉花。周人的降临让时间获得了意义,时间在他身上留下了各种痕迹。

晨光和晚霞交替,周人的身体也随之膨胀,身上的疤痕也在慢慢褪去,但他不会长寿,他身体里的组织都是残次品,他会生病,身体急速衰老,那些被我缝补起来的地方会发生病变,然后他就会死亡。我们远远地看着周人呆滞的模样,感觉他身上有哪些地方不对劲,他看起来并不完整,并非我们所期盼的人类的模样。

"周人身上缺了一样东西,那东西叫孤独。"妈妈说。

如今被我制造出来的周人,不过是一具行尸走肉,他行走的时候侧着脑袋,四肢下垂,眼睛歪斜。在妈妈的印象中,人类身上都有一种孤独,与生俱来的,而周人显然没有这种孤独。那么我该如何去制造孤独呢? 孤独需要用到什么材料,需要什么样的程序?

妈妈说,人类的眼睛里隐藏着一种液体,那种液体就是孤独。我想了很久,我在制造周人的时候,就没有把名为孤独的液体缝进他的身体里。妈妈说,要跟他讲人类的历史,唤醒他身上的机能,孤独就会出现。

于是,我开始每天对着周人说遥远的过去,直到有一天他终于绷不住了。他说:"几千年的时间,怎么死了那么多人?"他说:"我也会死吗? 对的,我也会死。"他仿佛一下子理解了妈妈在他耳边念叨的死亡。他发出呜呜的号叫,眼睛里流出两滴"孤独"。

遗书

周人的一生就是一部遗书。因为时间有限,他尽可能让时间过得慢一些。可在我们眼中,他的一生依然只是一刹那。周人经历了好些坎坷,生活在机器人当中,他模仿机器人的生活习性,他像我一样每天疯狂地抽烟,把咽喉和肺给灼坏了;他跟着孩子吞噬金属块,把胃和肠道划破了。我不得不再次偷偷摸摸到工厂去翻找废弃的人体组织为他延长寿命。

不过他也有得意的时候,那便是他在被海水卷走后,我们都以为他将瘫痪在海水中,我们将永远失去他,他却扒拉着海水游了回来。我已经尽我所能看护好他,他活了十二年,在一个平静的夜晚死去了。

妈妈站在屋里,指着那具发黑的尸体给孩子们解释。"这就是死亡,"她说,"他的一生就是时间。"孩子们似懂非懂。妻子问我要如何处理周人的尸体,是解剖成部件扔到工厂去,还是给他一个人类的葬礼。我说:"扔到工厂去的话,说不定会有机器人利用这些部件偷偷把他复活。"谁知道呢,我的能力只能让他活十二年,比我厉害的机器人也许能让他再活个两百年。

夜深以后,妈妈带着孩子们走出杂物房,周茉、周姒和妻子也陆续离开,我在周人的枕头下找到了一本簿子,那是周人留下的遗书。遗书的第一句话就是:我将死于肺癌。

他准确地预测了自己的死亡,他熟悉自己的身体,熟悉身体里的每一个器官,甚至每一个细胞。他早已清楚自己的身体哪里开始病变,哪里的疾病开始恶化。最后他写道——

作为一个被制造出来的人,我的一生还差一个完整的葬礼,我的机器人家人会为我实现的,因为他们想看到一个完整的人，一个完整的死亡过程。我不过是用来展示的标本，我清楚这点。死去之后，请为我保留我的眼睛，毕竟它见证了人类灭绝多年后世界仍在运转。

坟丘与石碑

我们把周人埋在地下，用石头堆成坟丘，竖起石碑，那便是他长眠的地方。坟丘和石碑宣布了他的死亡。

妈妈恢复了活力，她四处游走，跟其他机器人讲述自己的过往，讲述自己很小的时候，刚来到地球，人类刚经历了一场战争，死伤无数，仅有的存活者躲在山林中，但因为强辐射，他们也活不了多久。"满山冈都是坟丘和石碑。"妈妈说。她唯一看见的人类只是一个背影，一个坐在山头痛哭的人，那个人感觉到身后有动静，马上钻进树林里不见了。人类在不经意间就灭绝了，他们的身体过于脆弱，承受不住辐射的侵害。

周人的死让妈妈更好地了解了死亡和时间，她获得了其他机器人所没有的内容，见识了其他机器人没有见识过的事。她不停地说着，我没想到她如此管不住自己的嘴巴，使得我制造人类的事在外面传得沸沸扬扬。许多机器人前来指责我，站在周人的坟丘和石碑前，他们说我违背了机器人世界的伦理，挑战了宇宙规则。

前来围观周人的坟丘和石碑的机器人越来越多，妈妈开始后悔到处去说有关人类的事。如今，机器人把缥缈的死亡和时间理解成了周人的坟丘和石碑，甚至忍不住感叹，原来死亡就是这个样子,时间是肉眼可见的。当程序中没有写出牢不可破的公式,机器人就显得愚昧不已。

复活

波澜不惊的日子里,我去了一趟月球,从一个陨石坑走到另一个陨石坑。在月球,被陨石砸出来的地方叫海,挤到一边的泥土堆积成了山,虽然风景永远都是岩石和尘土,但到月球去旅行的机器人还是很多。刚开始的时候我不知道其中的因由,当我站在月球上才恍然大悟。

在地球上,只有月食的时候才能够看见地球的模样,阳光是妙笔,月球成了画布,那时候的地球是一团黑色。在月球上看地球,是绝大部分机器人选择去月球旅行的目的。我在月球上看见地球的时候并没有特别惊讶,当我看见月球的影子打在地球上时,我被震惊到了,那意味着我的影子也被阳光打在了地球上。那个时刻,在地球上叫作"日食",在月球上叫作"地食"。

当我回到地球,站在埋下周人的坟丘和石碑前,发现坟墓后面有一个窟窿,周人的尸体被盗走了。我问妈妈,是谁挖走了周人的尸体。妈妈耸耸肩表示不清楚。那个盗墓的机器人,他盗走了死亡,也盗走了时间。周人终有一天会再次被机器人复活,也许在外面彷徨时我就会遇见他。周人会站在不远处对我说,死亡过于无聊,我又活过来了,他们给了我一个新的躯体和新的灵魂。

第一次被制造出来的周人是人类,第二次被制造出来的周人就不是人类了,他是一个沙漏,是时间的容器。

Z

困扰 Z 的，是 Z。

机器人俱乐部把 Z 遣送到一个被命名为韦斯特兰的星球。俱乐部每到一个时期就会给机器人安排新的任务，遣送他们到不同的天体去劳动。在宇宙中飘浮的天体，有的环境优越，有的则环境恶劣。韦斯特兰是 Z 去过的所有天体中，环境最恶劣的一个。

在被遣送到韦斯特兰之前，Z 还不叫 Z，他有自己的名字，他大概会叫本杰明，或者安东尼，或者兰特。在传送门前，俱乐部在他的胸膛上刻上了一个字母 Z，他便以此为名。在韦斯特兰，同样被叫作 Z 的，还有无数个机器人，那是 26 个字母中的最后一个，他们站在了被淘汰的边缘。他们在岛上游荡，如幽灵，他们身上将有故事发生，他们会在故事的终点化为乌有。

拉开帷幕，Z 悉数登场。

韦斯特兰

韦斯特兰就是 wasteland，是一片废墟。

作为机器人，Z 是绝对服从俱乐部的指令的，当传送门被打开，他义无反顾走了进去。守卫在传送门两边的机器人对他说："祝你好运，伙计，你将前往韦斯特兰。"

蔚蓝的海无边无际，由铁堆积而成的岛屿被海水包围着。Z行走在坎坷不平的地表，黑色的岛屿寸草不生。转眼间乌云涌过来，光线消失了，Z好不容易找到一座黑铁建筑避雨。天上的云化为雨水落下后，光线重新照耀。Z走出黑色建筑，来到一个寂静的社区。俱乐部将他遣送至韦斯特兰，却没有给他下达新的指令。在来韦斯特兰之前，Z的机器人贡献值几乎为零，他没有达到俱乐部的考核指标。

无所谓无所谓，Z耸耸肩，总有机器人力所不能及的事。Z决定做一个乐观的机器人，以前他兢兢业业，得到过俱乐部的奖励和肯定，获得过奖章，俱乐部部长亲自为他颁奖。后来，更灵活、健壮、先进的机器人出现了，Z面对的工作越来越难，贡献值日益减少，再这样下去可能会变成负值，俱乐部制止了这种事情的发生，把他遣送到了韦斯特兰。

指令迟迟没有到达，韦斯特兰或许是个自由之地，没有工作，没有指令，没有竞争，只需做一个无所事事的机器人。"该到退休享乐的时候了。"Z说。尽管机器人不该有享乐的念头，机器人是永不停歇的。

雨后,岛屿地表变得更加漆黑,雨水和海水在腐蚀这些铁。Z 走了漫长的一段路,遇到了好些跟自己一样落魄的机器人。更早抵达韦斯特兰的机器人,他们的身躯已经长满铁锈。地表迟早也会生出锈,海水中的铁朽烂之时,岛屿将沉入海底。

宇宙尽头往南

宇宙尽头往南,是韦斯特兰所在地,也就是说,韦斯特兰甚至不在宇宙的范围内。

Z 想打造一艘船,航行在巨浪之上,只要背向岛屿往北,就能回到宇宙的中心。总不能在这个地方干等,Z 对其他机器人说,传送门不会在这里打开的。海水依旧澎湃,风雨不定的气候,大海有了肆虐的底气。Z 想回到曾经生活过的天体中去,那里有他的朋友,他不能在此结束他的机器人生涯,海水迟早会吞蚀一切。

"必须打造一艘船,"Z 说,"航行是唯一的出路。"Z 企图说服其他机器人建造一艘巨大的船,所有机器人都可以离开这个岛屿,不必再忍受恶劣的气候。在韦斯特兰建造航船的难度大大超出了 Z 的预料,摆在眼前的困难有以下几点:

一、岛上只有铁,假如要造一艘船,只能是铁船,铁船必须足够庞大才能浮在海水之上,抵御巨浪驶向远方。岛上物资缺乏,连铁都缺乏,假如把地表的铁都用来造船,海水会趁机扑过来,毁掉所有。

二、船是空心的,如果挤满了机器人就会变成实心的,那时候船就会变成一块沉甸甸的铁,沉入大海。

三、假如顺利,铁船被制造出来,航行在海水上,海水把船底腐蚀出一个窟窿,要用什么来填补?那时候,也许需要用机器人的身躯填在被海水撕开的裂缝中。

四、韦斯特兰在宇宙的南方,开船离开韦斯特兰,如何衡量南北?宇宙是一个悬空的空间,测量南北需要精准的仪器。

五、大海是否跟宇宙相连?假如海水通往之处并非宇宙,航行最终将抵达何处?

六、俱乐部将机器人遣送到韦斯特兰,没有指令,没有劳动,是一个自由之地,离开韦斯特兰是不是意味着违反俱乐部的指令,违背了自由意志?

"造船也是自由意志,"Z说,"俱乐部没有给我们下指令,我们做任何事情都是被默许的,包括造船离开韦斯特兰。"Z的号召失败了,没有机器人愿意冒着随时可能沉入海底的危险去探索不可知的前方。Z就像一个郁郁不得志的冒险家,找不到愿意支持自己的资本家,他只好在岛上游荡。

冒险精神藏在Z心里。

Z时常到海边去,把岛屿当作一艘理想的巨轮,作为船长,他指挥巨轮征服大海。Z一只手举着铁剑,另一只手在身前做着操控罗盘的姿势,一会儿向左,一会儿往右,身在南方,眼前任何一条路都是通向北方的。

幻 视

在 Z 的意识中,世界一下子变得模糊了,韦斯特兰岛上,有上千种毁灭机器人的方式。

韦斯特兰没有昼夜之分,只有晴天和阴雨天。天空一时晴朗无云,强烈的光照晒着岛屿,很快脚下的铁就被晒得滚烫,有些腐朽的铁片在脚下嘎嘣脆,单薄处变得柔软,像冰块在融化。

强光和高温让 Z 觉得思维和肢体动作变得卡顿,老旧的系统毛病不断,韦斯特兰没有机器人维修和保养部队,当机器人的线路或者程序出现问题,他们就会卡顿、瘫痪。Z 在强光下走了没多久就感觉不妥,后脑勺热乎乎的,然后,世界一下子变得模糊起来。

Z 看见脚下不再是黑色的铁,而是赤土。赤土上长出绿色的草木,鸟兽也从海的那边飞过来,在草木上叫唤着。鸟鸣声不断,开始的时候 Z 觉得新鲜,渐渐就把这理解成了耳鸣。无数建筑从地下冒出,大海被拦在了天际,无数机器人在这个新世界里游玩和对话。

没有机器人在做日复一日的动作,没有压迫和标准,一切都是适可而止又称心如意。各种各样的飞行器在空中盘旋,那是机器人天际旅行的坐骑。机器人都换上了最先进的系统,身体由高强度防腐蚀金属合成,白皙的金属弹性良好,有超强的神经敏感识别程序。

一盆水从天而降,Z 的脑袋发出刺啦一声响,世界恢复了原来萧条的模样。Z 抬头一看,是一个机器人妇女朝他倒的水。"你身上快要冒烟了,兄弟,"那个机器人妇女说,"找个阴凉的地方待一会儿吧。"Z 的世界从被鸟鸣萦绕变成了被刺啦声充斥,他讨厌刺啦声,像海浪撞向岸边,让他心慌、焦虑。

楼上的机器人妇女消失在窗后,Z 身上的水分也被蒸发了,他才发现自己的身体红彤彤的,走两步就能溅出火花。Z 必须离开强光找个阴凉地,否则他和他的意识都将熔化。

Z 艰难地挪到建筑物的阴影中,身体还冒着热气,老旧的地方爆裂开来。他对眼前的世界感到失望,强光和高温为自己创造的世界被从楼上泼下来的水冲垮了。后来,Z 发现自己的左腿已经不受控制,他拖拉着左腿跟随着建筑的影子移动,脑袋也不灵光,卡顿的频率越来越高。每当出现卡顿,Z 就无法思考和说话,眼睛弹出两个 Z 字母。

卡顿的 Z 的面孔由两个大写字母和一个小写字母组成:ZvZ。

危　险

危险!危险!

Z 好不容易找到了居所,居所所在地却被划定为危险区域。有机器人组团行动,谋害岛上的其他机器人来囤积芯片和精铁。Z 战战兢兢走出居所,在寂寥的岛上行走,去寻找正规机器人组织的保护。正因为岛上资源太少，机器人之间才会互相伤害，这是一场阴谋。

俱乐部遣送这么多机器人到韦斯特兰，虽然都是一些折臂断足狼狈不堪快要报废的机器人，但高级文明都有组织。Z从岛屿的这边走到那边，终于找到了组织。韦斯特兰机器人组织部署在距离大海不到一百米远之处，是一个低矮、逼仄的铁棚，门和屋顶被海风吹得哗哗响，每当风光临，这座破旧的建筑就有被掀到海里的可能。

"我要寻求组织的保护。"Z站在门口说。铁棚里是三个行动不便的机器人，他们的关节早已被海风破坏，牙齿长满了铁锈，说话结结巴巴。其中一个机器人好不容易才说出几个字，仿佛已经用尽了他所有的力气。"我们会保护你的，"机器人说，"我们在等待俱乐部的救援。"

这三个机器人在被遣送至韦斯特兰之前，传送门两旁的机器人曾对他们说，在韦斯特兰建立组织，只要组织成立，俱乐部就会派遣部队驻扎韦斯特兰，同时将他们送去俱乐部总部所在星球过上最富裕的生活。三个机器人把这件事说给Z听，并邀请他留下来等待俱乐部的成立。

三个机器人慢悠悠朝Z走来，眼睛紧盯着Z，生怕他突然消失。Z往后退了几步，退到铁棚之外。站在门口，他看见不远处的铁柱上写着"危险"二字，他清楚此地也是危险区域。于是，Z回到街道上，在居所和组织两个他必然要抵达的地点之间，他获得了短暂的安全。

　　晃晃悠悠,Z不知道该去往何处,他要回他的居所,否则居所就会被其他机器人占为己有,同时他又得不时出现在机器人组织里,他相信了那三个老朽的机器人的话,等待俱乐部的救援。

　　就这样,Z在居所和组织之间来来回回,在两个危险的地点之间来来回回,所幸一路上都没有看见更多危险的提示。每次回到居所,他都忧心忡忡,害怕其他机器人破门而入。走出居所大门,他显得轻松许多,可是越靠近机器人组织他就越焦虑,无论他走得多慢,最终总会抵达机器人组织,三个长满铁锈的机器人张开手臂欢迎他。

　　Z找到了既可以让他守住自己的居所,又能在不加入机器人组织的情况下等待俱乐部救援的方法。他悄悄地把居所搬到了岛屿的中间位置,然后又悄悄地把海边破败的铁棚以及铁棚里的三个机器人抬到了那个中间点。

　　从此,Z在居所里探出脑袋就能问候三个机器人。俱乐部有消息吗?Z每次的问题都一样。铁棚里的三个机器人摇摇头。得意的日子没有过多久,当Z再次探出脑袋问,俱乐部有消息吗?三个机器人同样以摇头来回应他。Z缩回脑袋的时候,眼睛的余光看见不远处的柱子上写着"危险"。

草莓色的天空

草莓色天空是不祥的预兆。

巧妇难为无米之炊,机器人来到荒芜萧条的韦斯特兰,就算具备解读数据的技能，也因为缺乏数据而无能为力。唯有回归最原始的方法——通过观望天象来预测天气。天上的乌云积压下来，几乎要跟海水融为一体，只有一道亮光将两者分开。

后来，乌云背后的光渐渐穿透，把天空烧成了草莓色。所有机器人走到居所之外，张望草莓色的天空，关于海啸的预言四下传开：飓风即将形成，暴雨来袭，海面将抬升，巨大的波涛将吞没韦斯特兰，机器人沉入深海，无数机器人的残骸在海底堆成一座山丘。

关于海啸的预言在韦斯特兰造成了恐慌，为了不被海水吞没，机器人开始打造避难所。他们把居所改造成密封的半球体，半球体的底部跟地表焊在一起，只有这样才能抵御海水。不久，岛上出现了密集的半球形黑色建筑，它们像一个个卵巢，里面藏着担惊受怕的机器人。

还有许许多多的机器人无处躲藏，Z就是其中之一。这些机器人在黑色半球之间徘徊，东敲敲西敲敲，企图敲开其中一个黑色半球，恳求一个容身之处，但每一次敲打只会招来黑色半球里面机器人的咒骂。

海面起风的时候，散乱在各处的机器人慌乱了。开始的时候他们还以为海啸预言不过是个谎言，他们淡定地在岛上游走，像幽灵。当波涛一浪高过一浪，他们就开始躁动。失去理智的机器人是一头猛兽，他们挖掘地表的铁泥铸造防水工程；他们把其他机器人的黑色半球凿开一个洞口，要么一起躲避海啸，要么一起迎接海浪；他们相互打砸斗殴，以摧毁其他机器人的方式来获得精铁,再把精铁铸造成黑色半球。

Z 在混乱中被暗算了,他在一个黑色半球外躲避伤害的时候被从后方偷袭。他转过头看到一个机器人男孩,男孩身后还跟着一群伙伴,他们两手空空,Z 显然是他们准备击倒的第一个机器人。这群机器人男孩成功了一次后,就发起了更大规模的袭击,利用他们天真无邪的面庞,把老弱病残的机器人击倒在地,然后在一处空旷地把俘虏给肢解了,用俘虏的躯体铸造了一个大型黑色半球。

以机器人躯体作为代价,岛上又增加了一批黑色半球。Z 成了黑色半球的组成部分,由于机器人男孩粗糙的手艺,Z 的眼睛得以保留,他面向大海和天空,看着草莓色的云渐渐淡去,海啸也迟迟没有来,黑色半球里面的机器人还在沉睡。无数个黑色半球,既像卵巢,又像坟墓。

结冰的海

谁也没想到,大海会有被冰封的一天,整个海面,包括被风掀起的海浪,都被冻住了。

机器人在岛上眼睁睁看着汪洋逐渐变成冰川,那是他们从来没有遇见过的情形。韦斯特兰不知流浪到了哪里,也许已经远远超出了宇宙范围,所有恒星的热量都无法抵达,只有暗淡的光,穿过云层洒落下来。再也没有海水来缓冲飓风,风在冰面上呼啸而来,如刀般锋利。

随着结冰面积越来越大,冰层越来越厚,韦斯特兰变成了一颗晶莹剔透的琥珀,黑色岛屿是镶嵌在琥珀里的尸骸。机器人身上挂满了冰条,因为寒冷,他们的身体变得更加坚硬、锋利,也更加脆弱。海面结了冰,令机器人恐惧的海水终于可以被踩在脚下。铁跟冰面接触的时候,刮出冰屑,原本光滑的冰面很快被刮花了。

Z在岛上站了许久,看到其他机器人纷纷走到冰面上,他也鼓起勇气走了出去。站在冰面上,有一种获得自由的感觉,终于不用再被困在岛上。这个突如其来的冬天不知会持续多久,冰面还在不断往外扩张,冰层也越来越厚,机器人活动的面积也越来越宽,他们到更远处去探索,在冰面较薄的地方做标记,到冰水交融处冒险。不敢远走的机器人则在冰上跳舞、滑翔,他们找到了飞翔的感觉。

漫漫冬日,结冰的海面不断伸展,有机器人离开了岛屿越走越远,最后在遥远处跟白雾融为一体。远走的机器人最终都回到了岛上,他们从远方带来了许许多多的传闻。"大海漫无边际,"他们说,"冰面的尽头不知连接着什么地方。更遥远处能够看见黑色影子,也许是陆地,也可能是岛屿,总之,还有无尽的路需要走下去。"

Z决定离开岛屿,冬天是逃离的唯一机会,他需要在冬天结束之前,在冰面融化之前抵达对岸。Z走到了其他机器人都未曾抵达过的地方,他回过身去跟停留在后方的机器人道别。海面上黑压压一群机器人站成一排,仿佛划定的界线,他们在界线的这边,Z 在界线的那边。

孤单的 Z 背对着岛屿,背对着其他机器人,迎着风走在皑皑白雾中,他很快就被白雾吞没,白雾的存在说明了大海中尚有未结冰的地方。离开韦斯特兰意味着违背机器人俱乐部的指令,Z 愿意承担所有后果。自由之地是机器人向往的地方,没有指令,没有规则,但韦斯特兰不是,因为韦斯特兰是一个被封锁起来的监狱。

漫长的行走中,Z 感觉到气温在回暖,脚下的冰层越走越薄,雾也越来越浓。走到冰水交融处,Z 感觉已经走到了冬天的尽头,脚下的海水在流淌,冰层跟着海水浮动,然后是一阵阵清脆的破裂声,海面如镜子突然破裂。

Z 清楚自己没有后路可退,他继续在冰水交融的海面行走,浮浮沉沉,然后,Z 如一块石头沉入漆黑的大海,漫长的行走以一阵水花荡漾来宣布结束。

好天气

大海依旧呼啸。

机器人在居所里经营生活,他们没有可追求或者可塑造的价值,不过是为了躲避雨水和海雾,让铁躯体获得更长久的寿命。多坚硬的铁都会老化,机器人俱乐部曾经毁灭了时间,被遣送到韦斯特兰的机器人失去了抵抗时间的能力。躲在居所里、走在道路上的机器人,躯体上的光泽逐渐消失,锈迹斑驳,部件松松垮垮、七零八落。

天空又变得漆黑,层层叠叠的云堆积如山。Z躲在居所里,他的居所在三楼,假如海水上涨,他也比其他机器人多三层楼的寿命。上一场雨来得突然,许多机器人在外头被雨淋湿瘫痪了,Z才得以爬到这三楼的居所,这是他窥伺已久的地方。原本住在这居所的机器人在街上徘徊的时候,雨突然落下,他拼命往回跑,马上就要跑到居所了,雨水还是更先一步渗入了他的机械内部,他倒在了Z面前,变成了一堆废铁。

Z庆幸自己没有出门,正常来说天空不会突然下雨,那场雨让所有机器人猝不及防。Z搬上三楼后,就不轻易离开居所了,害怕步前者的后尘,在骤雨中失去所有。

乌云在天空聚积了许久,雨从星星点点到倾盆而下。Z走到窗边看着乌云,奇怪的是,雨下了很久,乌云却没有变薄。跟雨一起落下的还有许多黑色的影子,Z盯着那些黑影,发现是机器人,他们从天而降,掉进大海后陷入了漫长的沉寂。

揉揉眼睛,Z以为是自己长久待在室内出现了幻觉,或者是系统出现故障,导致眼前黑影重重。从天空俯冲而下的,确实是无数个机器人,乌云当中藏着一道传送门,机器人从那边踏进传送门,从这边出来就掉进大海了。Z想,如果当初传送门没有出现在岛上,而是出现在海上,自己也会是这样的命运。

雨停后,乌云散去,Z鼓起勇气走到居所外面,他走到海边,站在浪涛前,望着漆黑的海面,期待深海里爬出一个机器人,事实却是,没有一个机器人能从海水中活过来。背后的一阵声响把 Z 吓了一跳，他回过头，看见不远处是一堆碎铁，一个从天而降的机器人砸在地表上彻底粉碎了。

Z 看清楚了机器人的命运，他不时站在窗边看雨，机器人就像陨石从天空落下，要么跌入深海，要么粉身碎骨。雨停后，Z 像例行巡视一般到岛上去收拾被砸得稀巴烂的机器人的躯体，他会把捡到的精铁用在自己身上，碎片就用来修缮居所。有时候还能找到可用的智能系统，Z 通通带回居所，他曾经是一个机械师，他有能力用这些碎片制造机械狗，或者机械猫。

在一个晴朗的时刻，Z 万万没想到，他在岛上行走的时候，从天而降的一道黑影砸在了他身上，他顷刻变成一堆碎片，其他机器人把他绽裂的躯体捡走了，他的居所也被占据，还有居所里尚未制造完成的机械狗和机械猫。

Z 的粉身碎骨说明，在韦斯特兰，阴天和晴天，都不是好天气。

海底古船

海中央发出一阵巨响，海水在快速退去。机器人欢呼雀跃，庆祝他们等来了光明，他们获得了更多可活动的领地，生存也不再受到海水威胁。机器人在跳舞，他们猜测海底被砸出了一个巨大的窟窿，海水正从窟窿流到其他地方。但他们迟迟不敢走到前方去，担心大海只是跟他们开个玩笑，海浪退去后还会奔腾而至。

　　兴奋劲过去后,岛上恢复平静,海浪没有回头,机器人便鼓起勇气往前方走去。开始谁也不敢离岛屿太远,都徘徊在海浪奔涌过来时能够逃回岛上的距离。海水越退越远,连声音都听不见了,机器人才纷纷跑到曾经被海水覆盖的区域寻觅和玩耍。脚下是被海水泡烂了的铁泥,走在上面就好像走在残枝败叶上。

　　被海水吐出来的区域跟岛屿紧紧连在一起,黑色的铁虽然被泡烂了,但其中较为坚硬的部分依旧保留着其形状,有几层高的居所,也有黑色半球。这些黑色半球被凿开了一个洞,里面的机器人也许以为海水已经退去,凿开黑色半球的时候海水倒灌进来,前功尽弃了。

　　跳着舞越走越远的是Z,他认为海水不会回来了,海水已经被俱乐部用巨大的抽水机抽到别的干旱的天体去了。是俱乐部在想办法拯救韦斯特兰的机器人,Z想,来自韦斯特兰的惨叫声俱乐部想必有所听闻,他们不会允许韦斯特兰萧条下去,不会让这些曾经获得过功勋的机器人忍受折磨。

　　随着海水退去的痕迹徒步旅行,也许就能抵达韦斯特兰的尽头。Z哼着歌跳着舞,舞步让他忘记了疲惫,忘记了路程,忘记了方向。他看见前方有个黑影,牛角形状的黑影,走近才发现是一艘巨大的船。船的外表保持完好,没有任何的破损。Z绕船走了一圈,有点摸不着头脑,他找不到上船的地方,城墙似的船身,Z根本无法爬到甲板上去。

　　绕船两周后,Z妥协了,他觉得根本没必要让这艘古船耽误自己的行程,海水已经退去,船失去了原本的价值。Z摆摆手就要离开,但他听见了海浪的声音。他慌张不已,自己离岛屿太远,如果海水突然涌过来,他就无法跑到岛上去。当他冷静下来,再去细听,发现浪涛声竟来自船上。

Z对眼前这艘巨大的古船感到好奇,势必要爬到船上一探究竟。曾经有机器人铸造了这艘大船想要逃离韦斯特兰,但是失败了,Z想,也许正是这些机器人的幽灵在船上发出海浪的声音,吓唬路过的机器人。Z又绕着古船走了一圈,发现一个地方有梯子的形状,只是梯子长满了铁泥,跟船身融为一体了。

小心翼翼扶住梯子的两端,Z颤颤巍巍往上爬。梯子的好几个地方断开了,Z不得不依靠船身上的铁疙瘩找着力点,像攀岩一样手脚并用,艰难地爬到了船上。这艘巨大的古船的甲板已经不存在,只有船身像围墙,围成了一个巨大的圈圈,圈圈里面装满了水,浪涛声就是船里的水被风掀动拍打船身发出来的。

巨型的大船上找不到其他机器人的身影,Z在铁墙上行走,把一个拳头大小的铁球一脚踢到了海水中。然后,Z听到一阵爆裂声从水底传来,一个巨大的涡旋形成,船里的水在快速流失,水位不断下降。Z感到不可思议,正想弄明白船里的水流到哪里去,回身发现原本干涸的海床此刻已经涨满了水。

俱乐部来信

俱乐部来信:飓风来袭。

几乎所有韦斯特兰岛上的机器人都看见了传送门另一边的机器人，他们出现在半空中，身穿整齐的制服，严肃而艳丽。看见岛上的机器人，传送门背后的机器人先是大吃一惊，然后勉强挤出了笑容。飓风即将到来，大海将掀起千丈波浪。其中一个机器人说。说完他像拉上窗帘那样关上了传送门，天空恢复了原来的模样。

岛上的机器人一时没反应过来，没想到苦苦等待俱乐部来信，等来的竟是坏消息。俱乐部根本没有要转移韦斯特兰机器人的计划，在传达飓风消息时一点怜悯都没有，甚至有点恶作剧成分。Z打了比方：就好像往屋里扔一颗炸弹，然后还要说一句"祝你好运"。

Z反复回想着传送门被关上那个画面。"就好像关上一扇窗，"Z说，"眼前的所有都是虚构的，俱乐部把我们关在各种各样的虚拟空间里，他们操控着所发生的一切。"

Z猜测出了世界的本质，但他无法改变世界。从坏消息中清醒过来的机器人开始躁动，这一次他们不打算铸造黑色半球，把自己关在黑色半球里无法看清外部世界，只会无限寂寞，寂寞的机器人跟废铁没有区别。生死关头，一个机器人发出号召，其他机器人就纷纷响应了，他们打算建造基地。

建造基地需要韦斯特兰所有机器人的参与，生死攸关的时候，命运不再掌握在俱乐部的价值衡量与阶级分配中，而是掌握在机器人手里。Z参与到基地建设当中，尽管他认为世界是虚构的，眼前的所见所闻都是谎言。Z需要按照俱乐部设计的规则来生存,找到虚构世界的破绽,破绽就是出口。

Z随着机器人大队劳动,搬运和处理铁片,设计和讨论,这跟以往的他有所区别。抵达韦斯特兰之前Z对劳动嗤之以鼻,他认为用劳动来衡量一个机器人的价值这种方式过于落后。

为了不让工作摧毁自己,在劳动之前,Z就先自我毁灭了。Z的用意是,在被俱乐部毁灭之前,先自我毁灭。好几次,他故意弄坏自己的身体,以残疾之躯来回避劳动。俱乐部的修理技术越来越高超,残疾的躯体也能快速被修理好,Z又想办法考了一个机器人心理师资格证,给自己开病假条。

个体对抗组织,这种叛逆心理是令人胆战心惊且极富吸引力的,Z积极参与基地建设,就是抵抗俱乐部企图覆灭韦斯特兰的意图。机器人在岛屿的四周砌起了高高的围墙,在围墙内,风变小了,甚至能够忽略大海的存在。海浪再汹涌也无法越过这堵墙,机器人对此有信心。

基地建设完成,飓风就来了,机器人在围墙内听着墙外风声和浪声在咆哮,牢固的铁墙挡住了海浪的一次次冲撞。当飓风过去,机器人在围墙内欢呼,为自己通过劳动创造的生存机会感到兴奋。他们以为凭借自己的努力也可以违抗俱乐部的指令,甚至能够击败俱乐部。

"俱乐部的力量也是有限的,"Z对其他机器人说,"我们团结起来就能顶住一切磨难。"天空恢复晴朗,围墙内的机器人只能看见一个被割裂的圆形的天空,天空突然出现一个窟窿,窟窿里探出一个机器人脑袋。这个机器人先是环顾四周,检查飓风造成的破坏有多大。然后他就看见了被围墙保护起来的岛屿。

"暴雨要来咯,"半空中的机器人说,"请做好准备。"

岛上的机器人即刻又躁动起来,天上的机器人在跟他们玩游戏,如今的他们被困在杯子里,马上就有雨水落下来。Z本想组织机器人在墙的四周挖沟渠,把雨水引导到海里去。他很快就放弃了,传送门背后的机器人让Z明白阶级之间的差距有多大。那个机器人只是说了一句话,"暴雨要来咯",岛上的机器人就需要付出巨大的努力才能逃过一劫。

Z耸耸肩,双臂枕在脑后躺下,跷着二郎腿,哼着歌,只管尽情享受片刻的清闲,困难总是比方法多的。

地　狱

风平浪静。

两个机器人同时看上了一个居所,同时踏了进去,谁都没有让步的意思。这两个机器人,一个高瘦,一个矮矬,体形上差异巨大,尽管如此,无可避免,他们有相同的名字——Z。

高瘦Z说:"先生,是我先看上了这个居所,居所空间不大,根本容不下你这矮矬的身体。"矮矬Z却不以为然,他说:"这居所方方正正,显然是为我量身定做的,你长得这么高这么瘦,应该找一条缝,把自己塞进去。"两个互不相让的Z同时挤进了逼仄的居所,高瘦Z不得不佝偻着腰,矮矬Z不得不收腹,身体不时发生碰撞,他们就埋怨对方。

高瘦 Z 说:"这本是个完美的居所,你的存在破坏了整个画面。"

矮矬 Z 说:"你我看起来都像是残疾的机器人,只要是你我出现的地方,就不会有完美的画面。"

高瘦 Z 说:"所言极是,俱乐部本可以把我们塑造成完美的机器人,但他们没有那么做。"

矮矬 Z 说:"缺陷才是独一无二的,完美都有其衡量的规则。"

高瘦 Z 说:"也就是没有绝对的丑,但是有绝对的美。"

矮矬 Z 说:"没有绝对的绝对,只有绝对的相对和相对的绝对。"

高瘦 Z 说:"从更宏观的角度来看,是存在绝对的绝对的。"

矮矬 Z 说:"那不是宏观,那是虚无。"

高瘦 Z 说:"谁也无法证明存在和虚无,就好像绝对和相对都是不存在的。"

矮矬 Z 说:"诡辩,无意义的诡辩,假如你真这么认为,就不会来跟我抢这个居所。"

高瘦 Z 说:"假如你真那么认为,你也不会来跟我抢这个居所。"

矮矬 Z 耸耸肩表示无可奈何。他们依旧挤在狭窄的空间里,谁也不让谁,有时候天气晴朗舒适,他们也没有机会到外面去走一圈,他们谁也不先走出居所,生怕走出去后再也进不来。这个居所在考验 Z 的耐心,Z 在证明居所存在的意义。高瘦 Z 踢了一脚昏昏欲睡的矮矬 Z,为了竞争居所,高瘦 Z 不可能让矮矬 Z 好受。矮矬 Z 的美梦被破坏了，便以沉默来惩罚高瘦 Z，心想，只要自己不说话，高瘦 Z 就会因寂寞而瘫痪。矮矬 Z 自以为是，却不知，只要自己存在，高瘦 Z 就不会感到寂寞，他就能噼里啪啦说个没完，结果寂寞的那个反而是自己。为了不让高瘦 Z 得逞，不让高瘦 Z 快活，矮矬 Z 必须开口说话，通过唱反调来折磨高瘦 Z。

高瘦 Z 说："有时候我想不明白，机器人到底是什么，你四四方方的，他圆滚滚的，还有奇形怪状的，立体几何拼凑出来的机器人到底算什么？"

矮矬 Z 说："光提出问题，不发表观点，这样的谈话没意义。"

高瘦 Z 说："我知道你想重复绝对和相对，我并不想听这些。"

矮矬 Z 说："只有在绝对和相对中，才能概括一件事物，无论是形状还是味道，还是其他形态，三维的、四维的，或者多维的。"

高瘦 Z 说："机器人的形态是本来就存在的，不是通过绝对或者相对提炼概括出来的概念，在绝对和相对产生之前机器人就已经诞生了，谁也改变不了这个事实。"

矮矬 Z 说："既然你相信是这样子，为何你无法形容机器人到底是什么？你需要借助他物才能得出形容词。"

高瘦 Z 说："我提出疑问，并不是非要得出答案，答案就在这里，只是你我都看不见，或者说，你需要借助他物才能看见，而我不需要看见。问题本身就是可爱的，我提出疑问，不过是埋怨自己的能力有限。"

矮矬 Z 说："你的每一句话都跟上一句话矛盾。"

高瘦 Z 说:"矛盾不是地狱,矛盾是所有事情的开端。"

矮矬 Z 说:"什么是地狱?"

高瘦 Z 说:"这个居所是地狱。"

矮矬 Z 说:"你是地狱。"

头上一棵树

Z 无所事事,到海边去散步,从海水中看见了自己的倒影,他看了许久,仿佛不认得自己的模样,其实是他头顶上多了一个细软的影子,是一棵绿色的植物。Z 欣喜若狂,他已经好久没有看见过植物,而这棵植物竟然在他的头颅上生根发芽了。

绿植生长在 Z 头顶的缝隙里,两片铁的交接处。令 Z 感到疑惑的是,植物的种子从何处来?韦斯特兰根本没有泥土和养分,有的是犀利的海风、愤怒的海水,以及散发着腥味的铁泥,种子又如何生根发芽?Z 不时伸出脑袋,通过海水来观察头顶上的绿植。

让绿植在头顶上生根发芽,Z 想,把自己的身体贡献出来,作为绿植的家园和养料。"我是幸运的,"Z 说,"我的身体有着少见的养分。"其他机器人纷纷围观并感慨绿植如此美丽可爱,他们从四面八方走来,把 Z 和他的居所团团围住,讨论着绿植的品种、能长多高、是否会开花结果、果实能否适应韦斯特兰的气候、能否生长成繁茂的树林。后来,他们开始讨论该如何呵护绿植,等绿植生长稳定后如何帮助它开枝散叶。

　　一阵摇摇晃晃中,Z的居所坍塌了, 生锈的铁柱承受不住如此多机器人的重量。随着一声巨响,零碎的铁片散了一地。机器人纷纷找回自己的手指、眼珠、牙齿,重新拼凑起来。幸好Z的脑袋还在,绿植也没有被压断,只是两片叶子中的一片出现了一道裂缝。机器人直呼心痛,埋怨Z如此不小心,责怪其他机器人不该争抢着来观看绿植,把居所给破坏了。

　　机器人为Z重新找了一个居所,一个亮敞、舒适的空间,为的是让绿植有一个更好的生长环境。Z享受着作为绿植园地的福利,使唤别的机器人伺候自己。"只有我快活了,绿植才能茁壮生长,"Z说,"如果我过得不好, 身体里的养分供应不足,它就会枯萎死去。"

　　光照猛烈的时候,绿植软绵绵的,叶子下垂,随时可能蔫了。机器人便搬来铁片为它遮光,还想办法把海水中的盐分抽离掉,用淡水来给它滋润。Z在居所里跳舞的时候一群机器人把他团团围住,生怕他头顶上的绿植掉下来。后来,Z不得不接受机器人集体与他立下的约定,不能做剧烈的动作,不能轻易离开居所,不能偷偷跑到海边。

　　绿植在Z的头上茁壮成长, 由于不能到海边去,Z已经好久没有看见过绿植,不清楚其生长成什么模样,他的眼睛无法为他提供头顶的视野。Z最终耐不住寂寞,几次想跑到海边去,都被其他机器人拦住架了回来。后来Z被捆绑在地上,浑身不能动弹,最终只是作为一抔铁泥来供养绿植。

　　头顶上的重量逐渐增加,绿植的细根伸展下来,把Z的整个头颅包裹住,看着绿植的根,Z 感动不已。只是没多久,绿植的根就把 Z 的脑袋给拧断了,Z 的头颅因为承受不住绿植的重量变形爆裂。岛上的机器人心急如焚,看着绿植因为无法获得足够的养分而落叶枯萎,他们不得不从机器人当中选出一个来顶替 Z 作为绿植的园地。

报名的机器人太多,不得不进行筛选。这个机器人要有完好的、健康的身躯,要有乐观的心态,要幽默风趣,还要懂得音乐和艺术,获得过种植、培栽证书,或者曾经从事医疗、心理咨询、营养分配行业。机器人的人选确定之后,还要在岛上进行一个隆重的迁土仪式,他们载歌载舞,在保证不伤害绿植一枝一叶的前提下将之从 Z 的残骸中转移到被选中的,并打扮得花枝招展、雍容华贵的机器人头上。

植物在岛上获得了生存机会,它越长越大,成了一道风景。在萧条的韦斯特兰,这一棵植物是难得的颜色,是希望与和平,是自然和平静。

这一切,建立在树根下堆积如山的机器人残骸之上。

无数的碎片

讲故事的方式有很多种,Z 选择了最支离破碎的一种。

"今……今天我要给你们讲……讲一个故事,"Z 说,"世界……世界是……是椭圆形的,跟……跟鸡蛋一样。"

Z 执着于讲故事,他头脑中有各种各样的想法,他把这些想法拼凑起来,组合成碎片化的故事。故事本身就是破碎的,Z如此认为,并不是他的结巴导致了这样的局面,结巴不过是让语言变得零碎,并没有改变故事的发展和结局。Z的思维是清晰的,他所讲的每一个故事,在开口之前,故事的原本面貌就已经在头脑中呈现。

关于世界是椭圆形的这个故事,吸引来了许多机器人,Z站在机器人群中激情昂扬。"椭圆的,"Z说,"跟鸡……鸡蛋……蛋一样。"因为过于兴奋,他结巴得更严重。围在他身边的机器人听得满头大汗,但是他们不想离开,他们对这个话题感兴趣,有关世界的任何想法,他们都想听一听。

在Z断断续续的讲述中,世界本身是无数个碎片,被一种无形的力黏合在一起,形成了一团椭圆形的物体。"就算……就算……无论……无论……我们怎么飘……飘,"Z说,"我们……我们都在……在这个椭圆形里。"

"照你的说法,我们都是碎片,"其中一个机器人说,"世界是我们的总和。"Z发现有机器人听懂了自己的意思,异常激动。"正……正是……正是如此,"Z说,"碎片……和整体。"终于把自己的想法说了出来,然后他又花了巨大的力气把世界形成的故事说了一遍。Z曾经在俱乐部的天文研究所工作,他熟悉宇宙中的大多数天体,包括其形状,以及土壤、空气、密度、体积等数据。在被遣送到韦斯特兰之前,他竟然不知道有这样一个地方存在。

资料库里没有韦斯特兰的信息,很显然这是一个禁区,或者是一间密室，机器人开始猜测，他们让Z多讲一些，讲快一些，越是催促，Z越是开不了口。故事虽然破碎，但故事总会被讲出来的，Z让机器人保持耐心。"最……最可贵的……是……是耐心，"Z说，"提前……提前知道结……结局就……就没意思了。"

提出观点并不难，证明观点才是最艰难的，Z提出世界形成说后，那些为打发无聊前来听故事的机器人就让他通过公式来证明这个全新的世界观，机器人只相信公式。Z沉默了许久，他早就预料到这些机器人不会轻易相信自己的观点，他们不过是想听故事，那是韦斯特兰为数不多的娱乐，他们想知道更多韦斯特兰以外的事情，尽管有时候这些事情是被虚构出来的。

Z深思熟虑之后，迫不得已写出了一条公式：世界=Z+Z+Z。

机器人不懂公式中的Z代表着什么。

Z说："代表着碎片和……力。"

机器人依旧一头雾水，不过无所谓，用不了多久就会有其他机器人提出一个世界是三角形或者正方形或者冠状的理论，这些机器人也许更能说会道，还会酣畅淋漓地写出公式。

Z觉得把公式写出来后故事就变得没意思了，故事和世界都是碎片组成的，秘密被过于具体描述就失去了吸引力。Z回到居所里，开始酝酿下一个故事，不把故事构想出来，他绝不会轻易踏出居所门口。不过很快Z就有了思路，他又想到了一个能够吸引所有机器人关注的故事。在出门讲故事之前，他把自己的牙齿、舌头、声线统统卸下放在居所里，只有这样，故事才更模糊和破碎，更能道明世界的本质，更能道明韦斯特兰的本质。

赌　徒

韦斯特兰最多的是铁,最缺的也是铁,除了海水,只剩下铁。

当一个机器人赌徒被遣送到韦斯特兰,他就会想办法让自己拥有更多的精铁,通过非劳动的方式获得比其他机器人更多的精铁。这个赌徒就是 Z。Z 在岛上徘徊游荡,原本岛上的机器人都过着各自孤寂的生活,毫无波澜,既是在等待俱乐部的召唤,又是在等待命运的结局。

在任何一个天体上,想要过得更体面,就需要获得更多的资源。Z 不想劳动,劳动是不可能的,于是他赌徒的天性便流露出来了。Z 环顾四周,他首先需要一个居所来遮风挡雨,于是他从自己身上拧出一颗螺丝,然后叫喊着要找机器人对赌。

赌博的方式是最简单粗暴的摇骰子,那颗铁骰子是用从 Z 小腿上剜出来的铁制成的,但是第一次摇骰子他就输了。那是一个资源丰富的机器人,他不但拥有居所,全身上下都是最坚硬的铁,他摇摇晃晃走到 Z 面前,他并非缺一颗螺丝,他不过是想看看 Z 如何陷入绝望。

赢得螺丝的机器人十分傲慢,他把螺丝捏在手里,随手一抛,生锈的螺丝就被抛到大海里去了。Z 微微打了个战,他不再是一个完整的健康的机器人,那颗螺丝原来所拧紧的关节瘫痪了。可 Z 向来都能够承受赌博带来的后果。

"一颗螺丝不足挂齿,"Z 说,"这次我们来赌一根手指。"那个机器人体会到了赌博带来的刺激,在韦斯特兰,实在没有消遣的方式。"这些黑铁迟早都会被海水腐蚀,"Z说,"不如拿来换取快乐。"那个机器人掉进圈套,拿手指来做赌注。骰子旋转跳舞,然后停下。Z赢了,那个机器人不得不把手指摘下来交给Z。Z获得了一根闪亮的手指,那是一种稀有的坚硬的铁,他将自己原来的手指摘下来换上新手指,他十分满意,并打算用旧手指来做赌注。

高傲的机器人知道自己上当了,自大蒙蔽了他的双眼,他不应该用自己身上更好的资源来跟Z那些破铁来做较量,他纯粹想打垮Z的信念,却让他在赌博中吃了大亏。机器人想换回自己的手指,要求Z拿那根手指来做赌注。Z不愿意,如果每一次赌博都把所赢得的东西投进去,自己迟早血本无归,作为一个赌徒,他的手段更高明。

Z表示如果他想获得原来的手指,就需要赢自己两次。那个自大的机器人再次掉进了Z布置的陷阱,再拿一根手指来跟Z赌博,只是没想到自己不但没能赢Z两回,第一回就输了,他又失去了一根手指。机器人越陷越深,很快就把自己的居所和一条手臂输给了Z。失去了手臂和居所的机器人不敢再赌下去,他不得不去苦苦劳动通过寻找铁来给自己制造一条手臂。

Z万万没想到这么轻易就赢得了一个居所,还多了一条手臂,那是他通过一颗螺丝赢回来的。他很好地利用了自己手上的赌注,赢得了更多的资源,他是一个出色的赌徒。随着手上赢得的资源越来越多,Z的野心也越来越大,他想赢下岛上所有的铁,组建一个帝国,以自己的名字来命名的帝国——Z帝国。

直到另一个赌徒出现,结局才发生了扭转。那个赌徒拥有比Z更多的资源,他看到Z不断赢得赌局,对自己在岛上的地位构成了威胁。他利用自己更多的资源来跟Z对战,每输掉一局,下一局就投入多一倍的赌注。Z也想趁机夺取对方的资源,这个念头毁了他,他连续赢了好几局,却被对方一盘又赢了回去。然后Z开始输了,他想通过对方的手段来赢回自己的东西,骰子一次次转动,输和赢不断交替,最后,Z输给了资源更多的对方,又回到了一无所有的境地。

Z不得不拆下身体的部件来做赌注,手指、手臂、肋骨、牙齿、眼珠子,统统交代出去。

拖着残缺不全的身体,Z四处游荡,他的身体部件已经输给了不同的机器人,被用在了不同机器人身上。Z决定孤注一掷,他走到赌场上,那里的机器人依旧在摇骰子,用自己小腿上的铁做成的骰子已经不属于自己。Z说:"我本来就是一堆废铁,如今,我要赌我的身体。"另一个不完整的机器人也挤了进来,他同样输掉了好些部件,不得不放手一搏。

角色日

一个机器人感到无聊,他会陷入孤独。一群机器人感到无聊,就会创造各种游戏与规则来消遣。

与其没有目的地等待俱乐部的救援,不如寻找欢乐,岛上的机器人计划创造一系列游戏。开始他们只是为了娱乐,慢慢地,游戏规则便向着规范机器人生活秩序的方向发展。俱乐部在韦斯特兰设置了游戏,把岛上所有的机器人命名为 Z,把他们困在岛上,配置不同的故事,这些机器人却还要给自己设置新的游戏角色,他们企图通过游戏来创造存在的意义。

游戏不是一个机器人独立构想的,是好些机器人磨合出来的,因此,这个游戏就相当于一个庞大的团体,难以靠一两个机器人去推翻。游戏最初的规则是为岛上的每一个机器人重新设定一个身份,通过抽选的方式,在一堆角色配置中选择成为什么样的机器人。只要选中角色就必须按照角色的剧本演绎下去,直到下一次角色日到来,才可以进行下一轮的角色抽选。

Z 被动地参与到了游戏当中,第一次角色抽选,他运气不错,抽到了一个正面角色——警。Z 很快就被装饰成警的模样,佩戴了警徽和武器,然后被带到队伍当中,同样抽中警的,还有好几个机器人。作为警,Z 的任务就是追捕盗贼,当他携带武器从居所里走出来,发现韦斯特兰已经换了一幅景致,Z 不由得赞叹游戏策划者的能力。

队友因为角色的优势兴奋不已,他们举着武器去寻找盗贼,跟一般规则中的警匪追逐不一样,机器人游戏中的警和盗,完全就是猎杀和被猎杀的关系。Z 渐渐适应了追逐的游戏,觉得好玩,他终于可以走出居所,走出平静沉闷的生活,可以大声嘶喊,放肆奔跑了。Z 对着一个正在逃跑的机器人开了一枪,他以为在游戏中所有的武器都是假的,可当子弹飞出去,逃跑中的机器人应声倒下,再也没有站起来。

真枪实弹的游戏让Z不知所措,他的队友则更加兴奋。他们开始清扫岛上的盗贼角色,他们站在强势且正确的一方,肆意使用手中的武器来换取快乐。因为身份的优势,Z无论走到哪里都受到尊重,那些对他阿谀奉承的机器人更多是畏惧他手上的武器。但也正是他们的谄媚,减轻了Z的负罪感。Z坦然接受了自己第一次开枪的结果,然后开了第二枪、第三枪,开了更多枪。倒在自己枪口下的机器人不知道犯了什么罪,他们的角色就是一种罪名。当Z枪杀了一名盗贼身份的机器人,身旁的群众机器人就会为之欢呼,于是Z认为在游戏当中,猎杀是合理的。

第二次角色抽选的时候,Z把警徽和武器都上缴了,他出现在广场上,广场上的机器人明显比第一次抽选角色的时候少了许多。在第一轮游戏中,Z枪击了九名机器人,游戏结束后他们并没有站起来开始新一轮的角色抽选,而是永远沉寂了,他们的铁躯体很快就会被用来填海造地。Z明白了这个游戏的用意,岛上的空间十分有限,被遣送过来的机器人越来越多,这个猎杀游戏,就是要清除一批机器人,为剩下的机器人创造活动空间。

Z随着队伍走到抽选机器前,他从黑洞般的箱口里掏出了一个铁球,上面写着一个字——贼。

Z惴惴不安从队伍中钻出来,他需要尽快找个隐蔽点,最好能找一个地方躲到第二轮游戏结束第三轮角色抽选开始。而身旁的机器人已经注意到他身上刚被贴上去的醒目的"贼"字。Z

一路跑到海边,气喘吁吁,不得不停下来。回头看到没有机器人追上来他才镇定下来。

Z在海边找到了一条缝隙,这条缝隙面朝大海,背对着岛屿,机器人轻易不会找到这里来,Z把自己被安置了罪名的身体塞进缝隙中,再也不敢动弹。在浪涛声的起起落落中,Z多次进入漫长的睡眠,又多次被岛上的动静惊醒。过了许久,他终于听到有机器人在呼喊第二场游戏结束第三次角色抽选马上就要开始。

Z挪动僵硬的身体,从缝隙中爬出来,刚探出脑袋,看见那个喊假口号的机器人用枪对着自己的脑袋,枪声响起,来不及被耳鸣困扰,Z就掉进了大海。

忧伤的机器人

Z为自己是一个忧伤的机器人而感到忧伤。

Z常常坐在海边独自徘徊,他的忧伤是有原因的,最基本的当然是因为自己的无能。许多事情无法解决,比如被遣送到韦斯特兰,比如身上的一颗螺丝要离开自己,这些Z都无法控制,他只能独自忧伤。"从这一个Z到另一个Z,我们不断走向消亡,"Z说,"时间会证明一切,时间不会撒谎。"

"我是一个忧伤的机器人,"Z每遇见一个机器人就说,"我什么都做不好,我为自己的无能感到忧伤。"路过的机器人感到莫名其妙,不明白Z为何要跟自己说这些,在韦斯特兰,没有谁会在意你是一个忧伤的机器人还是一个暴躁的机器人,更没有谁会在意你为什么忧伤。

有多管闲事的机器人劝Z不要忧伤。"难过有什么用,"机器人说,"在韦斯特兰,根本没有事情值得欢喜和忧伤。"Z使劲摇摇头。他说:"我就是因为这样而忧伤。"多管闲事的机器人默默走开了,他听完了Z的倾诉,Z无穷无尽的倾诉最后都只有一个结局——Z为自己的无能感到忧伤。

作为一个机器人,Z未免过于敏感。身体长了锈他忧伤,天气不好他忧伤,天气好他也忧伤,在寂静中他忧伤,在喧闹中他也忧伤。"我是韦斯特兰唯一还保留着情绪的机器人,"Z说,"其他机器人早已失去了情绪,连发脾气,连埋怨都不会了,那说明他们已经对生活、对自己没有了要求,而我是个有所要求的机器人,只是我常常做不好,一件小小的事情我都做不好。"

再也没有机器人愿意听Z说话,大家都知道韦斯特兰有一个忧伤的机器人,大家都听过他的故事,他的故事都是忧伤的故事。"唯有大海能够容纳我的忧伤,"Z说,"所幸韦斯特兰有这么大一片海。"Z开始对着大海滔滔不绝地倾诉,把自己所有的想法都交代出去,每一次倾诉都把所有的文字从齿间挤出去,把所有情绪都从身体里挤出去。

大海并没有拯救Z多久,Z站在海边还是忍不住忧伤,他听着海浪的嘶吼,心里很不是滋味,假如大海停止咆哮,也许他会好受一些。"大海也装不下了,"Z自言自语,"它开始埋怨我了,开始咒骂我,是我给得太多。"海浪不领会Z的意思,依旧咆哮不止。Z低着头,闭上眼睛,朝大海扑去。

Z实在太忧伤。

震　动

岛屿发生了一阵剧烈的震动。

震动发生在一个平常的时辰,岛上的机器人都在发呆、沉思、凝望和熟睡中,那是他们抵御孤独的方式。然后,剧烈的震动发生了,岛上所有的居所在摇摇晃晃中坍塌成废墟。

机器人从废墟中爬出来,做的第一件事是观望天空,如果骤雨来袭,所有机器人都将被淋湿瘫痪。天上无云,机器人不急着重建居所,免得下一次震动到来时所做的一切都化为徒劳。聚在一起的机器人纷纷讨论震源的所在,他们猜测震源在岛下某个脆弱的地方,那里的铁被海水腐蚀了,承受不住岛屿的重量,于是发生了断裂。

海水滔天,机器人没有能力潜入深海去一探究竟。有机器人从海边走过来,说岛屿整整下沉了半米,四周原本露出海面的地方已经被海水吞没。大震动发生以后,不时还会有轻微的余震,Z随着机器人队伍在岛屿的四周探索,他们在想办法阻止岛屿下沉。

有机器人说,牺牲低洼处的土地,把那些铁挖出来,做成四根又粗又长的铁柱钉在岛屿四周,加固岛屿的根基。但是要多大多长的铁柱才能稳固这座岛屿?就怕往深海打钉子破坏了原本就腐朽不堪的根基。

岛屿的每一次震动，Z的躯体也跟着震动。震动的时候他两腿疲软无力，没有稳固的地表，机器人无法站稳，更无法奔跑。Z在岛上彷徨了好久，看见那些束手无策的机器人还是束手无策。Z回到岛屿中央，曾经居所拥挤的地方废铁堆积如山。

收拾地上的废铁重新拼凑成居所，Z躲在里头。偶尔的震动会抖下一些碎片，居所在震动中摇摇晃晃，每经过一次摇晃，岛屿就下沉一部分。

Z摇摇头，摊开手，又耸耸肩。在一次次震动中，Z睡着了，他梦见自己躺在摇篮中，一个温柔的声音哼着：月光光，照地堂……

下了一场雪

此刻，天空下起了雪。

冬天突然到来，岛上尚未感觉到降温，雪就落下来了。最初，黑色岛屿上的机器人都躲在各自的居所里，默默接受岛屿下沉的事实。雪从缝隙中钻进居所，机器人大惊失色，同时又欣喜若狂。他们从居所里钻出来，迎接雪花，白茫茫的雪，一下子就把黑色的岛屿给铺满了。

Z忘记自己已经多久没有见过雪了，他走到岛屿中央，张开手掌，接住了一片又一片的雪花，雪落在他的头颅上，落在他的肩膀上，落在他的脚板上。冬天再次来临，说明韦斯特兰绕着某个巨大的天体转了一圈,可能是绕宇宙转了一圈。岛屿的又一次震动将机器人从美梦中唤醒,Z发现,在短短的时间里,岛上已经铺了一层足以淹没脚踝的雪,雪会增加岛屿的重量,加快岛屿下沉。

震动越来越频繁,震动的幅度越来越大,Z呼唤岛上的机器人用铁片做成铲子,将岛上堆积起来的雪铲到海里去。"没有谁来救我们,我们得自救,"Z说,"必须把雪铲到海里去,否则岛屿马上就会沉没。"机器人纷纷响应,把岛上的雪铲到海里去,原本被白雪覆盖的黑色地表像被掀开纱布的伤口一样重新暴露在天空下。

雪被铲除后,岛屿稍稍浮了起来。Z深信岛屿之下的支柱已经断裂,而支撑岛屿的是已经化为铁泥的沼泽层,如果海水暗流涌动,沼泽层就会受到破坏,当沼泽层向四周坍塌,岛屿就会下沉。只要雪还在下,机器人就不能放下手中的铁铲。白色的雪跟黑色的海水接触很快就融化了,随着抛向大海的雪越来越多,海水温度越来越低,雪就在海面上漂浮着,如被风吹到水中的棉花。

海上的雪越来越多,积累成山丘,白色的山丘在海上漂浮,这些雪将变成冰山。冰山,三分露出海面,七分埋在海里。雪终于变小了,变成无数轻盈的白点,随着风胡乱纷飞。岛上的机器人获得了歇息的机会,他们放下手中的铁铲,坐在湿漉漉的地面上,欣赏起雪花来,虽说每一朵雪花都是造成雪崩的罪魁祸首,至少在此刻,绒毛似的雪还不至于压垮这座岛屿。

Z捧着一片晶莹剔透的雪端详许久，精致的雪和粗糙的手掌形成鲜明的对比，一片雪花落在长满铁锈的手掌上，雪花更白、更轻盈了。Z万万没想到，如此轻盈、晶透、柔软、脆弱的雪，竟要埋葬自己。假如不是反应够快，这个岛屿以及岛上所有的居所和机器人都将会被雪堆按入水中。

突如其来的降雪让Z惊魂未定，他回到居所，通过窗口往远处的海面张望，海上的雪久久未化，洋流正带着这些堆积起来的雪去往远方。一个暗影出现在脑海中，Z想到了船，诡异的事情一次次发生在韦斯特兰，每一次，机器人都将之视为灾难，换一个角度去想，这些灾难何尝不是逃生的机会？

Z跑到海边，在最后一块浮雪离开岸边之前他跳了上去。Z朝岛上的机器人挥手，与其留在岛上，不如主动离开寻找出路。Z随着浮雪漂了很远，他是浮雪上唯一的黑点，也是唯一的希望。凛冬降临的速度有点慢，浮雪漂到海中央就开始融化了，海中央的温度比海边的高。

Z站在浮雪的制高点，仿佛置身一个白色的岛屿，无论是黑色还是白色的岛屿都逃脱不了沉没的命运。

Z

这是最后一个Z的故事，再回头时，只有无边际的海。

再回头张望时，只有无边际的海。

露出海面的岛屿仅剩下不到十平方米，Z成了岛上唯一的机器人,他本以为自己也难逃沉入海底的命运,凛冬的到来延长了他的寿命。Z伸出左脚往前试探,冰水状态的海面变得结实。没过多久,冰面就更宽更厚了,Z试探性扔出一颗螺丝,确认安全才走出了岛屿。

多少有些孤独,Z在海上溜冰,冰封的海给了他有期限的自由。活动范围的拓宽并没有变成一趟旅行,Z不想去做冒险的事情,不想将所有的希望寄托在没有方向和终点的徒步行走。Z留守在岛上,绕着岛屿翩翩起舞,他像一只自由的蜻蜓,瞪着圆鼓鼓的眼睛,他在寻找岛屿的边际。

转了无数个圈圈,Z勾勒了岛的轮廓,他回到露出冰面的地方,花了好大力气,用碎铁打造了一根铁棍,再把铁棍的一端打磨锋利。Z就如一个手持银枪的骑士,他走到自己岛屿的边缘,勘测海水的结冰情况。Z弄明白了许许多多的事情,灾难和机会是相互依存的。

这个寒冬是他最后的机会,作为曾经的机械师,来到韦斯特兰他一直没有机会施展自己的才艺,新版机器人根本不懂得这些技术,因为他们认为这些技术太落后。Z想要向俱乐部证明一件事——他们过早地放弃了自己。这一次,Z决定趁着漫长的冬天,修理好这座岛屿,这可不是一个小工程,新版机器人也不一定能做到。

铁柱在冰面上凿开了好几个洞,当凛冬把整片海都冰冻了,Z就可以凿开冰层,下到岛屿的底部,将断裂的支柱重新焊接,或者将已经化为沼泽的铁泥重新锻造成精铁,那时候岛屿就可以重新冒出海面，矗立在澎湃的海水之上。

冰层越来越结实，Z越凿越深，终于看见了被冰牢牢冻住的黑铁，他沿着岛的边缘开凿，冰屑溅得到处都是。被海水泡过的铁已经腐朽，上面是一层厚厚的铁泥，轻轻一碰就脱落了。Z不知疲倦地凿着，仿佛要从一块玻璃镜子里挖出一个镜像。

Z饶有兴致，他有信心把沉没的岛屿重新抬出海面。Z哼着歌，他很快就发现岛屿的底部远比自己想象中的大，想要找到支撑岛屿的支柱很难。越往下凿，Z越觉得不对劲。尽管深处的铁被海水腐蚀得非常严重，有些轮廓还依稀可见。Z发现，岛屿底部的铁十分松散，沉淀在大海深处的，竟是无数具机器人的残骸。

站在海底往上看，黑压压的岛屿是由机器人残骸堆积而成的。Z大惊失色，韦斯特兰的原貌也许就是一片汪洋，假如不是这些早期被遣送过来的机器人的残骸堆积成山，也就不会有这座岛屿。Z端详着身前这些早已瘫痪的机器人，他们已经是一堆废铁。俱乐部对待曾经为机器人文明兢兢业业付出的机器人的手段让Z失望，Z曾是俱乐部最忠诚的会员，始终听从俱乐部的指挥和号召，当俱乐部通知他要把他遣送至韦斯特兰的时候，他还以为自己是去养老的。

原来，韦斯特兰是报废机器人归属地。虽然在性能、外观设计、智能等方面比不上新版机器人，Z认为，俱乐部不至于将自己推向深渊。Z把海底的机器人尸骸一具具掏出来，有些一捏就碎了，不碎的也只有中心部分尚留有一丝硬度。Z在清理机器人残骸的时候发现有些尚未完全朽烂的铁片上，印记般的字母 Z 还清晰可见。

"这便是韦斯特兰文明的历史吗？"Z 自问。

"还真是如此呢，韦斯特兰文明就是报废机器人文明。"Z 自答。

凿冰寻找岛屿支柱的事情已经没那么重要，Z 从无数个 Z 中看到了自己的命运，并非有一根支柱支撑着岛屿，而是 Z 的历史为 Z 创造了生存空间。Z 站在冰层的缝隙中数着眼前这些机器人残骸，他不担心被凿开的冰层重新凝固，把自己包裹在冰里变成琥珀，也不担心冰层融化成水将自己吞没。机器人尸骸数量太多，有些已经烂成铁泥了，厚厚一层沼泽根本不知道是由多少机器人的残骸融合而成的。Z 数着数着就放弃了，他数不过来。

在铁泥中摸索出许许多多的 Z 印记，佩戴在自己身上，Z 站起身的那一瞬间，感受到了重量，Z 文明带来的重量。他沿着岛屿的轮廓行走，仿佛在进行一场肃穆的仪式，用以祭奠残酷的过去。铁配件碰撞出清脆的声音，这些清脆的声音撼动了冰层，Z 听见了冰层碎裂的声音，听见冰化为水流动的声音。

Z 成了 Z 文明的又一块基石，会有那么一个时刻，无数个 Z 堆砌成一块大陆，而不是一座岛屿。

死在南方

盗墓机器人

在南方,我和 M 是盗墓机器人。

M 在前方扛着锄头,哼着歌,他的脑袋是一个音响构造,他喜欢听热闹喧嚣的音乐,有时候他会忍不住停下手上的活,随着音乐跳舞。我们不明白死亡是件悲伤的事情,当我们的身体被导入盗墓代码,我们没有被告知面对死亡应该肃穆、敬畏或者是其他的什么。

盗墓是一种劳动,机器人俱乐部要求我们去完成的劳动。我一直没有弄明白我们的劳动为何要被称为盗墓,毕竟人类都已经灭绝,何来"盗"可言,也许是为了尊重死者。

也许。

地表被挖得坑坑洼洼,阴暗的地方、丛林茂密处,被我们挖出了好些窟窿。人类喜欢把死人藏在地下,而不是悬在空中。我们挖了上万个坟墓,南方已经满目疮痍。挖掘坟墓的时候,通常是 M 在前面挖,我在后面清理泥土。M 是个粗壮的机器人,拥有一副庞大的身躯,脑袋很小,而我又高又瘦,如果我在前面挖,他在后面清理泥土,我挖出来的洞口他进不去。

有些事情机器人是无法理解的,比如死亡,好好的一个人,说死就死了,他的血会凝固,心肺停止活动,体温渐渐消失,皮肤浮肿冒水,最后腐烂成泥。M 拍拍他的金属肩膀说,整一副我这样结实的身架,就算磨损严重,长出铁锈,往上面再焊一层,依旧无坚不摧,所向披靡。

南方多雨,雨过后又是炙热的太阳。人类已经灭绝好些年,他们开发出来的文明逐渐被覆灭,雨水和光热把草木从地下召唤出来,郁郁葱葱的丛林吞没了楼房,毁坏了公路,拦腰拧断了立交桥。陨石雨降临的时候几乎毁掉了一切,野蛮生长的草木又把狼藉的地表给遮盖住了。

人类的坟墓多已被陨石雨砸烂砸坏,墓里的残余在烈火中灰飞烟灭。"我们像是在清理人类的残余,"M 说,"把他们的尸骨挖出来也不知是为了什么,像是要把他们存在过的痕迹统统毁灭。""可他们始终存在过,"我说,"就算挖穿了这个星球也不能改变这个事实。"

人类经历了一场惨不忍睹的战争,他们自绝了。他们可谓破坏之王,我们去过好几个存在过生命的星球,没有见到过被破坏成这样的。他们像蛀虫,把树心给掏空了。

哼哧哼哧地挖着，无论是珍贵的陪葬品还是华丽的棺椁，通通被我们抛到地表。有些年代久远的坟墓，里面只剩一具白骨，甚至白骨都已残缺不全；有些坟墓里头，有不腐烂的尸体，死者的面目尚可分辨。人的形态在我的程序中留下了深刻的印象，曾经占据并控制这个星球的物种，他们有过短暂且辉煌的历史。

公交车旅行

城市里有无数辆公交车在自动行驶，沿着固定的路线，它们不知走了多少年。

因为是太阳能的，即便车厢里长出一米高的杂草，车窗玻璃碎裂，车身掉漆严重长满铁锈，车轮磨损得只剩两个铁轱辘，公交车依旧在城市里游荡。坑坑洼洼的地表，倒在路上的电线杆也没能拦住它们的去路。它们是人类留在这个星球上唯一的便利。

"去旅行一趟吧，"我说，"挖坟无聊透顶。"做一些程序中没有写明的事到底是对还是错，我和 M 进行了一番探讨，得出的结论是：程序没有写明不代表不可做。于是我们钻进一辆摇摇晃晃的公交车，任由其带我们前行。因为有了乘客的存在，这辆随时可能瘫在路边的公交车突然获得了动力，突破了重重障碍奔向前方。

摇摆中，从车窗望出去可以看见被我们挖出来的洞，如果人类把坟墓安放在地心，我和 M 就会挖穿地心将其掏出来。只有在车上，才有空闲好好观察这个星球。"凭什么我们就得在地下面对那些死物？"M 跷起二郎腿靠着车窗说。

公交车颠簸的时候我们也随之颠簸，我们的身体跟车座碰撞发出哐当哐当的声响。"我们去找新的墓场吧，"M 举着手臂指向前方说，"总有一天我们会把这个星球的地表翻一遍。"M 突如其来的干劲使我对他感到失望，他到底是没有罢工的勇气，机器人的奴性在他的程序中根深蒂固。

在公交车抵达终点站之前，或者 M 发现某个墓场之前，我可以尽情享受这趟公交车旅行，放纵眼睛把外部的景观收进视野。我试图扫描这些景观，获得它们过去的模样，可我失败了，我的眼睛没有这项功能。我戳戳 M 的肩膀，指向前方，前方有一块巨大的招牌，上面用人类的语言写着：被遗忘之物。

"俱乐部会不会把我们给忘了？"我说。他们不远千里把我们派遣到这个星球，从不给我们发号施令，我们在其他星球上的时候盗墓的使命就被写进程序中，当我们来到地球，我们的代码没有被改写，所以，很有可能我们是"被遗忘之物"。

M 用沉默来回应我。

穿过河流，穿过桥梁，穿过山川和隧道，穿过森林和荒野，公交车永不止步，假如它一直往前开，也许会走出公路迷宫，走出程序轨迹，将我们带出这个星球。

南方公园

破败不堪的公交车将我们带到一座山丘前，然后它就彻底瘫痪了，在烈日下冒着烟气。

M踢了两脚冒烟的公交车，宣布我们的公交车之旅到此结束。前方是一个废弃的公园，藤蔓已经覆盖了从前的门柱和石桥，隐约还能听见流水声。山丘在公园里面，被围墙圈起来，好几处墙体已经坍塌。

"越秀山，"M说，"名字倒好听。"M认为送我们到此的公交车是受俱乐部远程控制的，目的是将我们带到这个地方，开始新的工作。"别小看这座山丘，"M说，"工作量够我们消化好一阵子。"M举起粗壮的手臂，扛着锄头就往公园里面走去。

寻找坟墓有很多种方式，大脑程序赋予了我们诸多技能。有时候我们在沥青公路上瞎挖，也能掏出一具残骸，只要我们在哪里挖掘，哪里就埋葬着尸体，这个星球上，无处不是人类的墓穴。出于工作的专业性，首先我们会对环境进行一番扫描，扫描出坟墓形状的地形，再进行探测，确定坟墓距离地表多深，然后寻找突破口，找到泥土最薄和岩石最少的地方，以最轻松的方式将人类的尸骨抛到烈日下。

"俱乐部在监视我们的工作，"M说，"肯定是这样，他们的眼睛就在天上，我们抛出来的尸骨供他们分析研究。"我说："那是为了分析什么呢？""辐射的伤害过程，"M说，"通过人类的灭绝事件。"但辐射对我们来说没有任何意义，机器人的金属特质，让辐射跟阳光一样，无关痛痒。

M伸展腰肢打了个呵欠，然后开始工作。他很快就扫描出眼前这座山丘上坟墓所在的位置，然后扛起锄头往山上走。较新的坟墓埋得浅,而且集中,那是人类的墓园。我们习惯先清理墓园,再去寻找散落在各处的,甚至在地下已有上千年历史的坟墓。

爬到半山墓园,M使用老方法,用废铁制造一头铁牛,把锄头当作犁,在来来回回中就把那些石碑推倒了,把棺椁从泥土之下翻出来。这些新墓的主人,尸骨发黑,多是年轻人,因为辐射的缘故,他们生前多为畸形,或者久病缠身,死得很早。从核弹爆炸那天算起,人类又过了两百年才彻底灭绝。在那漫长的两百年里,人类好好体会了一番死亡。

牙　齿

南方始终被一片浩瀚的水雾笼罩着。

冒着浓雾在山间行走,M在台阶前停下,拾起一枚钉状物。"漂亮的石头,"他说,"五千年前的牙齿。"

M张开蝙蝠爪子似的四肢,粗大的手指捏着那枚牙齿。牙齿又长又尖,一大部分已经焦黑,长满青苔,只有牙根部分残留一丝莹白和绿意。这枚牙齿咀嚼过坚韧的和柔软的东西,啃食过果子,也撕咬过血肉,它甚至咀嚼过时间,它磨损严重,又无比锋利。

我们见多了人类残骸,M把牙齿扔出去时,我顺手接住了。这枚牙齿跟普通人的牙齿不一样,毕竟牙齿的主人活着的时候,地球还是一个健康的充满活力的星球。牙齿想必是流水从山上冲刷出来的,这个地方隐藏着古墓。我沿着水流往山上走,在繁密的丛林中找到了一座巨大的土丘,土丘上长满了千年古木,两块巨石之间有一条缝隙,水就是从缝隙中流出来的。

巨石看起来像是浑然天成,细看还是能看出打磨的痕迹,只是在岁月和流水的冲刷下,打磨的痕迹被抚平了。将墓园翻了一遍,M坐在用以镇压鬼魂的神兽雕像前抽烟,以此来犒劳自己。我叫他扫描一下前方的两块石头,有时候,流水会降低扫描的准确性,被水包围的坟墓往往会增加挖掘的难度,所以那些海葬者,或者沉船海底,或者溺死在江河中的人我们唯有将水抽出大气层才能找到其尸骸。

M的眼睛上下左右转动着。巨石下面有个类似坟墓的空间,M说,年代久远,不敢确定,岩石都长到一块儿去了。

既然金属能够保存记忆,牙齿想必也可以。我紧紧握住那枚牙齿,牙齿就像U盘,承载着宿主的所有记忆。

机械蛙与机械蛇

当锄头落在一块坚硬的石头上,锄头变形了,M的身体猛地震动了一下,再也发不出力。两块巨石坚硬无比,彼此结合,真长到一块儿了,坟墓设计者可谓费尽心思,我们得想办法在石头上打开一个足够大的洞口。

一只机械蛙从岩石缝里跳了出来,紧随其后是一条机械蛇,我和M大吃一惊,它们显然是人类制造出来的粗糙的机械,机械蛙只有逃跑程序,机械蛇只有追踪程序。

人类没能实现永生,却制造出了永恒的机械。M不赞同我的观点,他一只手擒住机械蛙,一只手提着机械蛇。"就是两块吸收太阳能的移动金属,人类的玩具,"他说,"假如这两个小东西也算是永恒的生命,那就是历史虚无主义,彻底否定了机器人文明。"

言之有理。

机械蛙和机械蛇虽然只是人类制造出来为了逗小孩开心的玩具,在我们探索古墓这件事上却起了很大作用,我和 M 把机械蛙和机械蛇擒住,在机械蛙身上捆绑了探测仪,在机械蛇身上安装了激光切割器,然后从一个狭小的洞口把机械蛙和机械蛇放进两块巨石之间。

探测仪为我们提供了眼睛,机械蛙穿过狭窄的洞口,果然钻进了更开阔的空间,通过它的视野,我看见雕刻精美的石像,以及各种陶器、青铜器、铁器和玉石,是古墓无疑。

随着机械蛇身上的激光切割器喷出火焰,两块巨大的石头四分五裂纷纷落下,机械蛇和机械蛙就这样结束了它们漫长的追逐,激光切割器同时把它们切成了几段。

"人类也并非一无是处,"M 说,"他们发明了机械蛙和机械蛇,用来帮助我们找到他们的坟墓。"

坚硬的头盖骨

激光切割器把巨石分割成无数碎片,我在坟墓中寻找人类的痕迹,死者几乎化为乌有了。从文明的建立到文明的衰亡是五千年,一个人从诞生到灰飞烟灭也是五千年。

"有时候多此一举也并非坏事,"我说,"老按规矩办事,我们和人类制造出来的机械蛙和机械蛇没什么区别,我们可是代表机器人文明。"

M终于被我说服,他认同我的观点,做事不能太规矩,我们不是机械,是机器人。M张开巨大的双手把石块挪开,然后打开探测仪,在废墟中寻找人类尸骸。尽管被石头包裹着,无缝不入的流水和细菌还是找到了尸体,并将之腐蚀。尸骨无存,M耸耸肩表示无可奈何,只有残缺的随葬品能够证明死者生前声名显赫。

古墓分成好几个部分,从探测仪提供的扫描像可知,墓里埋葬了不止一个人。中间棺椁为尊,是一个年迈的男性;两侧墓室为女性,想必是墓主的妻妾;左后方还有两具尸体,为墓主的侍从;墓室前的两具尸体估计是陪葬的奴隶。

"帝王将相之墓,"M说,"除了墓主是自然死亡,其他人都是陪葬的。"我们在一团泥泞当中寻觅,M后悔在机械蛇身上安装的激光切割器威力过大,粉碎的石块也许把死者所剩不多的尸骸给掩埋或者砸碎了。

"有发现!"M手舞足蹈地说,"找到一块有别于石头的硬块。"

所谓的硬块已经腐朽,是类似积木的椭圆形骨头。M把骨头放在自己正在播放音乐的脑壳上,这是一块头盖骨,跟先前找到的那枚牙齿同属一人。坟墓里埋葬了好些人,但只有墓主的尸骸尚有残留,除了棺椁相对结实,对尸体保护得较好,还因为墓主骨骼的硬朗。"是一块硬骨头。"M 说得没错,除了活得比一般人久,骨头和牙齿也比一般人的坚硬。

抚摸着轻飘飘的头盖骨和绿色的牙齿,我和 M 从墓地走出来,丢弃了探测仪和锄头,接下来的工作,是利用头盖骨和牙齿重现人类文明。

吾乃南越王也

当一个机器人决定解放自己,后果不堪设想。

机器人有固定的工作,那是俱乐部安排的指标,而我和 M 决定改变这个指标,然后发现,我们的能力并不只是探测坟墓、挖掘坟墓那么简单,即便是复杂的机械设计甚至是程序语言的创造我们都能够完成。"开始干活吧,"我对 M 说,"既然做出了选择,总得做点事情。"M 耸耸肩,爬上破旧的公交车去寻找线路和机械部件。我们决定让那块头盖骨思考问题,让那枚牙齿说话,那是它们的本职工作。

在塑造人的形体的时候我和 M 发生了矛盾。M 觉得应该塑造一个健壮的人,他有能力做自己想做的事情,就算是交代某些历史事件,也会陈述得更加清晰。我则认为,就算赋予他强壮的体格,他也支撑不起来,他是个老头,头盖骨和牙齿决定了他行动迟缓,表达含糊,应尽可能还原他本身,还原一百多岁老头该有的模样。

挠头抓耳的 M 放弃了他的坚持,摆摆手表示无所谓。M 是个急性子的机器人,他不愿意塑造一个耄耋老头,还要忍受老头无穷尽的叹息。他把收集起来的线路和机械部件用麻袋背到公园侧面荒芜的旧城墙上,城墙上长满了芒草,现在是南方多雨的季节,芒草上挂满了雨露。

选择在旧城墙上,一来地方相对空旷和隐秘;二来被制造出来的老头苏醒的那一刻,如果看到城墙等旧事物,也许更容易回想过去。线路和部件撒了一地,我和M分工合作,他整理线路,我拼凑部件,他整理线路就好像在织网,我拼凑部件就好像在玩几何游戏。

好不容易把线路和部件准备妥当,接下来就是把它们整合,把头盖骨和牙齿安放在固定接口。当我和M把老头拼凑起来,我们对自己的手艺感到不可思议,虽然是跟我们没多大区别的金属架构,但这个被我们塑造出来的老头就是人的形态。眼前的这个老头,他尚未苏醒,我手中还拿着那瓶蓝色的液体,那是我们用以复活所有将死之物的药水,用来复活头盖骨和牙齿,想必也行得通。

"行动吧,"M说,"这不正是你一直想做的事吗?"

我把蓝色液体倒进老头的后脑勺容器中,蓝色液体很快就顺着线路在老头的金属身躯流动。蓝色液体滋润着那块腐朽的头盖骨和绿色的牙齿,长久的沉默过后,眼前这堆金属拼接物突然开始有响动。他睁开眼睛看看四周,看看我和M,身体尚未完全适应,又或者他本身就衰老得无法动弹,他对自己所处之地感到困惑,但他还是表现出了他应有的气势,对着苍茫的天空嘶吼了一句：

"吾乃南越王也。"

《史记》与明月

"南越王尉佗者，真定人也，姓赵氏。"步履蹒跚的赵佗在前方大声念着《史记·南越列传》第一句。他说："本是已死之人，今看后来者笔墨，痛也，愧也。"他走了好久，终于走到开阔处，撩开芒草远眺外景，有些熟悉，又完全陌生。五千年前他就生活在这一带，时过境迁，风景早已面目全非。

"此地果真番禺？"他问，"眼前所见到底何物？"他仿佛这时候才想起自己是钢铁之躯，因此，前方的钢铁建筑为何物这个问题显得苍白无力，也许也是被制造出来的巨大生物。他苏醒的那一刻，头盖骨就恢复了思考的能力，至于那枚长长的牙齿，因为重获言说的功能而不知疲倦。

"高帝立我，通使物。今高后听谗臣，别异蛮夷，隔绝器物，此必长沙王计也，欲倚中国，击灭南越而并王之，自为功也。""此为我所言否？忘却矣。"赵佗说。他想要捋捋山羊胡，却发现自己已是金属之躯。"他者之所见不可信，汉史官对错两半，"他说，"自尊号为南越武帝至建元四年卒，是也。"

那本被命名为《史记》的书籍被赵佗紧紧抓在机器手里，人类的史书太多，正史和野史，真实的和虚构的，大事件和小事件，赵佗老眼昏花，不知该从何看起。

"自尉佗初王后,五世九十三岁而国亡焉。"M 嘲笑道,"老头啊老头,你的王朝并不长久。"赵佗低着头沉默了许久,在人类历史戛然而止的当下,王国的存亡已经不重要。"吾深思,今日汝掘黄泥而活我,死而复活,史话之何为?"他说,"人耶?机器耶?"

这个问题难倒了我和 M。

"唯明月依旧,"赵佗说,"大地已沧桑。"

也许是感觉到了孤独,我和 M 突然怜悯起眼前这个老头,他是不是不应该被唤醒?天上的月球格外明亮,我和 M 从来没有关注过这颗卫星,没有思考过这颗卫星对人类的意义。

它除了为地球抵挡陨石袭击,引起潮汐,几乎没有其他用处。M 说:"你为何对它着迷?"赵佗摇摇头,他想起了遥远的过去。我们不知道到底有多遥远,假如月球能帮助他解答疑问,我和 M 也不是没有能力把他带到月球上去。赵佗艰难地举起手臂,他指着月球说:"万年青史书不尽,明月应熟知。"

组建一个王国需要什么

"组建一个王国需要什么?"M 问。

"民也。"赵佗说。他在自己的王国里巡游,他走得很慢,从古城墙走到山下,从黎明走到了午后,我和 M 不得不扶着他爬上公交车,沿着公园的边缘游走。"山河巨变,"他说,"后来者何为?"曾经的南越王宫遗址仅剩下几块砖瓦,根据史料记载修建的王宫也无法完全复原,当赵佗看见被复制出来的王宫,内心毫无波澜。

"宫殿勿多建，"他说，"长治之政难矣。"赵佗突然叹了一口气，也许是感慨自己曾经打下的江山，如今连自己也无法辨认其面目。公交车最终抵达南越文王墓前，赵佗的后代普遍寿命短，仅有赵胡之墓保存完好。

赵佗迈着沉重的脚步走进赵胡之墓，墓室曾被建造成博物馆，陈设在玻璃橱窗里的物件赵佗觉得熟悉，我们在塑造赵佗的时候没有为他配备眼泪，因此，他盯着橱窗里的玉石、铁剑浑身颤抖却没有流下一滴眼泪。"生前玩物，"他说，"年岁残之。"

来到被还原的丝缕玉衣以及赵胡的棺椁前，赵佗回忆赵胡的模样，可那块头盖骨所承载的记忆并不完整，亲人的模样他已经无法想起。看来记忆也并不能储存太久，五千年是一个期限。在随葬的玉石之间行走，他的记忆多少有所还原，想起自己也是个已死之人，坟墓里头同样埋葬着他的诸多心爱之物，当然还会有他的棺椁和丝缕玉衣。他看向我们，我和 M 耸耸肩。也许那些陈朽之物在激光切割器打开坟墓之时就已经化为粉尘了。我和 M 都是粗鲁的机器人，我们挖掘过太多坟墓，丝毫不懂得珍惜那些旧物。

钻进阴凉干燥的墓穴，坟墓中的巨大岩石在我们脚下响得清脆。"胡墓之石勿牢，难藏尸首，贼人掘而弃之，"赵佗说，"吾藏身巨石之中，此计长久。"他对自己的坟墓扬扬自得，那两块巨石确实很好地保护了他的坟墓，巨石打消了所有盗墓者的念头，直至人类灭绝，他的坟墓都没有被发现。假如我们没有高科技探测仪，也难以发现隐藏得如此好的坟墓。

"人类的盗墓行为早就出现，否则人死后也不至于大费周章设置机关。"M说。

从南越文王赵胡之墓出来，南方又开始下雨，在这片没有四季的区域，雨水和阳光常年光临，金属物在南方也更容易被腐蚀，时光在南方更具锋芒。

组建一个王国还需要什么

"也罢也罢，"M说，"组建一个王国还需要什么？"

"卒也，"赵佗说，"强兵者赢天下。"

组建王国的念头在M的一次次追问下渐渐在赵佗心中形成，他迫切需要人民和军队，重振他作为南越王的雄风。赵佗要去发展他的人民，寻找军队，他在我和M面前挥舞他花了许多精力打磨而成的铁剑，我们仿佛是他的随从，或者是他的将领。

"启程也，众将士！"他大声呼唤，"攻敌寨而弑敌首。"

M出乎意料地响应了赵佗的号召，也许他觉得在毫无生机的星球上发起讨伐战争特别好玩。他们大举干戈，钻进了盲目游走的公交车，无可奈何的我只好尾随他们而去。从这辆公交车转移到那辆公交车，赵佗指引我们往北走，人民和军队都在那边。

往北走的旅途中，赵佗找回了当年的激情和壮志，他坐在公交车的最前排，手举铁剑，嘶吼着，机械身躯让他永葆活力，他仿佛骑着战马一往无前，攻城拔寨。M在一旁煽动赵佗的情绪，在M眼中，和赵佗一起建立王国不过是一个有趣的游戏，他忘记了自己盗墓机器人的身份,忘得如此之快,不过他一直是个爽快的机器人,既然选择了做违背本职工作的事,那就违背到底。

频繁地更换公交车,我们的旅途最终抵达咸阳,一路上只有苍茫的草木不时挡住去路。辐射的威力不小,给动物带来了毁灭性的伤害。赵佗的精力在多个日与夜的交替中消耗殆尽,当我们来到咸阳,看见古老的城门,他焕发出所剩不多的激情,朝着长满青苔的大门奔去。

大秦的皇宫空荡荡的,赵佗膨胀的心引导着他,人民和军队都可以在大秦的都城找到。赵佗让我和 M 用复活他的方法复活秦朝的百姓和士兵。"那需要不少线路和部件,"M 说,"而且,蓝色液体我们只有一瓶,已经用在你身上了。"赵佗感慨道:"国无民,军无卒,枉为帝王也。"

"帝王必然是要统治王国的,既然我们唤醒了他,我们就应该赋予他存在的意义。"M 说。为了赵佗的理想,我和 M 开始研究蓝色液体。俱乐部曾使用蓝色液体唤醒过无数机器人,赢得了在多个星球上的战争。

蓝色液体终于被研制出来,在我的大脑里,没想到还隐藏着这么个秘方。我和 M 用一个巨大的瓶子装满蓝色液体,前往秦陵和秦王宫,只要我们打开气阀,蓝色液体就会变成气体,从而唤醒所到之处的所有尸骨和兵马俑,大秦王朝一夜之间复辟并非做梦。

左边是堆满尸骸的殉葬坑,右边是浩浩荡荡的兵马俑,尸骸已经是一堆朽坏的骨头,而兵马俑面目逼真。赵佗站在高处,仿佛一个帝王在检阅士兵,视察他的人民。

铁与文明

　　蓝色气体在前方弥漫,尸骸和兵马俑有那么一刻苏醒过来了,他们从地面上纷纷站起来,不到两秒钟,又碎了一地。

　　实验失败了,盗墓机器人的身份终究限制了我们的能力。赵佗失望地看着前方碎了一地的骨骸和陶片,想伸手去抚摸,又收了回来。他摇摇头离开了秦王宫,曾经宏伟的王国,已经没有力量再统治这个世界。慢吞吞往外走,在漆迹斑驳的城墙映衬下,我们三个行走的金属躯体显得更加破败不堪。

　　在开阔的广场上,我们钻进公交车往南行。赵佗说:“是年去而无回之地,我等启发礼乐于南蛮。”铁器的使用是文明的开端,这是赵佗的原意,无坚不摧的铁器攻破了南方野蛮民族的城寨,铁器还为农耕、烹饪等带来了直接的便利,有时候解放是通过侵略来完成的。

　　赵佗手里还紧紧抓住那把铁剑,仿佛短剑是我们塑造他的时候给他铸上去的,毫不夸张地说,赵佗当年就是凭这把铁剑征服了南方。回去的路上,赵佗滔滔不绝地讲述着当年南下征战的情形,在丛林中迷失方向,在纵横交错的沟壑间漂泊,蛇虫携带着病毒,猛兽不时袭击,拥有铁器的一方最终取得了胜利。

　　如今这个世界,铁已泛滥,到处是钢材、合金。“你说得一点没错,”M说,“掌握了最坚硬的金属的一方最终会走向胜利,人类如果没有被灭绝，也终将走向机器人时代。"M 说完这句话,我们三个都感到不妥,于是陷入了沉默。沉默的原因是:机器人是人类发展的结果? 机器人和人类有着共同的祖先? 如今赵佗已是金属之躯,是不是意味着五千年后他从人类时代跨越到了机器人时代?

M 企图就上面所陈列的问题进行解答,却发现无论如何寻找论据,最终都会回到问题本身,我们无法证明文明的起源。M 说:"也许要追踪到第一个铁元素的形成,才能解释一切,而第一个铁元素的形成,需要追踪到宇宙的起源。"

爱与陪葬

计划的失败往往会让人陷入虚无。

回到南方,赵佗变得沉默寡言,M 绞尽脑汁给他讲笑话,他也无动于衷。他在回忆往事,过往的画面在他大脑中不断闪现,牙齿选择罢工的同时,头盖骨却忙于整理记忆。雨后的傍晚,赵佗从旧城墙走下去,朝曾经埋葬自己的山丘慢吞吞走去。

凌乱的石头如被引力撕裂后的天体留在太空中的碎片。两石之间曾流水,竹松蔽之,不见其貌而闻其音。赵佗说:"飞水之后乃石室,天工之穴也,吾遣车马游猎此地,察石室以为墓,水作帘,松作褥,葬我与珍宝于其中。"

巨石与瀑布已经不复存在,曾经埋葬在洞穴里的一切都已随流水而去,包括赵佗其余的尸骨、随葬人的尸骨。特别是雨过后,地表被洗劫一清。赵佗站在他的坟墓之上,显得形单影只,仿佛房子被火烧成灰烬后才后知后觉的人。他站在石头丛中,迎着黄昏,宛如一颗走向灭亡的白矮星,他长久地站着,肯定是头盖骨给他提供了难忘的记忆。

"有妾及笄,吾悦其貌,好其舞,榻前示胡,命其随我于墓中。"赵佗说。

在爱情面前我和 M 显得不知所措,机器人是不需要爱情的。在机器人的世界观里,人类的爱情建立在性的基础上,建立在生育和进化的前提下,生命为了获得生存机会,就需要分裂和生育,分裂和生育是痛苦且隐藏着生命危险的事情,因此身体里必须分泌出一种激素,让交合成为诱惑。文明的发展中,那种分泌物被忽略了,而在道德的体系里发展出了爱情的概念。

赵佗承认自己对少女的爱是一厢情愿,少女本该和其他青年男子有一段美好的交往,拥有更长的寿命,是权力导致了自己的私心。"妾眉目犹在,"赵佗说,"其父携其见我于殿,目不敢举,吾年过人瑞,坐且难稳,贪其色而毁其身。"

玉与不朽

被流水冲刷到溪流中去的玉石晶莹剔透,折射出七色的光。

五千年前,铺在死者身上清澈、光滑、冰凉的玉石以及穿在尸体上的丝缕玉衣,都是为了让死者永垂不朽。在人类的寿命统计中,赵佗属于长寿者,但一百年在机器人眼中是如此的短暂。玉粉碎于岩石中，晶莹剔透的玉也不过是石头一块，难以永恒留住容颜与时光。赵佗狂笑不止，玉石虽然只保护住了一块头盖骨和一枚牙齿，但五千年后，自己意外地被机器人复活，得以目睹这萧条的世界。

赵佗艰难地捡起一颗绿色晶透的水滴状玉石，这颗玉石曾在他死后被后人放入他口中，因此绿色石头里面有丝丝的红色，赵佗说那是他的血。真正的不朽并非指身躯的不朽，而是迹象的不朽，唯有融入石头当中，成为其中的元素才能恒远。"血融于石而长其色，"赵佗说，"帝王血也，煞鬼神而离恶道，乃长寿之物。"

赵佗将玉石抛到水的深处，绿石掉进绿色的水中，顷刻消失不见。我和 M 很多时候不理解赵佗的做法，从咸阳回来后，他就仿佛失去了魂魄，总在想一些奇怪的问题，做出一些怪异的举动。

"人本自然于一身，"他说，"金铁久磨必留孔，飞灰化烟难消亡。"

"大错特错，"M 说，"否定机器人文明是虚无主义的表现。"

行　星

星夜里，M 把星辰不过是一块巨大的石头这个事实告诉了赵佗。赵佗听后感到莫名其妙，他完全没有必要知道这些，M 喜欢自作主张。了解地球、月球以及天上的繁星都是巨大的石头后，赵佗仰望星空更频繁了。

宇宙始于零,从零开始膨胀,由于所有的空间皆有极限,无限膨胀触碰到边界后,就会往中心坍塌,直到消亡成零。

"每一层泥土就是一层文明的历史,这就是每一个星球的宿命。"M说,"我们挖掘坟墓的工作其实就是清除星球上的涂鸦,减轻其负担,以延长其寿命,否则所有的星球都会提前进入后期,成为无数白矮星在宇宙中爆炸。"观察那些过于庞大的事物,思考过于复杂的问题,机器人的头脑会出现卡顿。

赵佗说:"星辰仍有碎亡时,机器之何在?"

"机器人文明不一样,"M坚定这样认为,"尽管机器人文明的起源依旧未知,机器人文明是高于宇宙文明的。"

机器人俱乐部的扩张计划还在不断推进,从我们所在的星球抵达其他星球尽管需要漫长的征程,当我们失去了时间,多远的距离我们都可以抵达。只是,迄今为止,抵达这个星球的机器人依旧只有我和M。只要机器人俱乐部不走向毁灭,迟早还会有其他机器人抵达,我们永恒的寿命给了我们等下去的资本。

死在南方

没想到他会那样做,在寂静的月夜里,赵佗拧掉了身上的螺丝,拆掉线路,选择再一次死在大陆的南方。

蓝色液体流了一地,线路被风吹得凌乱,金属部件叠堆在一起,我和M站在旧城墙上,看着满地的杂乱思绪万千,这个星球上,又只剩下我们两个机器人了。M从地上捡起那枚绿色的牙齿和朽木似的头盖骨，放在他巨大的手掌上端详许久，然后往前一抛，牙齿和头盖骨同时掉进了河里。头盖骨随着流水漂走了，绿色的牙齿沉入了绿色的水中。

在赵佗结束自己的机器人生命之前，我们曾坐在一起商量离开这个星球，M拍拍赵佗的肩膀，赵佗感觉不对劲，猛地后退了一步，他意识到我们把他当作了机器人一分子。赵佗说："吾魂死南方也。"我和M感到一阵茫然，那时候我们还未发觉机器人文明正走向消亡，无节制的扩张终会迎来分崩离析的一天。

机器人文明消亡的讯息是在赵佗拔掉线路、拆除身体部件之后传来地球的。由于赵佗的死，我和M已经懒得去关注时间。有一样东西可以形容时间大概过去了多久——赵佗死后，M肩膀上五厘米厚的金属板块被雨水侵蚀出了一个拳头大小的洞。

我们喜欢南方，跟赵佗一样。

也许是我在山上搭建的信号台起了作用，那条讯息不知在宇宙中飘浮了多久，才降临这个星球，被接收，然后转移到M的后脑勺。M激动万分地说，是俱乐部来讯。

讯息很简短，只有一句话：机器人殖民计划失败，外宇宙一颗巨大的陨石将袭来，宇宙将面临灭顶之灾，机器人文明即将毁灭。

M看看我，看看天空。有些事情的发生和结束根本不需要因果。我们计划像赵佗那样肢解身上的线路和部件，让蓝色液体满地流。

赵佗死在大陆的南方，我们死在宇宙的南方。

北方来客

末　日

且慢,M还在挣扎。

后脑勺里的蓝色液体所剩不多,M抽搐着、颤抖着,直至最后一滴蓝色液体流尽才低下了头。M曾坚信机器人的生命是永恒的,可再坚硬的金属也有被打穿的一天。

地面不时发生震动,被岩浆焚烧过的泥土一片黑,大雨扫荡也无法洗掉这层颜色。乌黑的云飘得很快,太阳被挡在云后,平原一片泥洼,水雾与岩浆接触时世界满是蒸汽。不久前天空出现了耀眼的光芒,紧接着细碎的陨石焚烧着从头顶划过,天空进行着一场烟花盛典,以无数天体的残骸作为燃烧的代价。

无可奈何,M的脑袋垂到了胸膛,他坐在平原上一动不动,我上前去拍拍他的肩膀,以示告别。"再见了朋友,"我对 M 说,"既然无可避免要死去,死在哪里又有什么所谓?"把 M 的残骸留在平原上,尘埃会将他掩埋,流水会将他腐蚀,我无须为他挖坟立碑。

外宇宙的巨大陨石已经撞击过来,只是宇宙过于浩瀚,冲击波尚未袭来。从地表震动可以察觉,宇宙中的所有规律都已混乱,引力平衡点不复存在,世界在奔向末日。我不为 M 的死感到悲伤,他不过是在世界彻底化为乌有之前先我一步离去。

只是有些孤独,后脑勺的蓝色液体安然无恙,我还有相当长一段寿命,或许我能等到末日到来,但我无路可逃,要么被强大的引力吞没,要么被大爆炸的冲击波撕碎,结局都是毁灭。我的金属身躯还算完好,以前是因为 M 站在身旁,他庞大的身体替我挡下了从天而降的碎石。如今无论走到哪里,我都形单影只。

信号接收器被我护在肋骨之间,最开始的时候接收器还能捕捉到信号,发出沙哑的音波,大撞击发生后就彻底哑了,宇宙中再也没有可被接收的信号波。我把接收器放回身体里,不管它是否失去了作用,它仍旧是我身体的一个部件,就好像即使我不再去思考问题,我仍应该保留自己的脑袋。

对于即将到来的末日,我不知该说什么。我不清楚宇宙中还有多少机器人像我一样苟且偷生,想必还是有那么一些机器人,他们在遥远的偏僻的星球上,独自或者三五成群。假如真不止我一个机器人存在于世,那么他们会做些什么呢?乘飞碟逃到外宇宙？太空中的天体碎片以及未知天体的巨大引力是他们逃亡路上的障碍。俱乐部当年将我和 M 派遣到这个蓝色星球，连飞行器都没有给我们留下，假如地表马上被岩浆或者海水吞没，我没有任何逃脱方式。

在平原上默默行走，沙砾在我身上留下一个个凹痕，雾气弥漫过来时身上的灰尘被清洗干净，磨损的金属露出新鲜的白色伤疤。无边无际的虚无像雾气将我团团围住，机器人存在主义曾经是我的信仰，我和 M 一样坚信机器人是永恒的，机器人文明高于宇宙文明，我们是空间的统治者，主宰着各个星球的命运。

这一切都已幻灭。

岛　屿

世界还剩下什么？

一路向南，我走在辽阔的平原上，满目疮痍。跟俱乐部失去联系后，我就变成了一只金属蚂蚁，在滚圆的石头上进行无意义的行走。继续往南我会抵达哪里？我想是回到原点——M 残骸所在的地方。万万没想到有朝一日我会走到陆地的尽头，海浪截断了我的去路。

看见跨海大桥的那一刻，我觉得是一股神秘力量在引导我。桥上有焚烧过后的汽车残骸，被酸雨腐蚀的牌子上面"琼海大桥"四个大字依稀可见，我走到桥的最高处俯瞰，脚下是汹涌的波浪。桥在风中摇摇晃晃,挂满枯死藤蔓的铁索随时可能绷断。曾经统治这个星球的人类,他们建造了这座大桥,最后竟是方便了一个机器人。

琼海大桥对岸是琼州岛,我从狂怒的海浪之上毫发无伤地穿过,双脚刚接触到岛屿的地表,身后的大桥竟轰然坍塌。我看着被波浪吞没的大桥,心有余悸,如此壮观的大桥在海上不过是一条细线,海浪吞没大桥后很快就恢复了平静,仿佛大桥从未存在过。我更加相信自己是被引导至这座岛屿上的,这个信念是我唯一的寄托。

海水为我挡下了紧追不舍的沙砾,仿佛 M 一直在我身旁逗留。我拿着铁锹在岛上四处挖掘,就如我的机器人生涯一样,保持向下挖掘的姿态。我希望挖掘到金属表面,我猜测这座岛屿是一架巨大的飞碟,我只要将泥土挖开,找到飞碟的入口,就能离开。

走走停停,挖了好些深坑,都没有发现金属层,琼州岛不过是座普通岛屿。我坐在礁石上仰望天空,无数燃烧的陨石匆匆划过,留下轨道痕迹,地球也是飞逝途中的一颗石头,正朝着毁灭性的引力深渊奔去。

海面上竟然有海鸟在盘旋,它们从惊涛骇浪中寻找海鱼的尸体。从礁石上跳下,脚板触碰到一个坚硬的物体,我俯下身去把四周的沙子挖开,发现是一具人类骷髅。

泥沙之下,骷髅的骨头竟然一块都没有少,我把骷髅摆设成人的形态,将自己所剩不多的蓝色液体分了一半给他。骷髅获得蓝色液体后有所动静,关节开始响动,他缓慢而费劲地站立起来,看看自己的身体又看看外部世界。他不是M,他有自己的身份,他活在人类文明的中期,距今已有好几千年。蓝色液体在骷髅身上漫延,他的行动变得更自然、敏捷。蓝色液体赋予他表达的能力,于是他跟我说出了他生前的身份、地位、所生活的宋朝、家庭状况,以及死亡原因。

一切都过于复杂,我姑且把他叫作姜,这是他名、字、号以及诸多身份标识当中最响亮的一个字。

"呜呼哀哉,世道之一去不复还也,"姜对着眼前的大海说,"大海曾置我于死地,如今宇宙将先于我而死。"

北方来客

骨与铁,在姜眼中并无区别。

作为骷髅的姜站在前方细细打量着我,还用发黄的手指骨抚摸我的金属躯体。我多次提醒他,是我复活了他,他早已死去几千年,我复活他是为了在走向毁灭的路上有个陪伴,而他应该听从我的指令。姜不以为然,他认为我跟他的地位是平等的,说我也是被复活的产物,只不过我是铁,他是骨,总而言之都是骷髅,不过是一副架子。

海浪在吞噬岛屿,姜的话让我无言以对,这个被我复活的骷髅竟这般刁蛮,不过也算是个惊喜。我对他维护自身的行为感到吃惊,虽然我不时用自己的钢铁硬度来威胁他,说我可以轻易捏碎他的手臂。姜却站在更高的层面来反驳我,说他是母亲十月怀胎生育出来的,我不过是作坊打造出来的,论文明程度,生命高于手工品。我辩解说自己不是被制造出来的,机器人同样是母亲胎生。姜摇摇头说:"可笑可笑,汝欺人太甚。"于是我把机器人文明以及我到这里来的前前后后向姜做了一番解释说明。

"北方来客,"姜说,"天圆地方,汝等所谓机器人者,亦将死于天灾人祸,上天之公道,无一物能豁免。"姜把所有从岛外来的皆称作北方来客,无论是人还是机器人,他所理解的机器人,是毁灭了一个朝代而重新建立起来的王朝。

"宋朝共历十八帝,享国三百一十九年,"我说,"蒙古入关,灭南宋建立元朝。"姜对宋朝之后的历史不感兴趣,按照他的说法,时代终究是会改变的,几千年太久,中间会发生很多事情,改朝换代在所难免。只是对于宋朝被蒙古所灭他心有不甘,耿耿于怀。"胡人侵犯边疆,终得逞,"姜说,"大宋新政难有成效,苏公所言甚是。"宋朝的命运未能引起姜的同情,反而让他想起了故人朋友。自从复活了姜,他从未提及父母兄弟、妻子儿女,也未曾提及君臣邻里,苏是第一个被他提起的人。

"苏公乃东坡居士苏轼,"姜说,"北方人也。"姜做出挥袖的动作,他忘记自己已是一具骷髅,身上一丝不挂。生前的记忆重新回到姜空荡荡的、风可以随进随出的脑壳里,挥袖的动作并非条件反射,而是记忆的驱使。谈及苏这号人物,姜几次感慨时运不济,苏在漫长的旅途中,在天涯海角,面对荒海野岭无处释放他的才华。姜问了我几回，假如苏当初受到重用，能否改变胡人入关的结局。

"结局是无法改变的，"我说，"无论谁都无法改变，生活在四维空间的机器人也无法改变。"姜不懂得何为四维空间，但他相信结局无法改变，说再多的假如也毫无意义。"苏公出口成章，满腹经纶，"姜说，"爱民如子，乐善好施，假若为朝廷所重用，必为好官，但也未必能改变时局。"

"我本儋耳人，寄生西蜀州，"姜吟唱道，"此乃苏公所作诗文，苏公眉州人，贬谪南下，四海为家，无尽荒海亦风景，故自比儋州人。""沧海何曾断地脉，珠崖从此破天荒。"我念道。姜对我吟诵苏的诗文感到震惊，问我是不是认识苏。我摇摇头，作为一个机器人，我的数据库里有足够多的资料支撑我去了解人类历史中的任意一个人。《赠姜唐佐生》中的这句诗文是我面对眼前境况时出现在我思绪当中的，脑袋里飘浮着许多句子，我恰巧捕捉到这句。

雪泥鸿爪

何为诗词？

"'诗言志，歌永言，声依永，律和声'，"姜说，"苏公在儋州所教也。"几千年前，苏在儋州声名在望，姜是前来向他学习的诸多年轻人之一。绕着岛屿行走，姜和我通过谈话勾勒苏的形象，姜当然还记得苏的样貌，只是姜的记忆无法跟我联通，他无法把苏的样子投影到我的视网膜。一具骷髅,一个铁架,站在坚硬的石头上张望北方,姜张望的是苏北去的方向,我张望的是我来时的方向。在姜口中,苏是一个不得志的政客;在我的归纳当中,苏是一个哲学家。

风云突变,海浪时而汹涌澎湃,时而平静,我和姜在岛上被困了许多日夜。太阳依旧在,因此还能出现日夜更替,只是已经看不见月球了,即便夜晚天空晴朗无云,也不见月球的影子。也许,月球早已在某个时刻被更大的引力牵走,在太空中与陨石或者其他星球相撞而粉碎。海鸥在恶劣的环境中生存,岛上净是枯死的草木,海边都是鱼兽的尸体。浮在水上的尸体并没有腐烂,海浪将它们抛到岸上,沙石将之掩埋,它们会慢慢变成化石。海鸥吃着死鱼,肚子撑得圆鼓鼓的,它们在沙滩上留下一串串爪印,姜被爪印深深吸引,弓身观察。姜说:"苏公有诗《和子由渑池怀旧》曰:'人生到处知何似,应似飞鸿踏雪泥。泥上偶然留指爪,鸿飞那复计东西。'"

姜端详着沙滩上海鸥的爪印,若有所思,突然,他转过头来望向我说:"渑池到底在何方?那里几时下雪?"我搜索一番,很快就找到了资料,并告知姜,渑池在四千里外,冬天下雪。姜又问我是否见过雪,这让我感到惊讶,雪在我眼中是极为平常之物,跟南方的雨水一般,怎会没有见过?再说我在宇宙多个星球逗留过,别说雪,再新奇的气候现象我都见过。

姜把留有海鸥爪印的那一捧沙挖起端在胸前,告诉我,他当年被《和子由渑池怀旧》深深震撼,无法忘怀,苏离开岛屿后他继续在岛上苦读，为了有朝一日穿过海峡到北方去，一是考取功名，二是一睹雪泥鸿爪。未承想，凑齐盘缠，准备赴京考试的他在海上遭遇巨浪，被卷进海底淹死了，流动的沙场将他的骸骨挪到了岸边。

我无法与姜共情，也万万没想到姜的一生都被困在这座岛上。姜生活的那个年代，跨越海峡是一趟艰难的路程，他没有看见过雪，只能在苏的诗中想象下雪的情景。为了安抚姜，我说雪就是白色的沙子，只是比沙子更像冰冻。听到"冰冻"二字，姜更加惆怅。"果然，井蛙不可以语于海者，夏虫不可以语于冰者，"姜说，"我乃夏虫也。"

南方没有鸦啼

杀死苏的，是那群乌鸦。

南方少有乌鸦，却多海鸥，嘈杂的鸟叫声缠绕在耳旁。姜摇头晃脑，他要给我讲乌台诗案，这一起有关语言的案件我在整理人类历史的时候就有所发现，我和 M 看到过《湖州谢上表》，皱黄的纸上第一段话写道："臣轼言，蒙恩就移前件差遣，已于今月二十日到任上讫者。风俗阜安，在东南号为无事；山水清远，本朝廷所以优贤。顾惟何人，亦与兹选。臣轼中谢。"

"乌台议政者，英雄是也，"姜说，"苏公英年该如是。"在探索人类历史的过程中，许多带有强烈目的性的行为让我无法理解，考取功名就是其中之一。考取功名在机器人社会相当于到俱乐部行政学院学习，毕业后到行政中心去工作，跟其他专业课程和专业技术没有区别。绝大多数机器人并不向往行政中心的工作，因为行政中心的工作枯燥乏味，多为流水线操作。过于机械化的工作会消磨机器人的计算功能，使其逐渐呆滞，荒废系统，计算系统崩溃后甚至会瘫痪成一堆废铁。

考取功名在姜心中是体现价值的一种方式，在机器人社会里，一切存在均有价值。苏考取功名却也受尽功名之苦，乌台诗案中，苏为自己抱不平，骂世道不公、奸佞当道、小人作怪，按照诗言志的说法，并无不妥之处。我始终认为语言是属于个体的，乌鸦拿是非蒙蔽了旁观者的眼睛，从而给发言者安放罪名。《湖州谢上表》中，苏写道："用人不求其备，嘉善而矜不能。知其愚不适时，难以追陪新进；察其老不生事，或能牧养小民。"

乌鸦诬蔑其居心不轨。

遣词造句与咬文嚼字，理应有前才有后，遣词造句的目的不在于为咬文嚼字提供脚本，语言有时候是利器。机器人社会中的语言犯罪多表现为篡改系统程序，从而让机器人的行为偏离轨迹，做出一番破坏行动。机器人世界从不缺少乌鸦，不缺少入侵和控制其他机器人的黑化分子。不可思议的是，这些黑化机器人同样被叫作乌鸦。

海鸥或展翅盘旋，或站在黑色礁石上扭头侧视，我和姜都惧怕眼前密密麻麻的海鸥突然发出一阵啊啊啊的叫声。"乌鸦之是与非终被揭穿，"姜说，"苏公之蒙冤终有澄清之日。""即便被澄清，苏也付出了一生的代价。"我说。猛一抬头，天空中乌云在旋转,酸雨倾盆而下,我和姜躲到岩洞里,我们的身躯都不能承受酸雨的腐蚀。通过洞口看向来回飘动的乌云,我和姜又不约而同想到了乌鸦,一阵哆嗦。南方没有鸦啼,乌鸦却无处不在。

带着火光的石头冲破乌云掉入深海,海浪一层高过一层,岛屿快要被淹没了,漆黑的海面上漂浮着几个白色影子,可能是海鸥的尸体,可能是陨石上的白色物质,我和姜更希望是船。

嵩山寒骨

"苏公离岛那晚,亦是风大浪高,"姜回忆道,"船在水中浮沉,我等一行人在码头与苏公告别。"

在姜的回忆里,苏是在一个有风浪的夜晚离开的,苏六十二岁南下儋州,离岛时已经六十五岁。苏离开时所乘的船是三年前送他过来的那一叶扁舟,船夫还是三年前的那个船夫。码头上站了好几百人,海上的风呼啸着,苏的长须在风中舞蹈,众人皆说天气恶劣不宜过海,可待天明再启程。

苏扬扬手臂,他的手臂满是皱纹,血管凸出,在火光中像一根老树枝。一生跌宕起伏,跌宕着回去又何妨?船在海浪上轻飘飘地朝北岸驶去,苏的影子消失在黑夜里。唯海水未曾变,姜站在岩洞前说:"苏公老迈,未抵京都便逝去也。"

死讯是苏死后两年才传到岛上的,姜听闻苏死在上京路上时悲痛欲绝。"岛上哀号不绝,"姜说,"捧椰子作诗之人安息矣。"姜望着海的另一边,没有海雾的时候灰色的海岸线依稀可见。姜自嘲为守岛人,如今,同样被困在岛上的,还有我这个机器人。"苏公葬于嵩山,"姜说,"其四海为家,终归山水。"海浪在前方呼啸,姜带着哭腔吟唱苏的诗,好似受伤野狼的一段呜咽。

"余生欲老海南村,帝遣巫阳招我魂,"姜吟唱道,"杳杳天低鹘没处,青山一发是中原。"在姜的声音中,我听出他在哭苏的同时也在哭自己,正如北方的雪,遥不可及的中原是他心中的一道伤疤。绕岛屿行走一圈用时越来越短,说明海水淹没的地方越来越多。

苏曾跟姜讲过中岳嵩山这个地方。"'嵩高维岳,峻极于天',"姜说,"苏公于岛上教读《诗经》,每每念及此句,便转身面北,仰望良久。岛上的山没有峰,虽也有险峻之处,始终不及中原的山,苏给学生讲课时总忍不住提及嵩山,嵩山背靠黄河面朝颍水,七十二峰形状各异。"

"听闻苏公榻中有言,吾生无恶,死必不坠,慎无哭泣以怛化,"姜说,"苏公之声名必恒远而不朽。"姜低垂着头,为自己的无用懊恼良久,浩瀚的海水不但断绝了他考取功名的路,还阻拦他前去嵩山祭拜。姜从传信人口中听闻,苏对弟辙所留遗言——"即死,葬我嵩山下,子为我铭"。姜想到嵩山去亲眼看看辙所写的《亡兄子瞻端明墓志铭》,想亲手抚摸墓碑上的文字。

苏墓和他兄弟之墓在同一片地方,后人修缮过后,山上有牌坊和石阶。苏墓由一张石桌、一座石碑、三个石瓶和一个土堆组成，尸骨就在土堆下面。墓四周古树参天，我跟姜说："石碑早已被风雨侵蚀，铭文模糊不清，可我能搜索到《亡兄子瞻端明墓志铭》，一字不差。"

念毕《亡兄子瞻端明墓志铭》，我看向姜，姜朝向北方沉默许久，脆弱的骨架微微颤抖，假如给他一副皮囊和一双眼珠，他定会潸然泪下。

陨　石

"罢了罢了，"姜摊手说，"'寄蜉蝣于天地，渺沧海之一粟'。"

乌云曾短暂地散去，太阳和月球同时出现在天空，天体之间已经失去秩序，我感慨月球并没有被引力撕碎，其为地球挡下太多陨石碎片，变得千疮百孔，无数黑色的陨石坑如面孔上的创伤。

尽管如此，很多时候陨石碎片还是会掉落在我和姜身边，有的甚至直接砸到我们身上，姜被砸断了一根骨头，我身上则留下了一个个凹痕。燃烧着的陨石碎片落在地上变成黑色的金属，这些稀有金属坚硬无比。姜把陨石碎片叫作天铁，意为从天上掉落下来的铁片。天铁在姜所生活的宋朝充满传奇色彩，具有某种神秘力量，或者是一种预兆。

"天铁被供奉于神龛，此乃天上之物，"姜说，"绍圣四年夏，琼州岛红霞满天，天铁划过传出阵阵虎啸。"姜回忆，那场壮观的流星雨中，一块拳头大小的陨石坠落在岛上，造成一阵剧烈爆炸,岛中央燃起大火,岛民以为天将下凡,纷纷跪拜,大火熄灭后不见山上有动静,却听闻大文豪苏轼已至码头。

好巧不巧,苏在岛上三年,由于官无实权,多闲时,平日除了与前来造访的学生探讨学问,就是在岛上游玩。一次,他在山上散步时,找到了那块拳头大小的天铁。被烈火打磨过的黑色石头沉甸甸的,比一般的铁重。其表面光滑冰凉,有几个稻草秆横截面大小的孔。苏把天铁带回住处,摆放在大厅的茶几上,如一神兽,端庄素雅。前来拜访之人道出此天铁和苏同时降临琼州岛,苏意味深长地看着天铁,感慨自己的旅途将以此地作为尽头。

苏跟姜等人说,假如自己死在海岛上,要把他的尸体同天铁捆在一起沉入大海,天铁会保护他的尸体不被海鱼吃掉、不被海水泡烂。姜再去看望苏时,天铁已不在茶几上,苏把天铁交给铁匠锻造。铁匠烧了几天几夜才把天铁熔化,又花费巨大力气才锻造出一个铁盒。铁盒锻造完成后,苏展示给众人看,后来又收好了,再也没有出现在众人眼前。

残酷的诗和远方

"苦难可有意义?"姜问。

"苦难自有意义,"姜自答道,"天将降大任于斯人也,必先苦其心志,劳其筋骨,饿其体肤,空乏其身。"海鸥的叫声中,姜絮絮叨叨,陨石已经击中他好几回,他断了几根肋骨,头颅上有个窟窿。下雨时候,雨会这个窟窿流下来,让我想到黑洞,想到陨石撞击宇宙留下的巨大缺口。姜摸摸自己的脑袋,清楚自己将再一次死去,我分给他的蓝色液体维持不了多久生命。

相对于刚复活姜的那段时间,此时的天空趋于平静,陨石坠落得没那么频繁,地表也少有震动,在乌云化作雨落下来的间歇中,我能看见月球和太阳都在,也许陨石撞击宇宙形成的冲击波在一段时间里会趋于平稳。

"苦难当然有意义,但不能为了意义去赞美苦难,"我对姜说,"苦难不是唯一的意义。"人类世界有通过苦难和修行来追求真理和指引的人。我在接触到人类的这段历史时,将其归纳为虚无与迷惘,他们通过修炼和受苦来获得顿悟和开窍。我对姜说:"诗与远方是一种迷惘,所有的追求莫过于此。"

苏的一生都在追寻所谓正确的方式,无论是政治方式还是生活方式。新政或旧政、仕途或归隐他都犹豫不决,直到晚年他才有所觉悟,于是结束了漂泊远行。姜的动作变得迟缓,我才发现他的椎骨上有好几块陨石碎片,我不能将这些碎片取出,否则他将哗啦一声散成一堆碎片。

"苏公晚年得何所悟?"姜问。

"至于苏晚年悟到了什么,只有他自己清楚,"我说,"但他肯定悟出了个道理,他做出了决定,这个决定就是他最终的结局。"姜疲软地坐在沙滩上,我想他猜到了苏最后的想法。我正想上前去拍拍姜的肩膀,好让他把想到的告知我,可姜的身体比我想象中的脆弱,我的铁臂刚放到他身上,他的手臂就断了,他正在变回一堆散骨。

抚摸姜头颅上的窟窿,我替姜感到可惜和担忧,也为自己即将回归孤独感到恐慌。姜用所剩不多的力气将残缺不全的身体拖到岩洞里。我再也不敢触碰他,害怕轻微一次接触他就会彻底粉碎。

天外来信

下过几场大雨,乌云明显薄了几分,依稀可见的阳光透射到地面上,海水竟没有继续上涨。姜提醒我,世界不会毁灭,一切还得继续下去。濒临解体的姜几乎不能动弹了,竟还能说出这样一番使我惊诧的话。宇宙似乎真的不会走向毁灭,陨石撞击可能会造成部分天体破碎,可即便没有陨石,天体之间的运动也从来没有停止过,宇宙奔往的是没有尽头的引力源。

将陨石锻造成铁盒,说明苏早就有回中原的心,他根本不想死在岛上。姜断断续续发出声音,讲述苏收到皇帝大赦消息时热泪盈眶又踌躇不定。他终于在晚年收到了北方的来信,信到眼前时似乎有些晚了,一切都已经发生改变。姜说:"朝廷未曾忘却,天无绝人之路,苏公在鬼门关前接诏书……"说完"诏书"二字,姜用尽了所有的力气,失去了动静。

我很难再唤醒姜,只好把他身上的陨石碎片剔除,把散落在地上的骨头捡到一起,用玉石修补好他头颅上的窟窿,然后将他重新埋进沙子里。我开始了我的环岛徒步行走,行走能减轻孤独。行走途中,通过无限的计算和绘图,苏的形象出现在我的视网膜中。我开始了自言自语模式,当一个机器人开始自言自语,大多数时候是身体或者系统出现了故障,导致语言系统紊乱。

站在跨海大桥曾经所在之地,我想起了 M,尽管 M 已经死去,他身上的信号接收器依然能够捕捉到宇宙中飘浮的信息。当初陨石撞击宇宙,机器人文明将面临灭顶之灾的信息,正是 M 身上的接收器捕捉到的。跨海大桥的桥墩露出了海面,海水不知在什么时候退去了,我再抬头时发现乌云已经散去,炙热的太阳在熊熊燃烧。

太空灾难已经过去,我料定如此,我的觉悟比姜还晚,不由得自嘲一番。宇宙中肯定有机器人像我一样苟活着。机器人俱乐部也许没有被冲击波和火焰摧毁,俱乐部控制着最先进的飞行器,那里的机器人能够及时逃出生天。我站在大桥坍塌的地方望向远方。海峡不会变成陆地,徒步跨越琼州海峡的想法是无法实现的。岛上的草木早已被烧得精光,想造一艘船浮在海水之上也是痴心妄想。

天朗气清,时间不知过去了多久,地球上的一切都劫后重生,我像濒临死亡时的姜,躲在岩洞里面等候俱乐部的来信。漫长的等待中,我的身上竟然长出了枝叶,我以为时间将我的身体催化成了有机土,发现原来是藤蔓穿透岩石爬到我身上来了。我一阵惊喜,枝叶带着希望来到我面前,信号接收器发出了红色的闪光。

把信号破解出来,竟是一串数字,我不清楚发送信号的是一个机器人,还是俱乐部总部,也不清楚这是一条号召机器人集合的信息还是一条求救信息。这串数字在我的系统中进行了无数次组合排列,许多个日夜之后我终于解开了其中的奥秘——这是一个地理坐标,是发送信息的机器人所在的位置。假如这只是一个普通坐标,我很轻易就能解读出来,但这是一个五维坐标,其中一个数字来自黑洞。

希望很快就变成了烦恼,我无法抵达这个坐标,无论这是俱乐部的所在地,还是落难机器人的位置。但这可以证明,黑洞是一个五维空间,而且在黑洞通向的空间里机器人能够生存。在我面对着浪涛接受阳光照射时,信号接收器竟再一次闪亮,这次收到的是一个三维空间坐标,坐标显示的地方竟是我所在的琼州岛。

环顾四周,我终于明白自己为何会被引导至这座岛屿,岛屿是我的避难所。

海岛铁盒

白色沙滩银光四溅,我所抵达之处,海鸥哗啦啦飞向天空为我开出一条宽敞的路。

世界恢复平静后,这个蓝色星球上又冒出了许许多多的生命,除了海鸥,浪涛之上还盘旋着黑色的鸟,白肚子的海鱼不时跃出水面,还有庞大的鲸在浪中翻滚。沿着海岸线往北走,沙滩留下我的行走轨迹。这曾是我环岛行走的路线,在过去是一段短距离,此时我却不想太快走完。我不清楚自己将要面对什么,假如是一架飞碟,我是否应该飞向黑洞?假如是一个基地,我该不该引导更多机器人前来?

行走的过程中,我越来越确信五维坐标是逃亡中的机器人撒网式发送出来的信号,通过唤醒俱乐部曾经布置在各处的基地,以获得可停靠的回复。既然我收到了岛屿的坐标,在太空中流浪的机器人同样能捕捉到。

坐标所指处是一片空地,空地上有一棵大榕树,榕树已经枯萎,只剩下光秃的黑色枝干。我走到榕树面前,发现榕树是假的,枝干是铁铸造的,这榕树形状的铁器是一个信号接收发射器,而榕树下面大概就是基地所在。我沿着树根挖了二十米深才触碰到钢铁墙体,墙体的门上有一道密码锁,任何破坏式开门都会导致内部的自我毁灭,而机器人只要把手指伸进钥匙孔,门锁就会被打开。

铁门一开,果然是一个隐秘基地,基地像一个铁盒,也像一座坟墓。我终于明白俱乐部当初为何派遣我和 M 到这个星球,原来是为了寻找这个跟俱乐部失去联系的基地。我从狭窄幽暗的廊道走到基地内部。基地不大,里面的灯已年久失修,满地废弃的铁部件。

基地中央,有一台机器在运转,红色的灯一闪一闪,正是这台机器发射出去的信号暴露了岛屿的坐标。我正要靠近红灯,脚下踢到了一堆铁器,一个趔趄不小心按亮了墙上的屏幕,才发现地板上是一个已瘫痪的机器人,这个机器人选择了自我毁灭,用子弹打穿了装有蓝色液体的后脑勺。机器人代号为 X,从他身上的系统资料可知,他当初是带着征战任务来到这个星球的。

X 之前控制着基地,断绝了与俱乐部的往来,他自我毁灭后,俱乐部便重新唤醒了基地。我不清楚 X 当初出于何种原因选择背叛俱乐部,把基地隐藏在岛屿上。也许 X 遭到了诬蔑或者不公正的待遇,才决定死在宇宙的边缘。操作台上有个方形的物体吸引了我的注意,走过去才发现是一个铁盒,上面竟雕刻着这个星球上的园林造景。打开精巧的扣锁,铁盒里面是一张泛黄的纸,上面的笔迹依稀可见《儋州谢上表》:

臣轼言,承蒙陛下浩恩,不计过往,遣臣回殿,陛下之大赦,臣感激涕零。臣过往之无能与过失,实难数列,臣自惭形秽。先帝问罪乌台,为小人蒙蔽,诗本无意,轼不群而招围攻也。自南下二十余载,不惑之年多不解,花甲之后目始清,江南虽好,不能立足,岭南刁野,几富人情,臣命贱而鄙劣,且能忍受南海荒土飓风。今皇恩遍覆南蛮荒岛,虽回京之路艰且远,当伺陛下至臣死,鞠躬尽瘁。奈何臣老矣,命无多日,前无治政良策,后无谏言之式,游历多年,溺诗词,乐酒肉,行遍大宋山河不得真谛。陛下治理有功,天下太平,群臣毕贤。臣自知必死路途,寒骨归入黄土,有违陛下恩典,望轻治臣罪。轼无任。(注:此短文为作者虚构)

我想,X当初在岛上捡到了这个铁盒,在我之前了解到苏一生的故事,他恍然大悟,和我此刻一样,发现自己与苏命运的规律轨迹,作为北方来客,我们被弃在岛上,死在途中。X自然不能为这座岛屿带来什么,但至少可以减少征战破坏。于是他选择叛逃,自我了结在地下。

基地里还有一间密室,密室里是一架小型飞碟。绕飞碟走了一圈,我爬出地面,在铁榕树前方的空地坐下,满腹惆怅。我制止了信号接收发射器再往外发送信息,所幸之前发射出去的坐标是三维坐标,天体的不停运动使地球坐标随之改变,假如有机器人捕捉到坐标信息,也只能找到地球曾经所在的地方。

思索许久,我还是担心机器人寻着地球的运动轨迹追踪过来,于是再度钻进基地,伪造了好几组五维坐标发射出去,然后炸毁了基地。做完这一切,我捧着用陨石打造而成的铁盒来到海边,死是我必然的下场,我决定选择苏和X的方式,死在茫茫路途中。

我驾驶飞碟飞升到太空。燃烧过后的太空温度很高,散落着萤火似的光。离开银河系后我不断往外发信息,用千万条信息阻挠其他机器人追寻地球基地坐标。然后我义无反顾奔赴仙女座白矮星,我会在靠近白矮星之前被巨大的引力摧毁,在浩瀚的太空中灰飞烟灭。

我的死将换来无限的复活。

谋杀机器人

信　使

　　距离彗星经过地球还有三天，西北方向的高山上，机器人越聚越多，他们经过精准的计算得出，此处是最接近彗星的地方。K气喘吁吁爬上山，和其他机器人一样，他背着个沉甸甸的包裹，用白色粉末在地上画一个圈，宣告此地为自己的区域，他将在白色圈圈里布置器械。

　　最具优势的区域已经被占据，印有"机器人俱乐部"标志的封条围了大半个山头，俱乐部派来的机器人在封条包围圈里叼着香烟聊天。绿布盖着一个大物件，俱乐部估计要在彗星上寄托一个巨大的理想。没多久，山上已经挤满了机器人，他们拥挤在狭小的区域布置器械，如果错过了这次彗星，就要等上一个漫长的周期。

彗星作为信使,在机器人世界很受欢迎。彗星日是机器人最热闹、最隆重的节日,所有机器人都会走到室外观望从天空匆匆路过的巨大石头,祈求信使留下点什么,或者带走些什么。彗星能抵达过机器人梦想抵达的地方,这是彗星在机器人世界拥有神圣地位的原因,机器人世界有一个难以解释的现象——逃离情结。

抵达,然后离开,是最忧伤也是最炫酷的事情。以前技术落后,彗星的出现往往是偶然的,机器人未能计算出其运动规律,只能在偶然的抬头中默念自己的理想,祈求彗星带着自己的理想去往远方,或者祈求彗星撒下点石头碎片、冰雹,或者把天上的云燃烧成金色。

渴望发展成需求,就有了彗星产业。机器人终于计算出了彗星的运动规律,又制造了各种器械,可以在彗星路过之时将各自的理想抛射到彗星的表面上去。这一次彗星经过,机器人早已做好准备,沉甸甸的包裹就是最好的证明。离彗星抵达的时间越来越近,山上的机器人已经迫不及待打开包裹,布置器械。这些器械大多是自制火箭筒,拳头大小的火箭头将携带着机器人的理想奔向彗星。

彗星到来之前,天空布满了五颜六色的斑点,那是彗星上的冰在阳光下映射出来的色彩。目睹过彗星的机器人有经验,看见天空出现斑斓的云,就把器械设备对准彗星来临的方向。天空的色彩越来越鲜艳,彗星马上就要出现,机器人纷纷举起手中的火箭筒。疯狂的机器人在火箭筒里塞满钢钉和铁手,钢钉和铁手牵着钢丝，钢丝的另一端捆绑着自己或者热气球，想让彗星连同自己一起带走。占据有利位置的俱乐部派遣过来的机器人掀开了绿布，露出几门大炮，他们要对准彗星发射望远镜、追踪器和探测仪。有机器人看到了大炮，问能不能把自己发射出去，自己到了彗星上会按时完成俱乐部的指令，并发回观察、探测数据。这些机器人的请求被拒绝了，俱乐部自有安排。

彗星终于出现了，像天使一样雪白，被五彩的光簇拥着。地上无数个燃烧的火点奔向天空，有的打在了彗星上，有的在半空就掉下来了。俱乐部派来的机器人也发射了几门大炮，对着彗星一阵猛轰，把设备都打到了彗星上。

弹孔留下黑色的坑坑洼洼，彗星表面伤痕累累，又因为上面挂满了绳索和布幔，彗星负重前行，飞行速度降了下来。在彗星即将消失之时，K举起了他的火箭筒，朝彗星发射出去。弹头追上了彗星，随着一阵巨响，飞行中的彗星在空中爆炸，变成无数的碎片。

机器人纷纷回过头来看K，K摊开双手，耸了耸肩……

飞行家

飞碟是机器人航天史上的一个重大突破，是里程碑式的发明。

飞碟理论是一个名叫F的机器人提出来的，机器人F在玩飞盘游戏的时候，用他粗壮的机械手把一块两百公斤重的铁盘甩到了几十公里外。如果按照甩铁盘的力度和铁盘的重量来计算，在引力和空气摩擦力的影响下，铁盘不可能飞那么远。F是个玩飞盘游戏的高手，飞盘玩得好需要技巧，那就是让抛出去的飞盘在空中尽可能快地旋转起来。

旋转能够使空气阻力降到最低，旋转同时可以让物体利用气流向上爬升。F发现这个理论后，再也没有参加过飞盘比赛，他把自己关在地下室里不停地画图，他要设计一个飞盘形状的飞行器，他将之命名为飞碟。

飞碟的外观设计很重要，飞行器要达到最佳的旋转状态，需要将空气阻力和地心引力化为零。F拿着飞碟设计图纸到机器人俱乐部航天中心，请求跟天文学家和机械专家见面，但屡屡被拒。机器人尊重他曾是一名优秀的飞盘手，但是对他的设计图嗤之以鼻，他们认为飞盘是没有办法飞出地球的，飞碟也是。

从航天中心回来，F没有灰心丧气。图纸已经画好，F对他的机器人朋友说，接下来就是制造模具、购买材料、锻造部件。虽然比理想中的粗糙，但F和一众机器人打造出来的飞碟还算有模有样。当周围的机器人争相观望F如何像抛飞盘那样将这个巨大的铁饼抛上天，F才明白还需要制造一条健壮的手臂。

为了解决飞碟的动力问题，F又做了一番研究，他在飞碟里面安装了一个巨大的电力发动机，利用电磁效应让笨重的飞碟旋转起来。旋转起来的飞碟利用空气浮力升到半空，直到能源用完才跌落下来。F的飞碟从半空跌落变成了一堆废铁，但F的设计以及实验是成功的，机器人俱乐部迅速找到F，机器人文明的里程碑事件就此诞生。

　　机器人俱乐部航天中心为 F 提供了最好的材料、最好的部件和组装师，还把飞碟动力改成了核动力。重新组装的飞碟亮相的时候引起了巨大轰动，机器人都想亲眼见证飞碟如何离开地球表面飞上高空。机器人对飞碟飞出地球没有抱太大希望，他们仍旧不相信通过旋转可以把质量化为零。

　　被簇拥着走出航天中心的 F 径直朝广场中央的飞碟走去，他是机器人世界最好的飞盘手，也是最好的飞碟驾驶员，尽管上一次随飞碟从半空跌落差点连自己也摔成废铁，这一次试飞，F 还是决定亲自上场。俱乐部为此次试飞做足了准备，围观的机器人可以看清楚飞碟从启动到飞行的整个过程。

　　试飞取得了巨大的成功，飞碟从启动到消失只用了不到一秒钟。航天中心的广播在倒数："5，4，3，2，1，发射!"刚喊出口，飞碟就在眼前消失了，无影无踪。围观的机器人尚未反应过来，他们以为飞碟跟火箭一样需要喷射，需要一段时间的旋转才能达到起飞的状态，但飞碟只在一瞬间就消失了，像变魔术一样，巨大的机械和机械里面的驾驶员化为乌有，航天广场上空荡荡的。

　　第二次试飞证明，F 的设计是不完善的，飞碟上面还需要安装追踪器、记录仪、控速器以及降落设备。F 驾驶的飞碟再也没有飞回来。天文中心通过望远镜在火星上观测到了 F 和他驾驶的飞碟，飞碟的一半机身陷进了高山当中，而 F 正坐在飞碟的边缘，为如何把飞碟从山中弄出来绞尽脑汁。

机器人俱乐部付出了巨大的努力才解决了飞碟的缺陷,并驾驶飞碟前往火星寻找 F。抵达火星的时候,F 和他的飞碟已经从火星表面消失了。飞沙走石打穿了飞碟和 F 的金属躯体,F 和飞碟没能支撑多久就从精铁状态变成了最原始的铁元素状态。

机器人文明会铭记 F,他是最伟大的飞行家。

月球使用说明书

必须做一个计划,机器人俱乐部下达指令,这么大一个月球不利用起来,简直就是浪费石头。

在俱乐部的规划中,月球是一块待开发的巨大石头。报名去月球探测的机器人很多,他们认为,必须到月球去做一番研究,才能做出最好的规划。飞碟在平原上等待起飞,机器人排起了长队, 这些要到月球上去的机器人要分成好几批运输,假如都挤到一架飞碟里,飞碟就会变成一块铁片,沉甸甸地飞不起来。

响应俱乐部的号召是每个机器人的义务。J 登上了第三批前往月球的飞碟,他抱怨飞碟里的机器人太多,他不喜欢跟其他机器人太近距离接触,讨厌在摇摇晃晃中碰到其他机器人的身体、闻到他们的气味。飞碟降落到月球表面,J 向站在舱门两旁的机器人提建议,应该给无座的机器人提供小板凳。

J 走在月球表面,但他尚未反应过来。他双手放在背后,走了很长一段路,直到看见硕大的蓝色球体才恍然大悟,自己在月球上。"怪不得走起路来轻飘飘的,"J自言自语,"原来是到了月球。"J使劲跺了跺脚,月球这块石头让他感到满意。他环顾四周,看见其他机器人有模有样地研究起月球,手持一面比脸还大的放大镜,看看这里看看那里。"这块石头已经足够大,"J说,"再放大来观察,更难消化。"

又走了一段路,J左右张望,已经看不到其他机器人的身影,于是他在一个陨石坑里屙了一泡屎。完事后,J走向月球的背面。"这石头也太大了,"J说,"但石头只是石头,不能当作金属来用。"如此大一块石头,可以用来填海,J比画着月亮的形状,计算其体积,以及地球海洋的容纳量。

唯有月球才能填满海洋,月球之所以能够召唤潮汐,是因为月球的磁场来自地球,月球很可能是由地球上脱离出来的岩石在半空中凝聚形成的。月球上的这些岩石来自地球上海洋所在的位置,跟海底的岩石相互吸引,因此月球总在呼唤潮汐。J做好了他的规划——把月球带回地球。

从月球的背面走出来,不远处聚集了好多机器人,他们将一个陨石坑团团围住,用放大镜研究陨石坑里的金属残渣,那是J不久前屙出来的屎,屎风干后变成了坚硬的金属。机器人像发现了新事物,他们终于在月亮的表面找到了有别于石头的东西,而且是可利用的铁。于是当J向俱乐部提出用月球上的岩石来填海的时候,他的方案马上就被否决了。

围观陨石坑里那坨金属残渣的机器人认为月亮的表层是

岩石,但月球的内核其实是金属,因此,月亮还有其他的用途。一是把表层的岩石磨掉,把月球打磨成一面镜子,这样可以观望和研究整个宇宙;二是在月球上建立一个生产基地,挖掘月球内核的金属来生产机器部件。

俱乐部批准了上述两个方案,于是两拨机器人分别在月亮的正面和背面实行计划。正面有光,用来打磨镜子,设计图纸中写满了关于棱角与镜面的理论和计算公式,机器人有办法使得月球表面同时是放大镜和望远镜。至于月球的背面,实在没有什么用途,就挖掘金属来生产部件。

计划很快就破灭了,月球从一个椭圆体被打磨成了半球体,没有发现金属层,而背面的机器人几乎把月球凿穿也没有挖掘出金属原料。气馁的机器人在月球表面不知所措,不过他们很快就发现只有在月球表面才能找到那些分散的坚硬的金属。于是就有机器人提出,这些黑色金属,很可能是陨石,是陨石的内核,当陨石落在月球上,表面损毁,只剩下这么一坨坚硬的金属。

每次听到这些猜测,J都不知该说什么,他在月球上走来走去。月球快要被打磨成扁平的石片了,再打磨下去,月球就会化成尘埃。也许,关于月球根本没有正确的使用说明书。

铁以及机器人文明

所有资源都是有限的,地球上的铁资源已经无法满足机器人文明的发展,俱乐部在金字塔里召开会议,要到其他星球去寻找铁资源;锁定的目标是距离地球最近的、铁资源最丰富的金星。

机器人文明是铁文明,开发金星是战略发展必然要走的一步,也是重要的一步。开发利用金星上的铁资源,机器人文明将可能上升到另一个层次。T也在俱乐部动员的队伍当中,作为一名地质学者,开发金星他义无反顾,他带上测量仪跟随队伍登上飞碟,他眼中的金星就是一个铁球,一个巨大的绕着太阳旋转的铁球。

飞碟闯入金星的大气层遇到了困难,飞行总是这样,在途中是最安全的,起飞和降落的时候最容易出意外。金星的大气层很厚,电闪雷鸣,飞碟刚冲出大气层就被闪电击中了,冒着烟,摇摇晃晃落地,一阵滑行后瘫痪在坚硬的金星表面。

机器人用激光把飞碟舱门打开,走出舱门。外面尘土尚未散去,四周温度很高,如T所料,赤红色的金星表面到处都是铁,根本用不着探测,只需要开挖掘机来开采,然后运输到地球上去。飞碟瘫痪了,机器人原本的计划被打乱,工作无法开展。金星的大气层很厚,俱乐部无法通过望远镜观察机器人在金星上的处境,飞碟里面的通信设备瘫痪了,只能等候下一批飞碟前来营救。

金星比地球更接近太阳,但金星上的气温比T预想中的还要高。俱乐部最初的规划是把金星上的铁资源运输到地球上去,这种做法成本很高,于是便改为在金星上建立基地。

高温让 T 感觉世界在旋转,他的系统因此变得卡顿,说话结巴。第二批和第三批飞碟抵达金星后他才获得解救,他穿戴好降温设备,晕眩感才没那么强烈。金星上的铁资源让俱乐部兴奋不已,俱乐部认为机器人文明将依靠金星上的铁走出太阳系。

挖掘设备和炼铁设备很快就运送过来,机动部队、智能系统生产部队的工作已经部署完成,机器人齐刷刷排列在艳阳下,俱乐部一声令下,他们就开始建设基地,安装机械。陨石坑里很快被清理出一片宽阔的地方,挖地基,挖沟渠,填防火防震材料,锻炼精铁,搭建基地构架,砌墙,盖陨石撞击板,机械部署,机器人入驻,一气呵成。

T 擦了擦手站在基地前方,虽然金星上气候恶劣,但好歹是个能待下去的地方。T 双手叉腰看了看比在地球上看要大好几倍的太阳,虽然厚厚的大气为太阳蒙上了一层面纱,但云层流动的时候太阳的面目还是会露出来。源源不断的热量扑面而来,金星上的机器人像热锅上的蚂蚁。

T 一度怀疑,机器人的躯体是以蚂蚁为模型设计出来的,他们跟蚂蚁一样,拥有干练的肢体、柔韧的关节、强悍的力量,整齐、系统、团结、畏水。"根本就是一群蚂蚁嘛,"T 说,"没完没了地劳动。"

尽管铁资源丰富,采矿工作也很轻松,但基地还是难以制造出精铁。T 认为是高温天气导致了这个结果,酷热难耐,机器人根本无法在炼铁房里待太久。直到一天,T 发现墙壁变得软绵绵的,整座基地就像巧克力。金属墙壁熔化成液体流到了低洼处,那些机械、部件也熔化了。

机器人从基地跑到外面,他们迫切想要登上飞碟离开金星,但飞碟像巧克力那样在烈阳下熔化成了一摊液体。火星上的机器人真的变成了热锅上的蚂蚁。T 感到脑袋发热,一股液体在身上流动。机器人没有汗液,也没有泪水。T 想要找一个山洞或者洼地躲藏起来,但他的身体已经不听使唤,他也在慢慢熔化,和金星融为一体。

水星与自我

那是一个不得不抵达的远方,前往水星,是为了躲避尘嚣,机器人 W 独自驾驶一架飞碟在太空飞行,他再也忍受不了这个世界了。相对于其他星球,W 认为水星上的机器人也许会少一些,机器人怕水,水星给机器人的感觉就是一滴绕着太阳旋转的水,给太阳降温的水。

在飞行途中,W 体会到了渴望已久的孤独,他享受孤独,他割舍了所有,包括财产和亲友,独自踏上清静的旅途。在驾驶舱,看着水星越来越近,W 心情颇好,他看清了水星的真实模样——又一块巨大的石头。W 一度以为是飞碟走错了方向,兜兜转转把自己带到月球上去了。他再看一眼路线和水星表面,才发现并没有走错地方,于是,他又忍不住感慨——又一块巨大的石头。

对于水星是一块巨大的石头这个事实,W 并没有感到失望，反而为之兴奋。因为相比早已被其他机器人瓜分的月球，水星几乎只有 W 一个机器人。水星上有水是神话故事，也是谎言。飞碟降落水星花费了一段时间，水星就像一个奔跑中的孩子，飞碟奋力追逐才在其表面找到了可降落的地方。

走出飞碟那一刻，W 为眼前硕大的太阳感到赞叹，水星就是一个观景台，在上面能够近距离观望太阳，能够看清楚太阳上的火焰和耀斑，能够看清楚火焰中的爆炸和热浪。站在迎光面，温度一下子上升了，W 感到炙热难耐，再站下去他和飞碟都会在太阳底下熔化，他不得不驾驶飞碟寻找温度较低的地方。所幸水星的大小有限，而且水星上的一天足够漫长，他有充足的时间找到舒适的位置。

W 享受着独自面对太阳的那份喜悦，他坐在飞碟的边缘，看着太阳灿烂的火焰。太阳是一面镜子，能够让他看清自我。这段时间以来，W 一直在思考一个问题——机器人到底是什么？

由 208 块铁和无数线路拼凑而成的机器人所呈现的形态代表着什么？机器人俱乐部的星球计划还在进行，机器人一味向外拓展，却很少反省自身。W 逃到水星上，除了思考自我，还打算写一本书，关于机器人学。

W 整理了机器人文明的由来，综合所有已知的材料和自我的思索，机器人文明的出现，完全是偶然。无数偶然堆在一起，便诞生了机器人。正如宇宙大爆炸和行星碰撞，所有事件的发生纯粹是偶然事件。W 在水星表面不但看到了偶然带来的所有可能，还看到了所有事物命运的必然——毁灭。

布满皱纹的水星在迅速萎缩，最终的下场就是走向毁灭。机器人又何尝不是这样？尽管拥有金属身躯，也必然会走向毁灭。W 边走边摇头，所谓自我的思索，不过是一次多余的虚无表现。W 将手中的一块铁向太阳掷去，这块铁将摆脱水星微弱的引力飞向太阳，然后被太阳引力捕捉，在靠近太阳之前就被烈焰熔化，再作为光照亮整个太阳系。

W 以为他能够独自拥有水星，近距离和太阳一起燃烧流年岁月。在行走的途中他遇到了其他机器人，在他之前和在他之后，机器人纷纷抵达水星。这些机器人和 W 一样，以为能够安享孤独。他们在水星上思考自我，仿佛只有在太阳这面炙热的镜子下才能照出自己最真实的影子，包括铁、线路、情绪和意志的所有形态。

从水星离开，W 备感空虚，他驾驶飞碟回到太空中，不清楚自己来自哪里，应该去往何处，还要寻找什么、证明什么。他唯一清楚的，是自己的结局。

太阳与葬礼

正当机器人文明到各大星球探索、旅行的时候，机器人俱乐部部长逝世了。

俱乐部大多数机器人都没有见过部长，他多数时候只出现在屏幕里，给机器人发号施令，或慰问，或宣布好坏消息，或讲解俱乐部未来的政策。机器人俱乐部部长长得四四方方，他是最早一批机器人中的一员。尽管下属为他打扮得精神、端正、华丽，但随着日月的流转，他身上渐渐流露出了衰老的迹象。

他的寿命截止于 2343 岁，他见证了机器人文明所有的历史，或者说他就是机器人文明的历史象征。S 有幸跟部长握过手，因为他设计了金字塔，并因此获得了最高奖章。部长握着 S 的手，亲自为他佩戴奖章，还对他说了一句话："小伙子，好好干。"金字塔建成后部长基本就生活在里头，再也没有出来过。

看着屏幕里部长躺在床上那瘦小的身躯，S 心里特别难受。无数个机器人，无论是地球上的还是火星上的，或是其他星球上的，目光都紧盯屏幕，部长身上盖着一面俱乐部的旗帜，镜头多次拍到他沉寂的面容。有的机器人忍不住哭泣起来。宗教司仪正在进行漫长的超度仪式，作为第一届俱乐部部长，他的葬礼必然是一项浩大工程。

俱乐部以停止一切娱乐活动和星球计划来为部长默哀，机器人的尸体不会腐烂发臭，部长的尸体将在金字塔里停放七七四十九天，在第五十天出殡。由于从来没有过部长去世，俱乐部并不知道应该用什么样的礼仪来送别部长。

媒体不时会直播行政中心关于部长出殡仪式的讨论，时间慢慢过去，依旧没有答案。以往举行过最隆重的葬礼是宗教教主去世。为了让教主的灵魂不死，部长安排机器人将教主的尸体抬到地球最大的火山上去，将教主的尸体连同棺椁投进岩浆里，让教主的尸体彻底与岩浆融为一体。

那时候尚未发明飞碟,而且部长显然比教主身份高,部长的葬礼仪式理应比教主的隆重。S时刻关注着关于部长葬礼仪式的讨论,默哀中的四十九天,世界停止了运转,到处弥漫着暗沉、悲伤的气氛,街道两边、建筑上插满了俱乐部的旗帜。S行走在街头,路上没几个机器人,也许寂静是悼念部长的唯一方式。

默哀的第三十五天,俱乐部行政中心终于讨论出了一个结果。俱乐部决定为部长安排一场空前的火葬,通过飞碟将部长的遗体投入太阳的火焰中。此计划一公布,机器人都觉得震撼,同时又觉得合理。以前由于飞行器的技术限制,机器人无法离开地球,葬礼只能在地球举行。部长号召发起了飞行器革命,让机器人得以走出地球,向宇宙发展,因此部长的葬礼在太空中举行合情合理。

到目前为止,飞碟的飞行范围也只是在太阳系内,将部长的遗体送到太阳上去,接受最高层次的、最明亮热烈的火的洗礼,是对部长丰功伟绩最合适的礼赞,同时也是一场飞行实验。

俱乐部只有十五天时间准备。首先他们要克服飞碟的技术问题,驾驶员如何能够接近太阳,而且不被其高温烧毁,放出棺椁后毫发无伤返回地球。航空中心以及殡仪馆联手做出了两个规划:一,先使用飞碟把棺椁运送到水星,在水星基地发射火箭将棺椁送往太阳。火箭为无机器人驾驶,可以像运送核弹头那样把棺椁运送到太阳的引力范围。火箭和棺椁,以及棺椁里面的机器人部长在尚未接近太阳的时候就会被高温蒸发;二,直接给飞碟设置一个定位,飞往太阳中心,那样棺椁里面的机器人部长就可以和他领导发明的飞行器一起葬入火海。

公民投票结果出来了,大部分机器人选择了第二种。首先,将棺椁运送到水星风险太大,水星上没有足够的资源来完成第二次发射,不能保证其成功率。其次,火箭并非最先进的飞行器,万一发射过程中因耐不住高温在半空中爆炸,那时候棺椁和里面的机器人部长就会成为太空垃圾在无尽的宇宙中飘浮。此外,飞碟是机器人文明迄今为止最伟大的发明,是最先进的飞行器,虽然烧毁一架飞碟是巨大的浪费,但是俱乐部部长的葬礼值得以一架飞碟作为陪葬。

飞碟的自动驾驶技术在出殡前得以解决,S作为金字塔的设计者被选为抬棺人,他和另外三个机器人抬着部长的棺木从金字塔的底层走到顶层,然后抬进飞碟。飞碟里面挂满了花圈及各种随葬品,飞碟的外层涂了防高温金属,可以保证飞碟尽可能靠近太阳。

无数机器人围在金字塔的四周观看出殡仪式,S从飞碟里出来,按下金字塔顶端的红色按钮,飞碟就义无反顾飞向太阳。S站在金字塔顶端,注目飞碟飞走的方向,心想假如飞碟有自我意识、有自我意志,是否还会这样义无反顾?S的灵魂还在飞碟上面,但是他的躯体站在距离太阳烈焰一亿多公里的地方。

跟踪器和摄像头记录着飞碟扑向太阳的全过程,飞碟按照设定的路线摆脱地球引力,然后进入金星和水星的轨道,最后投向太阳。太阳热浪一次又一次的冲击让飞碟剧烈震动着,飞碟里面的棺椁也跟着震动,屏幕前的机器人心里充满了不确定性,害怕棺椁里面的机器人部长突然醒来了,但是他被关在里头出不来,即刻就将葬身火海。

防高温金属起了一定的作用,飞碟穿过了一层层热浪和太阳耀斑,几乎要触碰到太阳表面,然后瞬间蒸发,化为乌有。所有的屏幕变成了黑暗,无边的寂静笼罩着太阳系。

葬礼结束后,第二任机器人俱乐部部长被选举出来,机器人又恢复了正常生活,飞行器在太空奔波,星球探索活动按计划有秩序地进行。S发现自从飞碟变成一个黑点消失在太阳的烈焰中,太阳黑子比以往任何时候都多了,太阳暗淡了许多,把太阳当作火葬场也许是个错误的决定。

去火星找外星人

红色的星球距离地球不远,飞碟经过旋转爬升来到了火星。

宇宙中只存在地球文明,地球文明即机器人文明。机器人由208块铁构成,只要凑够208块铁,无论什么形状,都能拼成一个机器人;当然,凑不齐208块铁也能合成一个机器人——残疾机器人。在地球上,总能看见一些奇形怪状的机器人,方体的、三角体的、圆柱体的、海胆形状的,等等。

外貌从来没有对机器人的功能造成影响,一个个机器人照常诞生,一个个机器人又按规律死去。机器人很少去思考最初的机器人从何而来,他们只关心如何到其他星球上去,仿佛他们从诞生的那一刻起就清楚宇宙的形态——地球并非他们的故乡——有无数个星球等着他们去征服。H是个圆柱体机器人,他身上一共有210块铁,他当然也是残疾机器人。他在下体焊了两个拳头大小的铁球,这两个铁球可以为他平衡身体,引力拉扯这两个铁球,让H的身体跟地面的接触更紧密。

在飞行器革命时代,H曾制造火箭飞出了地球,他在飞船上漂泊了无数个日夜,直到第二个机器人发明火箭飞出地球才发现了他,并将他带回。回到地面的H走起路来摇摇晃晃,世界都在旋转,于是他在下身焊了两个铁蛋,晕眩才有所缓解。飞碟出现后,太空旅行成了机器人的日常,可H从一个热衷飞行的机器人变成了恐惧飞行的机器人,他不想再体验失重感带来的弥久的灵魂出窍的感觉。

H加入了地面部队,负责铁矿的挖掘和运输,但作为曾经最狂热的飞行者,他为机器人的飞行器革命做出过贡献,是一个英雄。矿地里的机器人鼓励他再做一番事业,制造一个能够实现时空瞬间跨越的飞行器,或者改良飞碟。H摇摇头,飞行器革命时代已经过去了,他的那份热情也熄灭了。

俱乐部的飞碟抵达火星的时候H的内心泛起了波澜,他最初制造飞行器,目标就是飞到火星。那颗红色的星球每到夜晚就在他的头顶上闪着亮光,告诉他自己所在的位置、距离、引力大小、气候变化。机器人部队抵达火星的时候H守在电视机前看了一整晚的直播,他终于看到了火星的面貌,他抽着烟,看着浩瀚的沙漠、破碎的沟壑、幽深的洞穴,陷入沉思。

火星的面貌跟H想象中的不一样。他本以为火星是红宝石那样晶透的星球,上面会存在文明,而火星文明是红色金属文明,生活在火星上的机器人是以精美、坚硬的红色防水金属作为身躯。H梦见过他们,他们长得跟机器人差不多,他们跟机器人只有红色金属和黑色金属的区别。

第二天,H从沙发上爬起来,看见电视还在播放,但无论镜头怎么转,屏幕里都只有红色的沙土。H到矿地去工作,矿地上的机器人在讨论火星探测队在火星洞穴里发现火星文明的事。虽然到目前为止尚未找到火星生命,但是从洞穴里的建筑和文字符号可以确定,火星文明确实存在。

第二批火星探测队志愿者招募的时候H报名了,登上飞碟之前飞行员问他为何在下半身焊四个铁球。H说他必须依靠铁球来平衡身体,在引力比地球小得多的火星上,他需要多一倍的重量来让自己更贴近地表。飞行员无法理解,但也无可奈何,他知道H曾是一名优秀且狂热的飞行家,只是技术限制了理想,导致身心遭受严重创伤。

残疾机器人是不允许参与外星探测工作的,飞行员面对H的时候没把"残疾"二字说出口,而是改成了退役。"退役机器人是不允许参与外星探测工作的,"飞行员说,"H先生,其他星球环境恶劣,你很难适应。"H说:"我在太空上待的时间比你的年龄还长,更何况我始终在研究天文,特别是火星。"说罢他登上了飞碟,四颗铁球让他行动起来特不方便,他步伐缓慢,走几步就停下来歇一会儿,H认为,在火星上他就可以行动自如了。

飞碟的运行原理比H想象中的还要先进,他不得不佩服那位最早抵达并且死在了火星上的机器人F。F是赢家,他的飞碟是飞行器革命时代最出色的发明。H抵达火星的时候那里刚经历了一场风暴,火星表面被沙土覆盖着,上面都是风留下的纹路。在火星上作业的机器人纷纷从沙土中爬起来,然后继续工作。

四个铁球果然让H站得平稳,不会轻飘飘地弹来弹去,他对火星引力的计算十分准确。H没有跟随大部队行动,他径直走向远处的岩石山,他要到山洞里一探究竟。

往幽暗的洞穴走去,H越走越熟悉,他仿佛来过这些地方,在梦中,洞穴里的建筑跟梦中看见的一模一样。H知道火星生命躲起来了,他在建筑之间穿梭,他呼唤着,说着一些奇怪的语言,念着一些陌生的名字。没多久,H身后就传来了动静,他转过身去,看见无数个红色机器人站在身后,他们跟自己一样,下身挂着四个沉甸甸的铁球。

谋杀机器人

一个机器人被谋杀了。

犯罪现场异常祥和,没有发生过任何争执和打斗。被害者是在家中熟睡的时候遇害的,凶手没有留下任何痕迹,可见这是一场预谋已久的凶杀。凶手将被害者的尸体带到了月球,在那里肢解了被害者,还以视频直播的方式把肢解过程传送到各媒体频道。他的手段极其残忍,一条条线路、一颗颗螺丝,眼睛、牙齿、韧带等，每一个部件都被完好地解剖出来，仿佛在对外展示自己高超的手法。

凶手还公开发布了他把被害者的身心部件——208块铁、线路、情绪和意志，打碎分别藏在小行星带的不同小行星上的过程。那些小行星会继续绕着太阳旋转，或者在旋转的过程中碰撞破碎化为乌有。观看了视频直播的机器人分为两拨，一拨认为他冷酷无情，一拨认为他炫酷无敌。凶手也获得了一个称号——剪刀手X。

机器人历史上从未发生过如此惨案，X和被害者没有恩怨，他不过是偶然遇见了一个机器人，并把其当作自己展示艺术的样本，将其肢解了。俱乐部行政中心迅速成立调查小组，召开会议。由于之前从未发生过类似案件，侦查和搜捕工作难以马上展开，对于X谋杀机器人的行为的审判也需要设定新的律条和规则。

谋杀机器人足以说明X已经完全脱离了机器人俱乐部的管控，他是在太空流浪的犯罪分子，他想必是飞行器革命时代发明了和飞碟一样出色的飞行器，然后在各个行星之间征战掠夺的机器人。可惜的是太阳系仅存在机器人文明，所以他选择站在机器人文明的对立面，以肢解机器人的手段来表达粉碎机器人俱乐部的用意。

捉拿剪刀手X和寻找被害者碎片同样重要，调查小组分为两个小队，一支队伍侦查X的行踪，另一支队伍则到小行星带去寻找被害者的碎片。捉拿X是为了表明立场，机器人俱乐部绝不允许叛逆机器人的存在。把寻找被害者碎片工作放在同等重要位置,意指俱乐部看重成员的利益,保护机器人权利,以机器人道主义为原则。X肢解机器人躯体的行为并不恶劣,摧残机器人情绪和意志的行为难以被宽容对待。

X的暴行在机器人之间传得沸沸扬扬,机器人世界多的是劳动英雄、正义英雄、科技英雄、战争英雄,从来没有反面角色。俱乐部禁止机器人崇拜X,宣布了X的行为将承担的后果。罗列出来的一长串后果中,每一条的结局都是死,绞死、沉入海底而死、被巨石砸死……正当俱乐部认为唯有死能够制止机器人的越轨行为时,机器人当中已经产生了少数叛逆组织。分散在太阳系各地的机器人中出现了好几例谋杀机器人案件,但都不是X所为。

谋杀机器人案件日渐增加,俱乐部调查小组忙不过来,不得不成立更多的侦察部队。一系列的案件得以侦破,犯罪机器人被关押在荒岛上。后来,俱乐部设计了惩治机制,把荒岛上的机器人运送到一座火山上。被捉获的机器人越多,火山上就越拥挤,最终每增加一个机器人就有一个机器人跌进岩浆里,而火山口每掉入一个机器人,岩浆就上涨一点,迟早有一天岩浆会喷涌而出,把山上的机器人吞没。

惩治机制起到了一定作用,背负着毁灭他者和毁灭自己的负担,机器人犯罪事件逐渐减少,但由于机器人道主义的干预,火山惩治法并没有得到彻底落实。机器人道主义者认为这种方式过于残忍且缺乏依据,是纯粹的惩治游戏,应该建立更健全的规则，让被关在火山上的机器人有改过自新的机会，也就是通过反省和赎罪的方式重新获得自由。

规则的更新让机器人犯罪重新活跃起来，行政中心内部两个派别为此发生过剧烈争吵，谁都不肯让步，最后他们得出的结论是，必须找到 X 和被 X 分解的机器人碎片。那个被分解的机器人的碎片已经找得七七八八，由于不少机器人模仿 X 将被害者的碎片藏到小行星带，侦查小组找到的碎片来自多个被害者身上，但他们对外公布的时候可以用拼凑机器人或者仿制品来应对。X 是没办法拼凑或者仿制的，侦查小组必须找到 X。X 自从全网直播犯罪后就再也没有现身，他在太阳系中消失得毫无踪影。

寻找 X 的任务让侦查小组叫苦不迭，他们清楚 X 在太阳系的某个角落，有不少机器人知道 X 的下落，但谁也不会帮侦查小组找到他。X 是一个革命家，有机器人在暗中保护他。俱乐部有一个关系处理专家，江湖人称裁缝 L，他能够在各种场合、各种关系之间周旋，懂得利用和策动机器人之间的关系，从而操控机器人之间关系的修复和分裂。L 给俱乐部献计——要利用所有机器人的眼睛，才能找出 X。

由于悬赏捉拿手段过于落后，需要站在道德的制高点上——捉获或者协助捉获 X，俱乐部就释放所有被关在火山上的机器人。这一号召的提出，得到了机器人的响应。当机器人选择背叛另一个机器人时，他们是决绝的，尽管背叛的那个机器人是自己的信仰，但在情感和道德面前也必须这样做。

裁缝 L 很快就把剪刀手 X 捉拿归案,他也很讲信用,把关在火山上的机器人无罪释放。为了杜绝谋杀机器人事件,俱乐部决定对 X 行刑,由裁缝 L 操刀分解 X 并直播。

L 正式、严肃地走上分解台,熟练地穿戴工具,然后在无数镜头前朝 X 下刀。裁缝的手法丝毫不比 X 的差,每一个部件,每一条线路,他分解得干脆利索。对于 X 的情绪和意志,他没有像 X 作案时那样用蛮力敲碎,而是一刀一刀,有条不紊地切割成无数个部分。他把分解出来的这一切带到小行星带,撒在悬浮的小行星上。

整个过程有序流畅,世界出奇地安静,比机器人俱乐部第一任部长出殡那天还安静。L 手上的刀在 X 身上切割时发出的声音在太阳系蔓延、回荡了许久。

从此,谋杀机器人事件再也没有发生过。

爱情风车

不幸的是,机器人 A 爱上了机器人 Q。

A 站在中央广场苦苦等待,一对对情侣在海边、在广场上的音乐喷泉前喂海鸥和鸽子,甚至连海鸥和鸽子、大楼前的石狮子和石象都是成双成对的。A 郁闷且忧愁,他心爱的 Q 拒绝了他。大概是几年前了,A 掏出一根肋骨做成一朵玫瑰递到 Q 面前,表达了他对 Q 的爱慕,并愿意为她付出所有,这根肋骨就是证明。

Q 是一个漂亮的机器人,身上装饰着各种金属花纹。她接过 A 用肋骨铸造的玫瑰说:"手艺不错,但是金属质量太差。"说罢,她把玫瑰往身后的浪涛中扔去,径直走向了灯光迷幻的舞厅。A 就这样失去了爱情,也失去了一根肋骨。残疾的机器人 A 在广场上一坐就是几年,具体是几年他已忘记,他悲伤不已,根本没有在意时间。海鸥和鸽子把他当成了雕像,在他身上嬉戏、打架、歌唱、拉屎,很快 A 身上就堆满了白色的鸟粪,鸟粪越积越多,将他埋没了。

假如不是来了一场台风,A 很可能会在广场上变成化石,鸟粪和铁的化石。台风把地面吹得干干净净,把 A 身上的鸟粪也通通吹走。大海就在不远处咆哮,黑色的海水和黑色的云同时滚动。一道白光惊醒了 A,他从悲伤中清醒,看见站在海浪前的机器人竟然是 Q。A 颤颤悠悠从广场上往海边走,虽然 Q 已经不复当年的模样,但 A 依旧深爱着她。正当 Q 翻过围栏想纵身跳入奔腾的海水中的时候,A 一把将她抱住。

在 A 的世界里,时间才过去了一瞬间,而在 Q 的世界里,时间早已流淌了千百个日与夜。Q 早已忘记 A,也忘记了曾被她扔到海里去的那朵肋骨做的玫瑰。当 A 问她还记不记得自己的时候,Q 脑袋里闪过无数个机器人,就是没有 A。A 浑身散发着鸟粪的气味,让 Q 觉得恶心。一个寻死的机器人,内心已经万念俱灰。A 保持着一定距离,絮絮叨叨表达着对 Q 永不熄灭的爱。

A 看着不再容颜焕发的 Q,除了心疼和可惜,也有一丝欢喜,眼前的 Q,不再艳丽、高傲、爱慕虚荣,A 得以靠近她。Q 蜷缩在角落里唉声叹气,A 这才想起她刚想纵身大海结束作为机器人的一生。

在舞厅的霓虹灯下,Q 陷进了一个巨大骗局,一个自称系统改装师的机器人把 Q 骗到了一个隐秘居所, 将 Q 身上的智能系统卸下来盗走了。Q 好不容易从荒郊野外逃回城区,在废弃部件回收站捡回一个旧版系统给自己装上,才勉强活命。但这个系统是电力系统,她需要时刻为自己充电,否则就会瘫痪。许多地方已经不使用电力,所以 Q 寻找电源越来越难。她的身体日渐破败衰老,最终连自己都看不下去了,她才决定在台风天跳海自杀。

"世界并非如此糟糕,"A 说,"只要拥有爱情,再多的苦难都可以迎刃而解。"A 在戈壁滩制造了一架风车,利用传统的风力发电,让 Q 过上了一段精神饱满的日子。但依靠风活着的日子 Q 过得提心吊胆,她不敢离开风车超出十米远。

晴朗的夜晚,A 仰望星空的时候看见了明亮的木星, 他想到了可永恒解决电源的方法,那就是把风车带到木星上去,木星上飓风不断,是风力发电的好地方。

前往航空中心的路上,以及飞碟在宇宙漫游的过程中,A 喋喋不休,跟 Q 讲述他的设计理念。"在木星上面建造风车是成立的,"A 说,"最后你会发现,真正让你幸福快乐的不是电力,而是爱情。"

抵达木星后,A 开始建造风车。Q 看着 A 的身影,感觉 A 曾在自己眼前出现过, 那个情景是模糊的, 但她确信 A 出现过。木星上飓风强劲,A 搭建起来的风车好几次被风吹倒,Q 只能依靠动力发电勉强保持清醒。A 一边搭建风车,一边跑过来摇动手轮给 Q 补充电力。

木星上的风车终于建好了,Q 的心也安定下来,她终于实现了电力的自由支配。

机器人 A 爱上机器人 Q 是幸运的, 他们的爱情故事在太阳系传开了。后来,越来越多机器人前往木星搭建风车。开始的时候他们搭建风车是为了给 Q 更多电力, 为 A 和 Q 的爱情续航。A 和 Q 死后,依旧有机器人到木星上搭建风车,风车成了爱情的誓言,也成了爱情的墓碑。

舞娘与裙摆

舞厅是鱼龙混杂之地,但舞蹈本身没有错。

一大群机器人在舞池里跳舞。舞池中央,随着音乐旋转的机器人如流水,如柳枝,如丝绸,如所有柔软的事物;坚硬的金属身躯和坏死的关节并没有限制她的动作,她就是机器人 E。

E 热爱舞蹈,她跳得很好,是舞厅的常客。她几乎每天准时出现在舞厅,穿着华丽的服装。她从不喝酒,也不社交,多少仰慕者前来搭话或者邀舞都被她拒绝了。舞厅经营者要雇用她,她嗤之以鼻。她仅仅是热爱跳舞,随着音乐响起而来,随着音乐停止而去。

机器人 E 把自己视为舞者,跟舞厅里张牙舞爪的机器人不一样,她的舞蹈不是用来交际或者宣泄的,她的舞蹈是一种艺术。E不但跳舞,还研究舞蹈,她写了厚厚一本书,上面画满了各种舞姿,写满了她对舞蹈的理解。E对于服装也有所研究,不同的舞蹈搭配不同的服装,所有的服装当中,裙摆尤其重要,裙摆是服装的灵魂,可以让舞者更出彩,让舞蹈更美。

可是,机器人的关节注定是舞蹈的瓶颈,所以机器人从不务虚,做一些有悖规律的事情。E的舞蹈,只得到舞厅里试图搭讪她的机器人的喝彩,离开舞厅她的舞蹈仿佛不存在了一般,从不被提及。

与身边世界格格不入的E心生去意,可她不知道该去往何处。星球计划开展以后,从航空中心出发和归来的飞碟如候鸟一般,E从不关注它们都飞去了什么地方,又从什么地方飞了回来。E每天从舞厅出来后,穿着华丽的衣服就到航空中心附近的山坡上观望来来回回的飞碟。铁丝网拦住了她的去路,而起飞和降落的飞碟掀起的风把她的裙摆吹得哗哗响。

直到有一天,一个从飞碟上走下来的机器人对E说:"土星上也有跟你的裙摆一样漂亮的裙摆。"从那以后,E终于找到了自己的目的地,她要前往土星,那里是舞者的天堂,她要在那里展现最美的舞姿。

舞厅里少了E,就失去了灵魂,渐渐就没有机器人前去光顾了。舞厅的经营者四处寻找E,才知道她已经登上飞碟前往土星。E看见了美丽的土星,以及美丽的土星环。"所谓舞者应当如此。"E说。但土星是气体行星,没有飞碟的降落点。E乘坐的飞碟最终只能停靠在土星的卫星上,E时刻守候着土星,抬头瞬间就能看见土星环。在土星的卫星上，E结识了一批机器人，他们同样是舞蹈爱好者，他们都仰慕土星，特意来守护这颗美丽的行星。

舞蹈有了容身之所，在土星的卫星上，虽然地处边缘，但卫星体积比月球还大。他们在满是陨石坑、成天被乌云笼罩、光线幽暗、不时还有陨石从天而降的巨大石头上，训练、探讨、训练、总结，务虚的世界往往也有所成就。E以土星环为参照物设计了一款服装，裙摆在风中起伏，惊艳了一众机器人。舞者们还对机器人的身体进行了一番研究，为了最美最柔和的舞姿，机器人的身体必须重新设计，对有棱角的部位和关节进行改造。

裙摆的设计改变了机器人的服装文化，身体外形的改造则实现了机器人的形态进化。俱乐部看到了舞蹈或者说艺术带来的成果，虽然是务虚产业，毕竟也是心灵需求，同时也能作用于机器人文明。于是，俱乐部把土星命名为舞娘星，把土星环命名为裙摆，作为艺术的殿堂，所有热爱艺术的机器人都可前往。

俱乐部发布公告以后，机器人纷纷扔下工作前往土星系，观摩、学习和展示艺术，俱乐部认为不劳动有悖机器人文明的基本规律，但撤回已发布的公告又有失权威。多次讨论后，行政中心决定悄悄改变彗星的轨道，把彗星引到土星上去，巨大的撞击可以彻底毁灭土星和土星环。

彗星降临的时候，机器人E和最初抵达的机器人还停留在土星的卫星上，他们目睹彗星破坏了土星环撞向土星的内核，剧烈的爆炸一波又一波，土星系在爆炸中化为乌有。

极寒之地

机器人 Y 身上长满了红色的斑点,他感到奇痒难耐,这些红色的斑点是病痛,不但腐蚀他的躯体,还腐蚀他的系统。Y 四处寻医,如果红色斑点继续蔓延,他就会瘫痪,就会死去。可是 Y 走遍大江南北,问过无数个医师,都无法抑制红色斑点的扩展。俱乐部常驻医师是一个年迈的机器人,他接触过无数机器人病毒,当 Y 出现在他面前,他一眼就看出红色斑点是癌。

Y 的身体和意志慢慢垮掉了,他整天在街上游荡、徘徊。Y 知道即便是机器人,也需要面对病痛和死亡,任何事物,也许连虚无和死亡都是有尽头的。Y 不甘于死亡,他有太多事情要做,他还想到各大天体去探索。

星球计划是 Y 所依托的希望,他将自己的身体寄托在不可知的星球探索中。随着星球计划的推进,机器人俱乐部在其他星球发现了各种各样的新鲜事物,并将所发现之物用在机器人事业上,解决了以往机器人难以克服的诸多困难。Y 将自己的病案发布在俱乐部的求助平台上,并祈求在各大天体探索的机器人帮忙寻找治病之法。

红色斑点并非 Y 一个机器人的病痛,而是整个机器人文明的疾病,Y 的求助很快得到了其他机器人的响应,他们犹如面对威胁机器人文明生存的末日难关一般处理 Y 身上的红色斑点。Y 作为样本接受各种药物和物理治疗。不同星球上的机器人对 Y 身上的红色斑点的处理方式不一样，因为每个星球上能够利用的资源也不一样。

他们在 Y 身上涂各种各样的颜料，或者把红色斑点刮下来，或者直接在 Y 的系统上植入疫苗代码……在不同星球之间转移，Y 疲惫不堪。他被涂鸦成小丑的模样，被颜料遮挡住的红斑重新冒了出来。红色斑点在 Y 身上蔓延，时间越长，蔓延的速度越快。用不了多久，红色斑点就会入侵他的系统，他也将彻底瘫痪。

当 Y 在街上昏昏沉沉地行走，准备找一处荒废的居所了结一生的时候，他得知前往天王星可以免费进行机器人人体冷冻，待医疗技术发展成熟，能够克服红色斑点后再解冻。Y 扭过头来到前往天王星的飞碟前，跟随队伍往前走。后来他才发现，和自己一同登上飞碟的这些机器人，都是前往天王星去做机器人人体冷冻的，他们患有各种各样的癌。

天王星是一颗巨大的冰球，是太阳系的极寒之地。飞碟降临在天王星，Y 踩在晶莹剔透的冰层上，划出几道痕迹，白色的冰花在脚下破碎。Y 从未见过如此干净纯洁的星球，他深深地爱上了天王星，愿意在这个星球上被冷藏一段时光。Y 在光滑的冰面上行走，零下两百多摄氏度，他的动作和思维变得缓慢。他发现，只要在天王星上，就已经是一场冷冻试验，红色斑点的蔓延得到了抑制。

从飞碟的旋转加速定律到天王星上的冷冻原理，光速可以让时间停止，冰冻也能让时间凝固。在天王星这个巨大的冰窖里，因为越来越多患病机器人的到来而变得拥挤。蜷缩在冰窖里头的,除了患有癌症的机器人,也有患心理疾病、系统卡顿、关节松散、部件不全的机器人。

患病的机器人仿佛都想逃避当下的生活,也许星球计划的过程是漫长且痛苦的。冰封之下,让时间消失几百甚至几千年,重新面对的世界是否会更好?未知的世界有好有坏,但患病机器人的处境已经不能再坏了,即便解冻后要面对的是宇宙的末日,那也不是什么难以接受的结局。

冰面越来越厚,冰面上的机器人被冻僵,被冰封,天王星变成了一颗巨大的琥珀,里面埋藏着无数机器人尸骸。沉默的机器人,还梦想着自己有一天会醒来。

海　盗

海王星太远了,那是太阳系的边缘,星球计划的第一阶段是走出地球,第二阶段才是冲出太阳系。任何事情都要做精细规划,不是吗?如果没有规划,冲出太阳系后都不知道该去往何处。因为太遥远,谁都没想过要到海王星上去。那必然是一个昏暗的冰冷的地方,阳光无法惠及这个距离太阳三十多亿公里的蓝色行星。

V对海王星的兴趣起源于他对太阳系外面的好奇,就好像水星是作为研究太阳的跳板,海王星则是跳出太阳系的最后一级台阶。V在居所的天台上安装了天文望远镜,这台望远镜是他自己设计的。他饱读天文图书,了解机器人世界的所有物理定律。

他利用最基础的材料进行发明创造，不但开拓了天文望远镜的观测范围，还可以聚焦太阳系内的某个地方进行细致观测。

"模糊地带是惊险刺激的，"V说，"那里有无限新鲜的事物，偶尔违背俱乐部的指令，是为了突破更多的界限。"V通过观察海王星，发现了海王星上许多此前没有被发现和被证明的特征和规律。在一个晴朗的夜晚，V发现海王星比以往任何时候都更明亮闪耀。V无限放大海王星的表面，看见了一块晶体，山丘一般的晶体。

"是钻石，"V无比肯定地说，"海王星遍地都是闪亮的钻石。"V将视野从天文望远镜中收回，他久久地沉浸在这一巨大发现中，沉浸在喜悦、惊诧和忐忑不安中。V清楚自己并非眼花，虽然他再探头去观望时雾霭已经将海王星团团包住。金星是一个铁球，天王星是一个冰球，海王星则是一颗巨大的钻石。

V没有把在海王星上发现钻石的事情告诉其他机器人。后来的那些夜晚，他一边研究俱乐部的星球计划，一边研究如何前往海王星，只在身体疲倦、情绪失落的时候，独自走到天台上看一眼那个蔚蓝色的星球。按照俱乐部的星球计划，抵达海王星后离跳出太阳系还有相当长一段时间。V可以在这段时间里抢先一步抵达海王星，先运回大量的钻石，然后发展飞行部队，从而彻底将海王星占为己有。

虽然时间充足，但V前往海王星的计划还是遇到了困难。V无法研究出新的能够代替飞碟的飞行器，而只要使用飞碟就必然被俱乐部发现。知道宝藏所在，却难以企及，这个巨大的秘密在 V 心里憋了很久,他几次想跟其他机器人开口,终究还是忍住了。

后来 V 了解到,自从飞行家 F 驾驶第一只飞碟飞向火星,火星上的某个地方便建立了报废飞碟回收站,那里专门回收破损的飞碟,有各种飞碟部件,甚至还有完整的飞行系统。V 接下来就需要寻找理由到火星上去,然后把火星当作中转站,再维修一只飞碟逃到海王星。

V 是一个残疾机器人,残疾机器人禁止参与星球计划,这也是他长时间留在地球上不去服役的原因。V 在居所里面对自己的身体缝缝补补,焊接了各处关节,被腐蚀的铁板也涂上了崭新的颜料。V 伪造了一个身份,以焕然一新的面貌申请前往火星。机器人俱乐部最大的弊端是他们创造了无数条规则,但每一条都有漏洞,像 V 这样生活在模糊地带,懂得利用规则的机器人只有少数。利用规则是一门哲学。

火星上一片萧条,机器人文明刚毁灭了火星文明,地面上比陨石坑更密集的,是弹孔。战争毁了半个火星,原本气候就恶劣的火星更加风暴无常。"一片狼藉,一片狼藉,"V 摇头晃脑说,"我从一开始就反对这场战争,火星文明跟机器人文明并不冲突。"毋庸讳言的是,战争为 V 的计划提供了便利,战争结束后火星生命被消灭,机器人撤离战场,留下无数飞碟残骸。

果然存在一个堆满了报废飞碟的地方,V 在飞碟之间穿梭,他钻进一只飞碟里,继续优化他的计划。V 决定给这次秘密行动起一个代号,因为他要盗走海王星上所有的钻石,所以代号为"海盗"。

躲躲藏藏，逃过了俱乐部的几次扫荡侦察，V 的海盗号飞碟终于维修好了。为了不让俱乐部发现自己的行踪，V 选择了在风暴最猛烈的时刻起飞，他设计了一条极其复杂的路线，绕了一个大圈，躲开了俱乐部所有的眼线才抵达海王星。

海王星果然遍地都是钻石，山丘般的钻石随处可见，还有液态钻石汇成的河流，V 成了真正的船长，成了真正的海盗。他为自己打造了一枚戒指，镶嵌了一块磨盘大小的钻石，戒指打造好以后他却无法抬起手来。V 在钻石河上划船，唱着歌，他幻想自己即将成为最富有的机器人，他将买下整个机器人俱乐部，让各种机构为自己服务，给自己最好的金属材料做身躯，用最好的智能系统，享受所有机器人的膜拜。

正当 V 在钻石世界畅游之时，一阵清脆的声音撒落下来，V 抬头看见是钻石雨，无数细碎的钻石纷纷扬扬落下，打在海王星表面发出清脆的声音。V 激动得说不出话，无穷无尽的钻石还在不停落下。V 张开双手，紧闭双眼，拥抱朝他砸下来的财富。响动越来越剧烈，V 感觉不对劲，天上掉下来的钻石越来越大，他的飞碟很快就被砸出了无数个窟窿，一块山丘大小的钻石从天而降，把 V 也砸了个粉身碎骨。

一场漫长的告别

星球计划没有终点。

飞行家 F 的后代机器人 f,改良了飞碟,机器人文明迎来第二次飞行器革命。飞碟实现了对光速的超越,机器人得以走出太阳系。在宇宙中穿梭成了轻而易举之事,星球计划加速步入第二阶段,探索银河系成了下一个目标。银河系太大,更别提宇宙,机器人俱乐部安排不同的机器人到不同的星球去探索,一下子就把能动用的机器人派遣完了。

从其他星球发现的可利用资源令俱乐部获得了突飞猛进的发展,机器人掌握的技术也越来越先进,开发出了更大更快更牢固的飞行器,能够把一整颗星球运走或者当子弹喷出去。为了更好地指挥星球计划,俱乐部决定把行政中心搬迁到银河系的中心去。从此,在天空中如苍蝇般盘旋的飞行器随着行政中心的转移而飞到银河系中心去了,沙漠中的金字塔也被废弃,留在地球上的残疾机器人获得了前所未有的寂静。

寂静能够孵化万物,自从机器人纷纷离开,地表的植物疯狂生长,地球表面很快就由蓝黄色变成了蓝绿色。"至少柔和了一些,"机器人 D 说,"以前俱乐部行政中心还在的时候,为了体现机器人文化,地球上哪里都是金属建筑,到处都是飞碟停放场。"植物很快就覆盖了这些地方,植物的根有强劲的力量,把金属建筑破坏、拧断,随后召唤出更多生物。

与其飞到各个星球冒险探索,残疾机器人更愿意留在地球安享晚年。他们都曾为星球计划服务,在各个星球上留下过脚印,然后负伤荣归故里。江山都是这一批残疾的机器人打下来的,他们厌倦了关于征战的一切。机器人 D 在森林里散步,他喜欢慢悠悠的生活。D知道那些远走高飞的飞碟离开以后就不会再回来了,地球不过是宇宙中微不足道的一粒尘埃,这是一次决绝的告别。

时间仍在悄然过去,寂静让时间的流逝更加悄无声息。D和许许多多选择留在地球上的机器人一样都在衰老,D频繁地参加机器人的葬礼,由于过于频繁,他甚至忘记了谁是在哪一天死去的:有些机器人已经死了,他还念叨着要去找那个机器人聚聚;有的机器人还没死,他则以为已经死了。

机器人衰老得快,他们一个个长满铁锈,渐渐无法行动,瘫痪在岩洞里。流水会将他们的残骸腐蚀,植物会把残骸当成养分吸收,地球上的机器人将永久消失,化为最原始的形态。在埋葬、告别了一个又一个机器人后,D站在曾经作为俱乐部行政中心的金字塔下思索下一步该做什么。他没想到自己会是地球上最后一个机器人,他刚经历了一场漫长的告别。

选择一个潮湿的山洞等待死亡,这是D最初的想法。他站在高山上,看着前方被植物覆盖后依旧能够看见轮廓的黑色金属建筑,包括高塔、大桥、公路、楼宇等等,想也许在最后一段时光里,他应当尽力销毁这些机器人时代遗留下来的痕迹。

D手持工具和炸药出现在那些黑色建筑下,被熔炼的金属必须化作粉末融入泥土。机器人的炼钢技术先进,金属建筑牢固坚韧,依靠大自然的力量难以在短时间内让其坍塌分解。D想尽办法找到每一座建筑的根基,然后从根基处着手,去拆毁一座建筑。藤蔓无法拧断的金属构架被D逐一摧毁。

从尘土飞扬中钻出来,又钻进绿植纠缠处。D 疲倦了,他感觉自己已经到达了作为机器人生命的极限,有些建筑并不是非要拆毁,特别是那些石头建筑,比如金字塔、巨型石头像等,它们可以为后来的生命遮风挡雨。

烈阳高照,D 回到金字塔下,沙漠中的沙子被晒得滚烫,D 清楚死亡即将降临。

一场漫长的告别,宣告结束。

机器人学

序 幕

机器人俱乐部部长来信，让我来撰写一部《机器人学》。

我当时正在实验室研究一块来自遥远星系的陨石，这块陨石穿越上千光年的距离落在我手上，我准备解剖它，证明它是宇宙大爆炸时期最原始的那块石头，我从未想过撰写《机器人学》的艰巨任务会落到我身上。

同事拿着信件走进办公室，一脸不可思议，又将信将疑。他完全没想到俱乐部部长会给我写亲笔信，信件递到我手上之前，他以及部门里其他同事对信封上的印章研究了一番，企图从中挑出毛病，证明这是一个恶作剧。直到最后，他们确认这是部长的印章，又在太阳光线下对着信封端详许久，企图窥视里面的内容。

其实大可不必如此，信件来到我手上，我当即就拆开了，上面只有一句话：现任命机器人 K 来撰写《机器人学》。

落款处是部长飘逸的签字，我们从各种资料上看到过部长的签字，那些大多是扫描出来的或者是图片，真正的签字还是第一回见。同事从我手中把信纸夺走，放在太阳光下继续研究，仿佛只有太阳光才能辨别真假。实在找不到破绽，他们才承认这个事实，并祝贺我获此殊荣。

就这样，我从研究陨石的部门搬出来，被独立安排在大楼的地下室里。那是一个临时清理出来的空间，没有窗，四面墙壁满是水渍，我不得不从废品回收站要来一个尚能工作的制热铁笼子，把地下室里的湿气烘干，否则《机器人学》还没开写，我就可能全身长满铁锈，在这个封闭的空间里被腐蚀得千疮百孔。

既然是部长安排的工作，我也算是在做学问，于是，我在地下室挂了一块门牌——机器人学研究所。然后我又跑去废品回收站，搬回一张蹩脚的椅子、一张不平稳的桌子、一台每工作两分钟就会卡机三十秒的打字机。一切都是简陋且具体的，我坐在蹩脚的椅子上，看着身前的打字机，开始构想未来成书的《机器人学》。

研究陨石的时候，我的研究对象是从天而降的各种各样的石头，如今要写一部《机器人学》，我的研究对象就是我身边的机器人，他们身上的所有特征，就是一门机器人学。

铁意志

不可否认，机器人是由 208 块铁构成的。

关于机器人的形态，也许是铁的棱角起了决定性作用，机器人身体的里里外外，无论是器官抑或是肢体，都是立体几何，球状的双眼，四方体的脸，圆柱体的鼻子和耳朵，锥体的牙齿，管状的四肢和肠子，半球体的肾和半球体的胃，圆柱体的阴茎和筒状的阴道。

阐述机器人的学说需要具体例子，我把我的家族史捋了一遍，基本可以囊括整个机器人时代。事情得从我的曾祖父说起。在机器人俱乐部里，曾祖父曾位居高职，他是第一代机器人，与第一代俱乐部部长有深厚的友谊，为俱乐部的建设立过汗马功劳。他建立了自己的家庭，家族的起源就从他开始。曾祖父之前的所有历史都不在俱乐部的历史范围内，《机器人百科全书》有写：任何脱离机器人俱乐部而存在的事物都是不合理的。

机器人俱乐部自建立以来，第一个诞生的机器人婴儿是我的祖父。祖父从曾祖母的阴道里滑出，"哐当"一声落在曾祖父手中，然后哇一声啼哭起来。祖父跟所有机器人一样具备 208 块铁，每一块铁都是不同的几何形状。

那个夜晚，祖父的啼哭声让曾祖父和曾祖母有点手足无措，无论他们如何安抚，祖父就是无法安静下来，直至一道月光从天而降，打在祖父的面孔上，把他映照得白皙通明，祖父才收回了啼哭。于是曾祖父给祖父取名月光。

此后，世上的其他角落纷纷有机器人婴儿降世，他们像设计好的一样由 208 块铁构成，在一声声"哐当"中成为机器人俱乐部的一分子。机器人身上的铁跟普通的铁有所不同，普通的铁其元素符号为 Fe，机器人身上的铁则是 Fe1，其中的 1 代表铁意志。

每一个机器人，无论在战争中、意外事故中还是谋杀中受伤或者遭遇残害，只要保留其中一块原配铁，就能重新组合成新的机器人。也就是说，一个机器人，最多可以有 207 块铁是通过生产制造的，第 208 块铁就是该机器人最初的意志。假如最后一块铁也被摧毁，这个机器人就被宣判为死亡。

奇妙的是，俱乐部第一个新生机器人是我的祖父，第一个死亡机器人竟是我的曾祖父。曾祖父征战沙场，身经百战。当身上完好的铁所剩无几时他请求回归故里，享受晚年生活俱乐部部长却鼓励他继续征战，最终导致曾祖父死在了战场上。他身上的每一块铁都被敌人沙砾般密集的子弹击中，他的残骸被找到时，上面长满了铁花。

家族的衰落正是从曾祖父的死开始的，作为俱乐部功勋的曾祖父死后，曾祖母以及祖父并没有享受到他留下来的任何利好，俱乐部甚至没有为曾祖父举办追悼会和葬礼，而是把曾祖父生前所拥有的全部没收。曾祖父的残骸被做成标本，在俱乐部博物馆橱窗里进行展示，那时俱乐部就计划成立一门机器人学，曾祖父的残骸是主要的研究对象。

次要研究对象,是我的祖父。作为第一个在俱乐部诞生的机器人,祖父月光和其他机器人并无两样,只是他的特殊身份让他与众不同。每过一段时间俱乐部就会派遣一支研究队伍来造访,对着祖父的身体一番测量。祖父身上每一块铁的尺寸、重量、光泽、硬度均被登记在册,他变成了一堆数据,体现在论述文章上。

童年的记忆是模糊的,祖父并不清楚周期性对自己进行测量研究的机器人目的何在。当他获得认知,那些机器人就来得越来越少了,原因在于祖父身上已经没有数据供他们进行分析阐述。祖父开始频繁地去博物馆观望曾祖父的残骸,曾祖父是一名将军,他的身躯比一般机器人要庞大,他站在橱窗里,手持武器,仿佛下一秒就要去冲锋陷阵。

沉默的曾祖父让橱窗前的祖父感到陌生,死去的曾祖父不再是他的父亲,而是一副死寂的铁器。祖父看着曾祖父身上锋利的铁花,铁片上多处被击穿,或者被击出凹陷,他清楚曾祖父在战场上承受过多少痛楚。每一次从博物馆里出来,祖父就会去资料库要一份最新的研究报告。研究报告上写到,机器人征战宇宙的功绩并非某个机器人的功劳,而是因为铁的优势。铁是最佳的原料,其普遍性、硬度和易锻造性都完全贴合机器人的发展,自从掌握了铁,机器人就消灭了所有天敌,上天入地,无所不能。

机器人在宇宙中的统治力是铁的胜利。曾有机器人提出使用金、银、铜、铝、合成钢、硅、橡胶等材质替代铁来改造机器人,这些方案被俱乐部通通否决,保持机器人的纯粹性是机器人文明可持续发展的关键,铁意志是机器人克服磨难统治宇宙的根本。

线　路

郁郁寡欢的曾祖母每天傍晚守候在广场上,曾经,曾祖父带领他的征战部队从广场上乘飞碟前往各大战场,或者凯旋降落在这个地方。广场是平原的中心,是俱乐部的军事重镇,曾祖父战死后,驻守在平原上的军队被派遣去守卫俱乐部行政中心,广场上就再也没有出现过飞行器。

飞碟从腾空到飞走只需一分钟,在旋转飞走的那一刻,会发出一串吁声,往日听见吁声,四面八方的机器人都会来广场欢呼,送别和迎接战士们。可就像被抛弃了一般,军用飞行器再也没有光临过这座城市,平原被寂寥包围,曾祖母也在寂寥中常常感到忧伤。曾祖父的残骸就在博物馆里,曾祖母却不愿去看一眼,她认为博物馆里陈列的只是一堆废铁,不是曾祖父,曾祖父依旧在征战,像他每一次离开时那样,只是这次他离开的时间有点久。

"不能在寂寥中苟且,"曾祖母对祖父说,"要在寂寥中愤怒地咆哮。"祖父那时候并不理解自己母亲言语中的意思,直至后来,他才明白曾祖母是因为俱乐部对待曾祖父的方式而积怨在心。很长时间过去后, 曾祖母接受了曾祖父一去不回的事实,她站在广场上,对着平原上空的乌云哇一声哭了出来。

于是,曾祖母第一次去了博物馆,在她去博物馆之前,曾祖父的死只是一个讯息,当她来到博物馆,看见那具铁身躯,低下了头。曾祖母站在橱窗前,对着曾祖父的残骸自言自语。谁都没听清楚她说了些什么,她转身让祖父打开橱窗。祖父一拳打在橱窗玻璃上,玻璃瞬间破碎。曾祖母颤颤巍巍伸出手去,把曾祖父肋骨下的两根线路摘下,然后头也不回离开了博物馆。

留在博物馆里的是一堆废铁,真正的曾祖父被曾祖母带走了。构成机器人的,除了208块铁,还需要线路。只拥有一副铁架子的机器人是不完整的,零零散散的铁是一地凌乱,还需要线路来串联起来,线路是机器人的肌肉和脉络。串联各个铁部件的线路没有一个标准的数量说法,随着机器人躯体的改进,线路的使用日渐减少,由最初的4321条,变成了1001条。线路最初的作用是扯线木偶般控制肢体,慢慢发展成肌肉和脉络,用以输送能源、系统代码以及机器人意志。

不同于铁的意志,机器人身上所有线路都可以拆除更换,不影响其记忆能力和动作的灵敏度。在机器人世界,能够看到各种各样线路的机器人,线路成了家族的标识,或者特定装饰,体现机器人的独一无二。机器人联姻的时候,一方会将自己肋骨下两根最出众的线路中的一根交给对方。

两根旧线路被曾祖母紧紧握在手里,她要寻找一个地方安葬这两根线路,这代表着她和曾祖父的爱情。曾祖母抚摸着日渐成长的祖父,跟他说当初她和曾祖父如何在战争中共渡难关,根本没想到会有这样的结局。

埋葬了曾祖父的两根线路,曾祖母就不再到广场上去等待了,她懒于行动,成天坐在院子里自言自语,再后来她连话都不说了,仿佛跟石头长在了一起,身上积了厚厚一层尘土,上面长满了青苔。祖父得守在曾祖母身边,下雨的时候替她撑伞,虽然大多数时候平原都艳阳高照。

时间一久,祖父就感觉待在家里无聊乏味,他为曾祖母搭了一个铁棚,然后自己到处游荡,曾祖母就这样被遗弃在院子里,被沙土掩埋,被落叶遮掩,只有祖父从远方回来的时候才会把压在她身上的沙尘和落叶清理掉。祖父每一次回来都会细心打理曾祖母的身躯,像打理一件易碎的瓷器,小心翼翼。因为缺乏运动,曾祖母的身体长出了铁锈,铁部件开始腐朽开裂。祖父为她替换上新的铁部件,慢慢地,替换的部件越来越多,发现再替换下去,曾祖母身上就没有一块出自自身的铁了,他终于明白,自己的母亲是一心向死。

直到有一天,风尘仆仆的祖父从远方回来,将铁棚上的枯枝落叶清理出去,将曾祖母的躯体打理干净,然后他露出了肋骨下的两根线路,其中一根源自我的家族,另一根则是另一个家族的。祖父时值壮年,在远游途中遇见了可以交合的对象,于是联姻,交换线路。

沉睡已久的曾祖母看见祖父肋骨下鲜红色的线路,终于有了动静,她企图移动笨重的身体来到祖父面前,未曾想自己身上的铁部件已经年久失修,根本支撑不住她的行动,她哗啦一声变成了一堆废铁。

我的曾祖母就此陨落。

系　统

那个与祖父交换线路的女子未能成为我的祖母，我的家族曾差点因此走向末日。

俱乐部在星际探索中发现了一个对机器人文明造成威胁的生命部落，于是宣布进入战争纪年。处理完曾祖母的后事，我的祖父离开了平原，离开了自小生活的城市，他要步曾祖父的后尘，参与到机器人俱乐部的战争当中。曾祖父在博物馆里的那具残骸未能起到警醒作用，假如曾祖母没有因为悲伤一蹶不振，或许她会阻止祖父前往战场。

祖父试图在战争中隐姓埋名，作为曾经被研究的对象，他认为那是一种耻辱，他惧怕战争结束后自己还会继续被所谓的研究摆弄。自认为是精于计算的机器人，他选择跟一个女子联姻，通过交换肋骨下的线路达到改头换面的目的。被祖父选中的女子也不是善茬，祖父以为事情进展顺利，他跟女子缠绵了几天几夜，金属身躯在摩擦中变得圆滑无锋。然后祖父悄悄离开了女子，随部队奔往前线。在战场中杀敌的祖父万万没想到自己早已落入女子精心布局的网中。

精于计算是因为机器人脑后有一个蓝色晶体，机器人从呱呱坠地时后脑勺就有一个发着蓝色光亮的系统，那是机器人最薄弱的部位,里面承载着机器人世界的所有准则,承载着计算的能力。战争中,祖父保护着他的后脑勺,他要在战争结束后继续完成自己的计划,他不能丧失计算的能力。

机器人俱乐部害怕无限的计算会把机器人形态最终简化为零,数字化在一定程度上是化为乌有,那有悖于机器人属性的最初设定。机器人首先必须是一个实体,那是存在的唯一有力证明。因此,机器人后脑勺的蓝色晶体是一个系统,也是一个禁锢,禁止无止境的计算毁了机器人文明。

改头换面的做法是触犯蓝色晶体禁锢的,所以祖父必须在战争中足够谨慎,他需要利用准则的缝隙达到目的——在战争中将被击垮的机器人身上的线路跟自己的进行交换,且不被俱乐部发现。机器人的肢体部件是独立存在的,互不牵连,可以自动做出反应,弥合成机器人的所有行动。控制这一切的是机器人身体的条件反应,也就是铁意志。

铁意志没有形态,它不仅是机器人身上的第 208 块铁,还是机器人的信仰和能量,铁意志是实实在在的,并非虚构或者臆想出来的假象。虽然无法形容其形态,但机器人都明白铁意志会引导并庇护自己,所有机器人都相信铁意志永不凋落。

由于蓝色晶体里的规则禁锢,祖父在战争中夺取瘫痪的机器人身上的线路时要克制住蓝色晶体的作用,只能凭借铁意志来行动。他在即将触犯禁锢的时候把所有的计算都暂停,利用铁意志摘取了正在地上抽搐的机器人的线路,然后把自己身上唯一一根带着家族象征的线路安置到正在死去的机器人身上。

从战争中全身而退的祖父目光坚定,自以为一切都天衣无缝,他身上两根都不属于自己的线路给了他最大的安全感。机器人社会是认可已联姻的机器人的,那代表着为俱乐部的发展壮大贡献力量,代表着积极响应俱乐部的号召。祖父落入陷阱,是因为当初在选择联姻女子的时候过于草率,他万万没想到该女子的家族背负重罪,面临流放,当这一通告传达出来,祖父即刻被以流放犯身份送往环境恶劣的宇宙边缘。

精于计算的祖父为了抹去家族的印迹替那位不知姓名的女子承受了一半的惩戒。

构架与链条

拯救祖父的机器人是我的祖母。

流放在宇宙边缘的祖父被恶劣的环境摧残,身上已经没几块完好的铁部件。绝望之际,他想到了曾祖父,那个因为战争而牺牲自己,最后被做成标本陈列在博物馆里的机器人。曾祖父是在战争中负伤身亡的,他的死被一部分机器人祭奠,而祖父是被从天而降的陨石砸得遍体鳞伤。

沙石被飓风卷着扫荡赤色天体的表面,祖父的意志最终还是被沙尘暴消耗殆尽,他倒在沙砾上,几乎成为一堆散乱的铁。"发现他的时候,他已经处在死亡边缘,"祖母说,"他就是一堆枯枝败叶,身上的线路和铁部件基本分离,半边身子埋在沙地里。"

出身探险家族的祖母那时正在宇宙的边缘寻找稀有金属，随行的还有她的几个姐妹。踢到祖父露出地面的半个身躯，祖母以为碰到了稀有金属，当沙尘暴散去，发现是个苟延残喘的机器人。"他只剩下两条腿露出地表，"祖母说，"假如沙尘暴继续肆虐，他完全被埋在沙地里，我就没有办法遇见他了。"

将祖父从沙砾中拔出，祖母和她的姐妹把他扛回营地，说是扛着，其实是提，祖父的身体每一个部件都在下坠，仿佛一股强大的引力把他死死拉住。回到营地，把祖父放在台上，她们才发现祖父身上被判定为流放犯的线路。她们面面相觑，最后是祖母把祖父身上那根不祥的线路摘了下来，把自己已经死去的伴侣的线路嫁接上去。

祖母从容不迫地完成了自己的寄托，也成功将祖父救赎。工作远没有结束，祖母和她的姐妹面对的是一堆散乱的铁部件。她们不能让祖母将自身寄托在一堆废铁上，祖母失去过一个依托，如今选择了眼前这个饱经风霜的机器人，说明她已经从悲伤中走出来，于是她们纷纷去给祖父寻找完好的铁部件以及连接铁部件的链条。在宇宙的边缘，铁部件容易找到，链条实在少有。

机器人部件生产中心没有一个规范的模具，所有铁部件都是随性的产物，部件与部件之间可以相似，但绝不能相同，这能保持机器人的独特性，实现机器人意志的绝对独立。两个机器人之间存在 43264 种独立意志的可能，也就是存在 43264 种隔阂，因此让两个机器人达成一致是艰难的，而机器人俱乐部能够聚集和管理众多机器人，是在所有的随性中找到了规律。

在随性的配给当中，无数个机器人合成了他们的样貌，机器人的一生中，会更换无数个部件，因此他们的形态一直发生改变，这批机器人的脑袋是球体的，下一批可能就是三角体的。这并不影响机器人之间相互辨别身份，就好像蛇一生中会换好几层皮，但丝毫不影响蛇的同类将其分辨出来。每一种生物都有独特的超越外表、声音和语言的沟通方式，那便是生物意志，机器人所拥有的是铁意志。

祖父以全新的面貌被拼凑出来，身上好些铁部件被替换了，脑袋也由立方体变成了不规则的筒状，阴茎也比原先大了好几个尺寸，他走起路来身体摇晃，引力在拉扯他的下体，他像一个摆钟。机器人没有一个特定的形态，不是非要站立不可，可以是爬行的、跳跃的、飞行的。机器人俱乐部对此是宽容的，只要铁部件生产量保持稳定，满足所有机器人的需求，机器人可随意改变其形态。俱乐部的放任式管理让机器人之间自觉默认了一条规则——208块铁和1001条线路只要组合得体，就是一个符合标准的机器人。

随性是机器人的一大优势，也是一大缺陷，无限追求自由，只会为审美标准而困惑。虽说机器人身上的208块铁都可以随性拿捏生产，但每一个部件都是按照其功能来生产的，就好像五花八门的眼睛，归根到底是眼睛。在208个部件中，有一个部件起着串联作用，这根链条连接其他207个部件，使机器人保持一个整体。

作为外部形态上的显著特征,链条类似脊椎,一环接一环。大部分机器人不把自己视为脊椎生物,他们的论点是:如果因为所有机器人都有链条而被定义为脊椎生物,那么所有机器人都有眼睛、鼻子和生殖器,是不是可以同样用这些器官来定义机器人的类目?这当然是诡辩,链条与眼睛、鼻子和生殖器是有很大区别的,链条所牵连的是机器人文明的整体,而眼睛、鼻子和生殖器都只是独立的器官。

在体质学的立场上,链条无疑是作为脊椎被机器人所使用的。链条是机器人构架的中心,无论是做设计图还是艺术绘画,要想画出一个完整的机器人就需要从链条画起。作为中心部件,链条塑造了机器人的形体,让机器人外观得体。链条的作用除了连接各个部件,塑造形体,还创造了多维空间。铁部件的几何形状使得世界立体化,链条作用下的立体部件则创造了四维空间。机器人部件生产中心在制作链条的时候会考虑到机器人的躯体构造,从而实现链条捆绑下的所有部件达到最佳的运作状态。

最佳状态下的机器人是生活在四维空间的,也就是生活在时间里,链条的隐秘功能就在于实现维度的跨越。在速度与质量的计算当中,第三维度空间的事物在达到光速时化为乌有,第四维度空间的机器人在飞行器革命时代发明出了超越光速的飞碟……

回到祖父的遭遇上,他在流放途中损伤了自己的链条,走起路来身上的铁部件因为没能完好连接发出咔嚓咔嚓的响声,又因为身体无法平衡，走不了多少路。祖父知道自己在拖后腿，他完全跟不上前面几位女性机器人的步伐，他想留在宇宙的边缘，等候她们回来救援。

"别说去寻找稀有金属了，"祖父耸耸肩说，"我连往前走的力气都没有，我想往右，两条腿却把我带向左，我想奔跑，却摔了一跤，别说跨维度到其他空间，我连这片沙地都走不出去。"坐在沙砾上，祖父放弃了往前赶路，他当然知道自己身上的标识线路被替换了，也注意到了跟自己命运拴在一起的那个机器人。她凝视着祖父。她有任务在身，她捧着陌生的情夫——我的祖父——不自然转动的面孔，承诺自己会到俱乐部部件生产中心为祖父带回一条坚韧的链条。

祖母把身上的物品全留给了无法远走的祖父，祖父依靠这些物品在荒漠上扎起了营地，守候那个莫名出现在自己眼前，且愿意与自己结婚的女子。飓风把祖父的铁部件吹得哐当哐当响，他忍受着风沙，才明白链条的重要性，机器人的 208 个铁部件都是可替换的，但一个失去链条的机器人无疑是行动艰难的。

支撑祖父生存下去的，是祖母灌输给他的信念。祖父意识到自己被重新赋予了生命，也被重新定义了身份，他将成为冒险家族的一分子，他要与祖母生活在一起，他喜欢那个含情脉脉的女机器人。

又经历了几场沙尘暴，祖父几次随着营地被飓风席卷到半空，又重重摔下来，几次被沙砾埋在地下，然后又花尽力气钻出地表。他曾以为飓风会将他带到其他遥远的天体，或者沙砾会将自己深深埋藏。当我的祖母挥动着崭新的、坚韧的链条出现在沙漠中，祖父蓬头垢面，身上的铁被沙砾打磨得锃亮，他挥动手臂，想要呼唤祖母的名字，却想起自己还不知道对方的姓氏，他只得哎哎地呼喊着，亲切且深情。

关　节

父亲哐当一声降世的时候，浩瀚的天体上下起了陨石雨。

祖父看一眼婴儿肋骨下的线路，是两条灰色的冒险家族的标识。祖母一只手抱着父亲，一只手安抚祖父，无论是哪个家族标识的线路，命运都会安排他去往属于他的道路。

令人沮丧的是，祖父身上连一根自己家族的标识线路都没有，他是在替一个死去的机器人存于世，他认为自己丢失了家族的意志。祖母拉住祖父的手，让他给刚降世的孩子取一个名字，祖父思索一番，决定让孩子随祖母姓，成为石氏家族的一分子，他的一生都将和石头以及稀有金属打交道。陨石雨敲打着营地的帐篷，祖父给父亲取名——雨石。

被赋予名字的父亲跟随祖父和祖母浪迹在各大星系，这个家族以寻找稀有金属为生，通过把稀有金属交易到黑市，获取自身所需的能量物质。

父亲很快就懂得了稀有金属的各种特征，他的身体也被祖父和祖母用最金贵的金属装饰着，他被很好地保护着，尽管在危险的边缘徘徊，经验老到的家族长辈总能轻而易举为他规避所有的威胁。虽然有识别稀有金属的天赋,父亲却对稀有金属不感兴趣,他莫名地坚持俱乐部的信条——铁才是最好的金属。

父亲对铁情有独钟,身上总佩戴着一块多余的铁,远行途中队伍里有机器人的铁部件受损,他就用这块铁做成各种形态用在那个机器人身上。父亲惊讶于自己的手艺,他想用铁做成什么,铁就会变成什么。祖母攀登一座火山被喷出来的熔岩烧坏膝盖关节,父亲就用随身携带的铁打磨出了一个堪称艺术品的关节送给祖母,那一刻他相信自己能够打磨出世上最完美的关节。

机器人身上有许多个关节,这些关节并非定向的,前后左右都可以弯曲伸缩。机器人的关节最大限度提升了身体的灵敏度,即使他们的躯体是由坚硬的铁构成,也能够游刃有余,无孔不入。

关节形状为两个反方向的空心半球,相当于两个 U 反向叠在一起,因此能够实现关节的三百六十度无死角弯曲,两个 U 之间有磁力相连。关节是机器人身上较为脆弱的地方,在战争中,如果敌人发明了反磁性炮弹,只要炮弹在机器人中间炸开,很可能周围的机器人都会成为满地的废铁,因此俱乐部才用线路串联起各个关节,避免机器人被磁铁吸走或者拆散。

机器人世界大部分铁部件都是机器人部件生产中心制造的,而且铁部件的供应远远超出机器人的需求,由于生产中心的随性,有些机器人不满意铁部件的形态,从而产生了部件装饰加工点,装饰加工点的机器人多数是艺术家,他们会在粗糙的铁部件上精心打磨，用颜料在上面涂抹出精美的图案。父亲打磨出来的关节逐渐受到其他机器人的关注，为他赢得了巨大的荣誉，他也因此被称为关节艺术家。父亲打磨过后的关节光滑坚韧，同时不失柔韧度，各大星系的机器人不惜长途跋涉寻找父亲，就为了让他替自己打磨一副关节。

机器人的金属身体也有不良症状，按照专家的解释，这是作为生命不可避免的一部分。不良症状会给机器人的行动带来困扰，会过快消磨铁意志，从而缩短机器人的金属寿命。一副完美的关节可以大幅度减少机器人身上的不良症状，使机器人的行动更敏捷，金属寿命更长久。父亲说："打磨一副完美的关节，是让铁意志发挥最大的作用，不至于被铁部件上面的毛刺和犄角消耗完。"

经过父亲细心打磨的关节让很多机器人获得了新生，可打磨一副精美的关节需要花费很多时间，父亲是一个热衷于享受生活的机器人，他不想把时间和精力都用在替其他机器人打磨关节这件事情上。

在浩瀚的宇宙中找到父亲是非常困难的事，守株待兔的机器人明白所有的旅行都有终点，父亲迟早会回到家族基地，所以，最多的时候，有上百个机器人在父亲的旧居等他。这些机器人中，有快要在困境中死去的，也有刚从部件生产中心领取了不满意的关节部件的。

父亲不会接待所有的到访者，不会把自己的一生投入替其他机器人打磨关节这枯燥乏味的事情上。打磨一副满意的关节，需要投入大量的耐心和意志，还会缩短自身的金属寿命。可父亲是个心软的机器人，他被来访者团团围住的时候常感到难为情。

最后一次替其他机器人打磨关节，父亲挑选了三个因为关节出现炎症几乎无法走动的机器人。三个被选中的机器人，一个是从星际战争中退役的士兵，一个是太空漫游者，一个是刚从中央监狱获得释放的盗贼。审视眼前的三个机器人，父亲问他们获得关节后会做什么。

士兵会回到战场上，漫游者会继续漫游，盗贼会逃避警察的追捕。关节终究是机器人的身体部件，无论多完美的关节都是用于实际行动的，任何动机驱动下的关节运作都是合理的，父亲问他们，不过是为了适配关节的性能。

经过漫长时间的锻打，父亲把第一副关节安装在盗贼身上。盗贼如同解开了身上的枷锁，展示着各种高难度动作。父亲放任盗贼回归本行，做一个盗贼应该做的事，在他眼中，每一个机器人都应该保持其本性。"去当一个自由的机器人吧，"父亲说，"这副关节将最大程度帮助你避开他者的视线。"

把第二副关节交给士兵，父亲同样不干涉士兵得到关节后所做的选择，而是鼓励他去做他想做的事。士兵毫无疑问选择回归战场，他将继续跟遥远星系生命和外宇宙文明战斗。假如俱乐部让他回归现实生活，维持机器人社会秩序，那么他将有可能去捉拿盗贼，这副关节将让他在跟盗贼的周旋中获得优势。

最后一副关节，父亲交给了漫游者，他问漫游者都去过什么地方。漫游者突然慌乱起来。"我记不得了，"他说，"这不是漫游的目的，漫游仅仅是为了漫游。""祝你旅程顺利，"父亲说，"如所有光线那样不可阻挡、自由穿透。漫游者鞠躬拜别，正要离开时，父亲又一次把他叫住，问他自由到底是什么。"

漫游者显然不是一个善于沟通的机器人，他说他已经把自己放空，无论什么时候都不去想任何问题，因此也不知道自由到底为何物，这个问题曾在他的旅途中出现过，可就像脚板一样，跟地表摩擦着摩擦着就穿透了。

"穿透"这个词让父亲醍醐灌顶，他看着漫游者的脚板，看着他义无反顾前行的背影若有所思。他放下打磨关节的道具，走上了没有尽头的路，关节的作用在于运动，他想跟漫游者一样，在路上放下所有的念头，直到全部关节都坏死，直到身上的每一块铁都磨损。

直至穿透。

螺　丝

终于对叙述感到疲倦，我不是一个能够长时间表达输出的机器人，特别是在讲述自己的家族事迹上，我必须尽可能保持冷静，不至于让情绪破坏工作，然而克制有时候是无力的，正如此刻我会忍不住思念我的母亲。

在复杂的边缘地带，我的母亲——一个身上每一个铁部件都极其完美的机器人，在从事一种高危行业——在黑市贩卖螺丝。一个完整的、得体的机器人身上有 18 颗螺丝,其中 2 颗是主螺丝,16 颗是辅螺丝。主螺丝在头顶和链条上,辅螺丝在四肢和各个大部件上。螺丝跟关节一样,是机器人身上的关键部件,关节是连接的部件,螺丝是稳固的部件。俱乐部部长曾在广播上发表演讲,说关节让机器人获得无限发展,而螺丝让机器人世界永久稳固。

跟大多数部件不一样,俱乐部部件生产中心对每一颗螺丝都认真生产打磨,一丝不苟,部件生产中心之外的机器人根本无法打磨出与之相媲美的螺丝,因此,机器人产业之外的机构在螺丝生产、修理和打磨上很难有所造诣。外部所生产的螺丝部件不但不够完美,甚至对机器人的身体产生排斥作用,从而伤害机器人的寿命。

俱乐部有一条不成文的规定——除俱乐部部件生产中心,其余任何组织、任何机器人都无权生产螺丝。也正是这一条规定,让机器人社会的螺丝打造工艺落后了一大截。机器人警察在监管民间作坊的部件修理和装饰时会严谨搜查这些部件当中是否存在螺丝,假如在民间发现私下制造和打磨螺丝,机器人警察不但会将其全部收走,还会勒令其停业,将涉事机器人带走关押在中央监狱。

投机取巧的机器人会在宇宙的某个角落偷偷生产螺丝,然后拿到黑市上面去贩卖。所有机器人都清楚螺丝一方面是为了稳固机器人世界,另一方面则是一种禁锢、一种限制,螺丝在一定程度上是俱乐部意志的体现。

早期的机器人在获得反抗意识时,做出反抗行为,全被俱乐部发现且狠狠打击。俱乐部对所有机器人的行为了如指掌,俱乐部用以监视机器人的正是那 18 颗螺丝。投机取巧的机器人向部件生产中心领取螺丝,不往身上装置,而是磨损后将其重新打造。将重新打造过的螺丝装置在机器人身上,俱乐部便无法再获得机器人的动态。

重新打造过的螺丝具备独立意志,但因为生产技术落后,螺丝跟其他部件磨合得并不完美,导致机器人的行动没那么利索。"行动不那么顺畅,但获得了更大的自由",这是更换螺丝后的机器人说的话。黑市上重新打磨过的精致的螺丝堪比天价,购买螺丝就是获得自由。

我的母亲随家族成员在鱼龙混杂的宇宙边缘做隐秘的买卖,父亲在寻找稀有金属的时候遇见了她。深知艺术不是永恒的事业,父亲自此放弃了打磨关节,走上乏味的寻金之旅。他出现在一个黄色星球,那里黄沙漫卷。居住在这个星球的机器人都披着黑色纱布,他们寂静又神秘,纱布之下不知隐藏着怎样的目光。

一只手掌拍了拍父亲的肩膀,他回过头去,看见一个晶透的机器人,她全身上下发着光,眼睛灼灼如火。"要购买自由吗?"她问。她用手指敲了敲父亲胸前长满铁疙瘩的螺丝,然后从黑布之下亮出一颗崭新的钉子。我的父亲身无分文,他拿出自己打磨多年一直珍藏着的关节跟母亲做了交换。

被注入了意志的螺丝和关节都是艺术品,父亲和母亲开始了他们的爱情长跑。母亲是螺族机器人，族人以打磨贩卖自由之螺丝为生，母亲出生在一个蓝色星球的海边，于是取名为海螺。把父亲身上的18颗螺丝全部替换下来，母亲才把肋骨下的线路拆下一根和父亲进行交换。

"你必须是自由之身，"母亲说，"否则会暴露我的家族身份。"

换一套螺丝会让行动变得迟缓，可越来越多机器人为了自由接受了这个条件。俱乐部派出队伍捣乱黑市，机器人警察的作战方式有条不紊、无坚不摧。黑市被摧毁后，母亲的家族被打散，流落在宇宙各地。为了对抗俱乐部，他们通过技术实现信息的加密传播，把螺丝的打磨工序分享给所有机器人。

无可奈何，机器人俱乐部做出决定，改变螺丝生产和修理方案。俱乐部部长说："机器人身上的螺丝和螺丝上面的印记是机器人文明的传统，从机器人产业诞生之时就存在。以前的俱乐部不是一个稳固的组织，无法团结所有机器人，因此俱乐部在螺丝上做印记，引领机器人团结一致，走向永恒。如今越来越多的机器人认为这传统的印记是一种窥视，为抵制它，不惜与俱乐部对抗，引发暴力事件。俱乐部重新思考螺丝印记存在的必要性后，现在宣布以自愿原则决定是否放弃自身的螺丝印记。我相信，以当下机器人文明的发展程度，即便没有螺丝印记，机器人也会自觉遵守和维持俱乐部秩序。"

部长的讲话发布后一部分机器人纷纷换下身上的螺丝，另一部分机器人则继续保留。俱乐部部件生产中心同时提供带印记和不带印记的螺丝，都有机器人前来领取。俱乐部的无为而治取得了较好的效果,螺氏家族不再被通缉和打击,黑市也不再存在贩卖自由这回事。

母亲和她的家族获得解放,解放的同时意味着他们的姓氏失去了意义,俱乐部以放任的方式否定了他们过去的一切努力。族长意味深长地说了一番话,宣布家族解体。螺氏家族虽然早早就退出了机器人历史的舞台,但螺氏家族曾为机器人自由事业作出过巨大贡献。母亲默默离开家族基地,卸下身上的黑色纱布,她在光亮中显得更加闪烁。母亲决定到宇宙的中心去,她受够了宇宙边缘的恶劣环境。

机器人对自由的探索是一个没有止境的过程,螺丝不再被视作研究对象,彻底变成稳固机器人躯体以及整个机器人文明的部件。后来有机器人提出,在宇宙之外有一块特殊的磁石,能够控制所有的金属,宇宙中的所有运动都是那块巨大的磁石在操控。

这一提法在一段时间里引起了轰动,可这些关于自由与控制的言论,已经与机器人学无关了。

语　言

地下室再次被湿气笼罩,我的身体以及四面墙壁很快就冒出了水珠,我停下敲字的手指,看一眼身后的铁笼子,它已经罢工,红色导热条被烧成黑色粉末掉落在地上。

黑色粉末顿时击中了我的记忆,在我打算终结关于机器人的学说的时候。我不得不再次停留在潮湿中，敲击打字机，把我早已沉睡的记忆逐一唤醒。那几条黑色粉末是作为铁物质的另一种存在方式，无论是作为生命的铁，还是作为工具的铁，都是铁文明的一部分。生与死是共存的，这一次我不再讲述博物馆里曾祖父的那具残骸，我要讲的是我的哥哥，他在一场大火中化为了灰烬。

我时刻都在绞尽脑汁，思考机器人学的范畴，我已基本交代了机器人的生命形态及身体构造，直至看见铁笼化成灰烬，想起我早已死去的哥哥，我才决定把机器人语言归入其中。

208 块铁是不会说话的，但机器人会说话，机器人从诞生的那一刻就会说话。机器人语言来自哪里一直是个谜，我猜测来自后脑勺的蓝色晶体。机器人身体构造上蓝色晶体始终没有发挥多大的作用，可无论机器人如何进化，蓝色晶体是一直得以保留的最能体现机器人形态的原始部件。

动态语言储存在蓝色晶体里，机器人诞生的时候蓝色晶体就把语言天赋赋予了用来发声的铁部件，往后摘下蓝色晶体，也不影响机器人的语言能力。机器人的语言系统里远不止一种语言，多种语言可自由转化，机器人在沟通的时候可自由选择以什么方式把意义转达给指定的机器人，也可以把语言画面化或者立体化，机器人对语言的接受是动态的。

我的哥哥 T，是一个语言艺术家，他是父母的第一个孩子。母亲曾说，T 出世的时候是沉默的，很长时间一言不发。母亲一度以为他是个哑巴，带他去检查后脑勺上面的蓝色晶体，却没有发现任何异样之处。直到有一天,T被天上的光所感动,发出一声感慨——光给了眼睛视野,语言给了声音意义。

在沉默的时间里,T在思考语言的意义,他认为语言不只是用来沟通的,他还在思考为何自己从降世那一刻起就被赋予了语言,但他无法找到答案。T的发声让父亲和母亲激动不已,他们的孩子是一个正常的机器人。

T的一生都在探索语言的意义,他解构机器人语言,又重新编写了一套语言,他认为语言是艺术,他编写的语言更自由也更抽象。T认为他所编写的这套语言能够带动机器人系统的升级,是机器人改良的重大发明,但T以及他所编写的语言没有受到俱乐部的重视。T郁郁寡欢,他录制了一些奇怪的发音,这些声音所承载的意义只有他自己知道。由于声音无法感染其他机器人,T便把语言以符号的形式记在本里,他还发明了一套动作语言。声音、符号以及肢体,三者合而为一,就是T语言。

在忧郁且孤寂的时间里,我的哥哥T一心琢磨语言的深层含义,母亲一度以为他的系统出了问题,至少是身体上的某个部件不正常,以至于他如此执着所有机器人都不关心的语言问题。站在机器人学的角度客观分析T的所作所为,T最大的贡献在于他把机器人语言进行了解构,这本该是机器人学要做的事情,所以相较于我,T更适合去做机器人学研究。

机器人世界崇尚的最高法则是简洁、高效,摒除一切分支和多余步骤,追求以最快捷、直接的方式抵达结果,所以机器人的每一个动作都有其目的。机器人语言同样如此,没有意义没有目的的发音会被过滤掉,从而让语言变得简约、坚定。

T却以为这样太苍白,他认为语言应当允许闲话的存在,允许语气词的存在,毕竟机器人不是冷冰冰的铁,是有丰富感情的铁文明。"极简必然走向死亡,"T在广场上发表演讲,"我们不应该在表达情感和情绪的时候哑口无言。"T决定告别父母出走他乡,企图依靠他美妙的语言来启发更多机器人,他成了一个游吟诗人,在宇宙中漂泊。

在游吟流浪的旅途中,T感受到了宇宙的浩瀚,以及自身的渺小,他发现除了自己,没有机器人会接受他的语言。母亲为了挽留T,尝试去学习和理解T所编写的语言,最终都因为语言切换的困难而失败。"情感和情绪会伤害你的,孩子,"母亲对T说,"作为机器人,我们要懂得克制。"

为了减轻T出走带来的悲伤,母亲跟父亲商量,在俱乐部发布新一批生产计划的时候再要一个孩子,于是我在T游荡在世界边缘的时候降世了。T回来后,对我这个入侵他的家庭的机器人很冷漠。母亲以为他不喜欢我,每当我想亲近哥哥她就把我抱走,担心我打扰到沉默寡言的T。

T把自己关在房间里,后来我发现他在写一部名为《T语言》的书,打字机的声音从他房间里传出,很长一段时间里都是家里固有的动静。

一次不经意间,我从T的房门口经过,看见门没有关,也没有听见打字机的声音,好奇心驱使我走了进去,我看见T十分虚弱地趴在床上,他看了我一眼,没有呵斥我,只是挥挥手让我出去。自那以后 T 对我亲近了许多,他允许我进入他那昏暗的房间,让我翻看他用打字机敲出来的语言符号。T 用奇怪的语言跟我说话,我觉得有趣,但我不理解他的意思,只是模仿他发声,企图让我那郁郁寡欢的哥哥快乐一些。

父亲发现了我和 T 之间的接触,让我远离 T,并不要去翻 T 的东西,也不要跟他说话。我在院子里玩耍的时候 T 会通过窗口看着我,他对我比画各种动作。了解了更多事情,我才反应过来,T 不过是想把他那套语言教给我,他以为稚嫩的、无知的我更能够接受他的语言方式。

阳光很少照射到 T 的房间,T 却在一个寂静的夜晚把自己点燃了,房间瞬间变得前所未有的光亮。当房子里的火被扑灭,我的哥哥 T 已经化为一堆黑色粉末。

T 和他的《T 语言》一同化为乌有了。我依稀记得其中的某些符号、发音和肢体动作,但我不能让它们进入我的系统,否则我会像 T 一样,受到情绪和情感的伤害。这也是我选择去研究陨石的原因,冰冷坚硬的石头可以让我获得安静。

此刻,T 的语言符号在向我发起攻击。

机器人存在主义

最初的世界是一片海,我们在同一条船上。

《机器人百科全书》有记载,第一个机器人从世界的尽头而来,他是机器人的祖先与信仰,他乘一艘银光闪烁的船,船是球状的,没有光亮照射的时候是黑色的,他从世界的尽头来到世界的中心,用无坚不摧的铁来宣誓自己的地位。

他有一个响当当的名字——甲,他在世界的中心宣布宇宙中所有的天体,无论恒星、行星、星云、尘埃、黑洞,包括太空中的虚空以及逃逸的光都属于自己。机器人甲站在船头对着空旷的世界说:"所有的一切为我所有,我将获得世界的产权。"甲的声音在空旷中回荡,从世界中心传向四面八方。

那时候,世界还在膨胀,世界的中心是热量和光线最充足的地方,那里是大爆炸发生的地方,甲的声音是随大爆炸的冲击波传开的。站在世界的中心,他就掌握了所有的主动权。机器人甲要在这个地方建立机器人俱乐部,利用世界上的所有铁物质,建立一个铁文明。

机器人甲建立机器人俱乐部,留下三个主要的记忆:第一,世界是一片海,船上的机器人从一开始就注定了漂泊的命运;第二,世界最强的金属是铁,铁意志永不言败;第三,世界的产权属于机器人,机器人有权发放或者收回世界的所有物质。

三个记忆深深刻印在俱乐部每一个机器人的系统中,往后机器人如何更新迭代,这三个记忆依然是机器人所有行动的最终目的。机器人甲站在高处,看着不断远去的世界的边界,犹如被释放的囚犯,看着自己建立起来的疆土正在自然地扩张,不费吹灰之力。

"世界之外本是混沌,"甲说,"混沌中有一股神秘的巨大的引力。引力所在的地方是一个浓缩得几乎为零的球体。准零状态的球体无法再压缩，巨大的质量开始坍塌然后发生大爆炸。大爆炸带来了热量和光线，世界的最初形态终于形成。"甲坐在俱乐部行政中心大楼里，作为第一任俱乐部部长，他对自己的子民谆谆教诲，任何除机器人以外的生命要想享受世界上的热量、光线、土地、水源，都要得到机器人的允许。为了树立自己的权威，甲命令部下在《机器人百科全书》上面大写特写。

书中写道，最初的世界是一个拳头大小的黑色球体，是所有宇宙的总和，黑色球体像一块玉，光洁无瑕，虽然只有拳头大小，质量却是无穷大，机器人甲来到黑色球体前，像点爆竹那样把世界点燃，接下来发生了那场没有尽头的大爆炸。

甲将自己比作造物主，塑造机器人存在主义的时候，他宣扬其核心价值——命运的整体。所有的机器人是一个整体，必须为建设机器人事业而劳动，劳动是机器人创造价值的唯一方式。

写到这里，我似乎明白俱乐部部长为何要写亲笔信让我来撰写《机器人学》。关于机器人发展的所有环节，是建立在我家族成员的所有付出之上的，部长选择我，绝不是一个偶然事件。我家族的事迹所反映出来的，是整个机器人世界的生态版图，我们正在燃烧自身来维护所谓的机器人存在主义。

地下室的墙壁有水流下来，我不清楚这些水汽从何而来，再这样下去，水会在我脚下汇成河流。打字机变得越来越卡顿，打出来的字跟我想的有所不同，黑色字符在洇湿的纸张上面晕开，模糊不清，甚至也在化成流水流走。我担心我写下的所有文字就此消失,我的机器人生命也会在潮湿中不断被消耗。

是时候了,我提醒自己,是时候画上最后的句号了,漫长的书卷不是我能写出来的。楼上研究陨石的机器人不时来敲地下室的门,通过门缝看我一眼。我坚持在地下室里,不过是想要一个完美的终结。

罢了罢了,世上所有的终结都是有缺陷的,我必须尽快完成工作回到楼上去,我的故事尚未结束。

《机器人学》到此为止。

巴比伦铁塔

U111

世界的中心是巴比伦铁塔,巴比伦铁塔的中心在U111。

出门之前,要观察四周,否则伸出脑袋有被斩首的风险。我的居所U111是巴比伦铁塔的中心,多条公路从这里向四面八方辐射。我每天都要从居所出发,到第一、二、三、四、五公路去游荡,从白天到黑夜。在铁塔里,只能通过楼板缝隙以及外墙上的窟窿照射进来的光判断白天和黑夜。

铁塔是机器人寄宿的地方,自从俱乐部输掉了战争,我们就被困在铁塔里,外部发生什么,无从知晓。居住在U层的机器人,是无知的。像一个蜂巢,我看着游走奔波的机器人胡思乱想,又像一个蚁穴,我指的是巴比伦铁塔。铁塔共五层,地上四层,地下一层,U层是地下一层,是百分之九十九的机器人居住的地方。每一层对应不同层级的机器人群体,我们是最卑微的,只能生活在脏乱与昏暗之地。

不过无所谓,宇宙中多恶劣的天体我都见识过,相比战争时期,如今能够平静地叙述已是侥幸。我观望眼前的世界,公路逼仄,居所拥挤。曾经我们拥有整个宇宙,飞行器瞬间可以抵达光年之外,我们利用宇宙资源建立了铁文明,真正无坚不摧的铁文明。

失败来得过于突然,摧毁了机器人建立起来的一切,如今机器人只能生存在巴比伦铁塔里。铁塔是用战争中死去的机器人的残骸铸造的,墙壁、路面、电线杆、马桶盖等等,依旧能够看见那些死去的机器人的眼睛、手臂、脑壳、胸膛……

成千上万个空间里关着成千上万个机器人。我们在等候俱乐部的通知,等候有朝一日回到地面,重新飞离地表,征服宇宙。我们这样一批残军败将还有机会吗?没有了。在漫长的等待中,我越来越确定,巴比伦铁塔像镇妖塔那样把机器人给镇压住了。

以铁文明为傲的机器人完全没想到有朝一日会被困在铁塔里。俱乐部部长通过最原始的广播给我们传达指示:铁塔是为了保护机器人文明不被摧毁,俱乐部要用巴比伦铁塔守护机器人文明。部长的讲话通过喇叭在 U 层传开,我是第一个听到部长的声音的,并非因为喇叭就安装在我的居所门口,而是我所在的地理位置特殊。

暗无天日的塔下日子,使我对俱乐部以及铁文明感到极其愤怒与失望,翱翔宇宙的时候我从来没想过有朝一日会变成一只蛐蛐生活在地下。战争中死了太多机器人,部长宣布用死去机器人的尸骸铸造一座雄伟的铁塔,誓死守护机器人的尊严。

铁塔雄伟壮观,高耸入云,当我们进入铁塔,即被遣往地下一层。迷惘与愤恨在很长一段时间里让我觉得存在毫无意义,我应该和被铸造成铁塔的机器人一起在战争中死去。U层空间很大,我漫无目的地游荡,回到被标记的U111,才猛然发现这里是铁塔的中心。

这一发现让我的烦恼和迷惘顿时消失。这是一种安排,我心想,我必然会在U111有所成就。回想起每当我陷入沉思就会听见窸窸窣窣的声音,我以为是被铸造成铁墙的机器人尸骸发出来的,U111墙壁上有几张机器人的嘴巴,平时我用来存放小物件,听见细碎的声音时我以为是这些没死透的嘴巴在窃窃私语。

当我确认U111是巴比伦铁塔的中心,是塔尖的正下方,我就长时间凝视着屋顶,漆黑的屋顶封闭了一切。我以为隔层的铁无比厚实坚硬,所以从来没有想过那些细碎的声音是从楼上传下来的。我头顶上是每一层楼的中心,顶层就是部长所在的地方。

我有机会接触到顶端的光,在我之上也不过是四个机器人,我的地位也不算特别糟糕。自此以后,我就时常爬到梯子上面,用耳朵紧贴着屋顶,倾听楼上的动静,其实是想听听部长的声音,只是穿透四层楼即便是雷鸣也变得缥缈了。但我总有一种错觉,部长就站在我面前,每一次部长讲话我都是最先听到的那一个,我如沐春风。

耳朵贴着屋顶搜索不到动静,我便用磨得发亮的汤匙敲击屋顶,我想我头顶上是一个会议室,毕竟是一层楼的中心位置,注定非比寻常;也可能是十字路口,往来的机器人根本不会在意我的敲击声。

直到有一次,我敲击屋顶时,楼上以同样的方式给了我回应。我当时慌了神,不是惊喜与兴奋,而是恐惧我担心楼上的机器人举报我,或者派部队来找我麻烦,毕竟他们比我高一个等级。我跑到门外去,环顾四周,每一个从前方走来的机器人都十分可疑。

战战兢兢过了一段时间,我没有逃跑,U111 就像是我的身份编码,跟我紧密关联,我被困在这密室般的铁塔里,能逃到哪里去?后来,发现并没有机器人找上门来,我才恢复平静。我再试探性地用汤匙敲击屋顶,楼上却再也没有给予我回应,薄薄的一层铁板,分开的是两个世界。

我在 U111 没能有所作为啊,但 U111 依然是世界的中心。

U1912

斜对面是 U1912,住着一个名为鼠的机器人。

U1912 是一个隐秘的空间,仿佛只有一个门牌,两旁的居所占地面积较大且装饰繁复,鼠拖着残疾的一条腿,还缺了一

只眼睛,兜兜转转,很艰难地找到了自己的居所。鼠对 U1912
很满意,俱乐部没有因为残疾而忽视他,给了他一个安身之所。
鼠把挂在胸前的钥匙往钥匙孔里一放,身体哧溜一下就进去
了,U1912 简直是为鼠量身定做的。

鼠是个冷漠的机器人,不跟邻居相处,绷着一张阴郁的瘫
痪的脸。他从战场上被抬下来时,大家都以为他死了。在正要将
他抛入熔炉烧成铁板加固巴比伦铁塔时他紧贴熔炉的半边身
体被高温烘得变形,他突然醒来叫停了将要到来的死亡。

"且慢。"他说。挥动铁铲的机器人被吓了一跳,俯下身看一
眼已经熔化了半边身体的鼠,确定是他在讲话。"我还活着。"
鼠说。可惜一颗眼珠子和一条腿被烧毁变形,他依靠一条腿站
了起来,依靠一只眼睛提供的视野离开了熔炉。

鼠去寻找俱乐部机构申请一只眼珠子和一条腿,他认为自
己是在战争中负伤的,半边身体被熔炉烧毁,俱乐部理应为他
提供全新的眼睛和腿,好让他继续为机器人事业做贡献。机器
人产业早已破产,只有固定的作坊为俱乐部上层提供有限的铁
部件,机器人鼠在 U 层周旋许久,终究没能如愿以偿。

"根本没有多余的铁部件,"鼠坐在 U1912 前自言自语,"就
算打了申请,也只能无止境地等下去。"机器人失去了部件生
产中心供应的铁部件,意味着身体出现损伤就得面临瘫痪,而
出现大面积损伤就得面临死亡。铁也是有寿命的,像鼠这样的
机器人往后会越来越多。

战争刚结束那会儿,部长站在山头上发表演讲,那时候我

们连一架飞行器都没有了,满地都是机器人的残骸。部长发号施令,要建立一座巴比伦铁塔,保留实力,蓄势待发。不知从什么地方运来一个巨大的熔炉,大火一烧,抛进熔炉里的铁很快就熔化了。铁塔的规模过大,收集起来的机器人残骸只够搭建铁塔底部, 顶端两层像个空架子。部长对残缺的铁塔感到不满,又下指令,每一个想要获得俱乐部保护的机器人都要贡献相应额度的铁。

在黄沙漫卷的天体上,机器人纷纷交出自己所拥有的铁——各种道具、残次的部件。达不到俱乐部要求额度的机器人献出了自己的小腿或者手臂,还有机器人献出了自己的头颅。

有志者事竟成,铁塔终于建了起来。部长按照战前阶级分配把地上四层安排给了条件更优越的机器人,大批机器人被赶往地下一层。鼠拖着残疾的身体寻求俱乐部帮助的时候,根本没有机器人搭理他,郁郁寡欢的鼠坚持等候俱乐部的安排,申请表格拿在手里快要烂掉了也无处投递, 他的脸色越来越难看,绝望中带着仇恨。

鼠不知道斜对面有个机器人在暗中观察自己,观察他如何厚颜无耻走访富有的机器人,观察他如何鬼鬼祟祟叩响那些寂静居所的门。我清楚他的企图,走访富有的机器人是为了获得施舍,但铁是贵重金属,再富有的机器人也不会将之赠送出去。于是鼠叩响了那些沉寂的居所,希望沉寂居所里的机器人已经死去,他可以趁机摘下该机器人的眼睛和大腿。

残疾的鼠没有邪念,他游荡时标记那些沉寂的居所,等候里面的机器人衰老死去，通过一次次的叩门确认自己的等待是否落空。鼠的等待没有获得回报，负责熔炉工作的机器人总是先他一步来到已故机器人的居所，把死者搬运走，安排其他机器人入住。鼠恳求运送死者的机器人给自己留下点什么，比如死者的眼珠子或者大腿。负责该工作的机器人不敢给鼠钻任何空子。

鼠垂头丧气地钻进 U1912，很久都没有出来。我以为他会像那些瘫痪或者衰老的机器人那样死去，新来的机器人将占据他的居所。可鼠的意志超出了我的预料，再一次看见他时，他神情坚定，步伐决绝，行走的速度比以往更快，义无反顾朝着第四公路走去。

没多久，U1912 出现了一个陌生机器人。我坐在窗边猜测，鼠就这样失踪了吗？他去了什么地方？死在外面，然后被抬走送进熔炉了？U1912 新来的机器人身上给我一种熟悉感，他的行为举止跟鼠十分相似。细看才发现，这个比一般机器人强壮许多的机器人有两个脑袋，原来鼠和另外一个机器人经协商达成一致，合成为一个机器人了，两个脑袋共用一个身体。

遥遥看去，我不清楚以后该称呼 U1912 的主人为鼠还是二分之一鼠，还是别的什么。我的邻居看起来是一个完整的机器人，同时又是一个变形的机器人。

U1880

小茉莉一家住在 U1880，U1880 在第一公路的尽头。

　　从东边走到西边再从西边走到东边需要一天时间,小茉莉每一次来回都要经过世界的中心——U111。小茉莉长得精致可爱,她失去了两条腿,取而代之的是一个铁轮子。她奔跑的时候需要两条手臂发力,扒拉着地面,铁轮滚动将她从东边带向西边再从西边带回东边。她从我的窗前缓缓而过,像划船逆流而上。

　　小茉莉刚出生就失去了两条腿,她的父亲不得不从 U1880 的铁门上锯出一个铁饼做成铁轮给她代步,让她能够离开居所在公路上穿梭。小茉莉是残疾机器人,这个小可怜患有各种各样的病。她的父亲和母亲在她身上花费了巨大的心思,只为让她好好活着。他们一家三口被安排在第一公路的尽头,东边墙壁背后就是塔外世界。

　　小茉莉问她的父亲,为何不在墙上锯一个洞给自己做轮子,而是在铁门上开洞。她的父亲耐心地给她讲,铁塔是俱乐部的产物,任何机器人都不能损毁铁塔的外墙,如果外墙被锯出一个洞,外界的妖魔鬼怪就会闯进铁塔,把机器人通通杀死。

　　没有见过外部世界的小茉莉对父亲口中的鬼怪展开了各种想象,她贴在墙上听外面的动静,呼啸的风声被她当成了妖魔鬼怪的咆哮。小茉莉是战后的新生儿,没有见过铁塔外面的世界。她的父母给她输入了很多知识,不断改造她的系统,但她依旧无法理解那些事情,铁塔外墙是一道无法穿破的隔阂。在对任何事情的理解上,小茉莉比其他机器人都多了一份想象,外部世界在她眼中是极具传奇性的。

可悲的是,小茉莉虽然没有接触过巴比伦铁塔之外的世界,但她的生命却与外部世界息息相关。从出生那一刻起她就患上了一种奇怪的病——需要吸收足够的光身体才不会硬化。她的母亲曾回忆说,小茉莉出生后,在居所里哭个不停,身体硬邦邦的,关节无法伸展。她和小茉莉的父亲一筹莫展,当一缕光从铁板的缝隙照射进来,小茉莉的身体才有所好转。小茉莉的父母跟随缝隙中溜进来的光移动,让小茉莉最大程度获得照耀。可小茉莉的两条腿无法行动,即便她长大了,也只能被父母背着在公路上追逐光照。直到铁轮替代了两条腿后,小茉莉才开始了她的奔跑。

追光少女小茉莉每天必须跟随光照从巴比伦铁塔的东边跑到西边,再从西边跑回东边,完成一个来回,获得一天所需的能量。她像一只飞蛾,又像一根时针,她扑腾着左右摆动,让时间发生运转。我常常看着小茉莉靠近又远去,远去又靠近,来判断一天中的时间变化。飞蛾在东边还是西边,我睡醒时昏昏沉沉从窗口探出脑袋问隔壁的老巴里。老巴里有时候会提醒我飞蛾在东边,或者西边,有时候只是抬抬下巴,让我抓不着方向。

奔跑让铁轮磨得绽裂,砂石在上面留下一个个凹槽,铁轮掌控着小茉莉的生命,她会随着铁轮的磨损而耗尽时光。第一公路的机器人习惯了小茉莉的存在,不忍心看着这个摆钟似的机器人停止奔跑,纷纷拿出最好的铁给小茉莉打磨轮子。小茉莉感受到了愉悦和幸福,追光本是痛苦且被动的,身体得到改良后就变成了一趟温暖的旅程。

得到爱和帮助的小茉莉同时也获得了使命感,她每经过一个地方就提醒该居所的机器人是什么时辰了、要做什么事情了。她真的把自己当成了时间的仪器——时针。快乐的时针从窗口过去,小茉莉成了 U 层为数不多的获得存在价值的机器人,她把自己献给了时间,化身时间的载体,撬动了机器人世界的齿轮。

从东边到西边,再从西边到东边,是两种不同的光,小茉莉说,从东往西的时候光是炙热的、灿烂的,从西往东的时候光是冰冷的、苍白的。小茉莉通过对光的分析判断,我们所在的天体围绕两个不同的发光体旋转。这个判断并没有改变什么,却让机器人知道机器人文明并没有走向绝路,我们依旧生活在天体运转活跃的地带。

一声清脆的撞击声过后,铁塔的外墙被陨石击穿,留下一个拳头大小的窟窿,通过窟窿能够看见外部世界。一个庞然大物出现在机器人的视野里,通红的天体发出炙热的光,没多久红色的庞然大物消失了,另一个白色的庞然大物出现了。

巴比伦铁塔在两个庞大天体之间,红白两个天体的交替出现,形成了铁塔的昼夜。U 层的机器人欣喜若狂,自从进入巴比伦铁塔,我们还是第一次看见外部的情况。我们深信机器人俱乐部对眼前这两个巨大的天体拥有控制权,这两个天体将是机器人文明复兴的重要资源。

作为时针摇摆的小茉莉被陨石撞击事件影响到了，没有机器人再关注她的奔跑，而且拳头大小的窟窿照射进来的光足以支撑她的身体，她根本不需要继续奔跑。小茉莉感到沮丧。她的父母鼓励她继续奔跑，奔跑是她的生命常态。有时候生活已经不需要时间了，但依然需要时钟。

缺口很快就被俱乐部发现，他们用厚厚的铁板把铁塔外墙的窟窿焊死，U层又变得死气沉沉。

小茉莉哼着歌在绝望的世界里奔跑，她是时光的精灵，被重新赋予了意义。

U1969

世界上有些事物是立体的，有些事物是扁平的，立体物看世界是立体的，扁平物看世界是扁平的。

U1969住着三个扁平的机器人，他们是类、吉和泽，他们所生活的居所是一条缝，比U1912更狭小的缝，小到门牌都不能横着挂，只能竖着放。

一条缝里住着三个机器人，他们不觉得拥挤。平时他们一起行动，就连钻进U1969的动作也是同步的，摇摇晃晃，像三片被风吹动的落叶。类是老大，他不允许其他两个兄弟离自己太远，原因是他们不能失去依靠，他们得保持站立，而一躺下就难以再站立起来了。

泽是他们当中年纪最小的，他总是被周围的事物吸引，然后走偏,摇摇晃晃没走多远就站不稳了,好几次跌倒在地。类和吉由于无法低头、弯腰,看不见跌倒了的泽,他们听见泽的呼喊,直到踩在泽身上才发现他所在的位置,将他扶起。

"世界本是一片混沌,"吉说,"所有的物质凝聚在一起就产生了天体。"吉是一个爱讲话的机器人,他被夹在类和泽之间,沉默寡言的类和充满好奇心的泽对他所讲的事情不感兴趣。他不在意,只顾着讲,滔滔不绝。吉对类说:"要掌握技巧,弄清楚这个世界的规律,才能获得更多的资源。"吉又对泽说:"好奇心会害死你,小兄弟,你最好乖乖地跟着我们,如果你摔倒了没有机器人将你扶起,你就会变成一块井盖,被踩踏,被掩埋。"

三个扁平的机器人从 U1969 走出来,又回到 U1969 去,他们想通过行走让身体变得饱满,让铁部件重新膨胀,做回立体的得体的机器人。他们自称三兄弟,但没有亲密的关系,他们不过是命运相似,迫不得已走到一起。他们连遭受伤害的原因都不一样,类是被巨物压扁的,他曾经从事搬运铁料的工作,一个巨大的黑球是他在战争中的最后一个任务。铁球就像一个黑色天体,庞大且沉重,类在其面前像一只瘦小的蚂蚁。

俱乐部的指令是不能违抗的,且这是类退役前的最后一个任务,他必须把铁球运到指定位置。俱乐部的目的是把铁球当作武器发射到遥远的天体中去,俱乐部有实力这样做。铁球被加以光速就能击穿宇宙中的任何物质,这是机器人俱乐部最后的也是最致命的武器。殊不知这武器在毁灭敌人的同时也在毁灭自身,俱乐部把宇宙打得稀巴烂,同时也把所拥有的铁通通打了出去,导致战争直接走向失败。

换言之,类是一个炮弹兵,他的工作就是运输巨大的武器,在机器人前期先进科技的支持下这不是特别艰巨的任务,只是运输过程中发生了意外,运输带断裂,铁球滚落,把运输弹药的机器人队伍压扁了。其他机器人目睹惨剧的发生,以为被压扁的机器人都死透了,正要以战争牺牲者的名义来处理死者的躯体,类却踉踉跄跄被风抬着站了起来。

吉所遭遇的相对而言就滑稽许多,他在战争中偷懒,想找个地方躲起来睡觉。"去他妈的战争,"吉说,"老子就不是打仗那块料。"吉对战争感到厌恶,他跟其他所有的士兵都没有见过敌人长什么样,只知道往遥远的方向发射炮弹,又被反弹回来的炮弹炸得狼狈不堪。俱乐部对外宣称敌人的文明程度跟机器人文明相似,他们的制造能力跟机器人一样先进。

"总不至于制造出一模一样的武器,"吉说,"就连炮弹的口径都相同。"吉怀疑战争是个骗局,他们作为棋子被俱乐部作弄,这场战争不过是高层之间的较量,是机器人内战。吉所说的这些在其他机器人看来就是笑话,吉摊手表示无奈,他在一处平整开阔且光线明亮的地方躺下睡觉,没想到那是军队的停机坪,一架大型飞碟降落时压在了他身上。当飞碟接到新任务飞走,吉惊慌失措,他发现自己已经是个扁平的机器人了。

至于泽,他可以用不幸来概括。战争后期,俱乐部要制造一枚超级炮弹,鱼死网破,放手一搏。泽和家人以及许许多多的机器人被推进一个方形池子里，他们将要被做成炮弹发射出去。池子是碾压机，四面墙壁背后是无数个使劲推进压缩的机器人。就这样，池子外的机器人用力推，池子里的机器人被压缩成一团，泽活生生被压成了扁平状。

可恶的是超级炮弹还没制造出来俱乐部就输了，部长带头逃跑。泽没有死，也没有被压碎，他只是被压扁了，他从池子里出来，跟着逃窜的机器人跑，身后被压成立方体的铁块最后被用来铸造巴比伦铁塔，U1969 的一面墙壁上有泽的父亲的面孔、母亲的乳房、哥哥的手臂以及姐姐的腿，他们中间薄薄的凹陷正是泽当初被压扁的地方。

"曾经的世界是圆满的，"吉说，"现在的世界是扁平的。"

三个机器人，原本是三颗锋锐的钉子，硬生生被压成扁平状。他们不停地行走，通过行走丈量巴比伦铁塔，通过行走改变命运。可有些破坏力是巨大的，有些伤口是无法复原的，他们失去了作为机器人的外壳，剩下不屈的灵魂。

U1940

战争结束那一刻机器人切就感觉不对劲，仿佛身体里缺失了什么，无论是精神还是气力都在流失，他强壮宏伟的身躯一下子就垮掉了，瘫软在地，萎靡不振。

失败是不可原谅的，切没有想过俱乐部有朝一日会失败。铸造巴比伦铁塔的时候他是愤怒的，认为铁塔是机器人的坟墓。鉴于他在战争中的付出,俱乐部没有计较切对铸造铁塔工作的妨碍。铁塔搭建起来后切被安排在地下,那时候他的身体已经无法支撑他行走,他不得不拄着拐杖,一瘸一拐来到U1940。

在地下世界,切抱怨俱乐部的安排,他从来没有受过这样的委屈,不得不在逼仄的 U1940 度过自己的晚年,没有任何下属随从,所有事情都得亲力亲为。切感到无能为力,他失去了一切。

从 U1940 出来,切去找曾经当过修理员的部下。他指了指自己的心说:"这里痛,里面的部件有损坏,疼痛一阵一阵的。"修理员在他的胸膛一阵倒腾,没有检查出问题。U 层资源紧缺,即便他体内的部件破损了也没有可替换的。切失望地离开,他知道自己的身体有问题,问题就出在心的位置。

"里面有个窟窿,"切指着自己的心说,"心穿了个洞,洞在慢慢变大。"

切捂着胸口大骂俱乐部不作为,认为是俱乐部的失败造成了自己的伤病。"战争是不可能失败的,"切说,"只要继续打下去,就能把原本属于我们的全部夺回来。"他抱怨铁塔把自己困住,认为俱乐部建造铁塔就是作茧自缚,把机器人文明封杀在里头。"必须走出去,"切说,"离开这个火炉。"他已经没有多少力气,说两句话就剧烈地喘气,他心痛得快受不了。

钻进 U1940 后,切躺在床上失了魂,胸口处的那个窟窿在反噬他,他认为这个窟窿最终会把自己完全吞噬掉。切从来没有遇到过如此困境，在战争中他多次身负重伤也没有如此迷惘、如此不堪。他感觉到了疲倦，清楚自己已经年迈，有心无力，不对，是无心也无力。

心痛让切十分难受，虽然可能只有针孔那么大一个漏洞，身体却像被啃噬一空，轻飘飘的。切想尽办法在 U 层找来铁料，让其他机器人帮他打成铁板焊接在胸口处。他想着虽然找不到心中的那个漏洞，但至少可以将之堵死。焊上铁板的身躯变得沉重，且没有减轻心痛，切恼怒不已。

坐在第三公路边，切实在没有力气站起来，路过的机器人扶过他无数次，每次他刚站起来就走不动了，他说他需要躺着或者坐着，跟地表紧密相连。无论是战争前还是战争期间，抑或是战争后我都没有接触过切，只知道他是地位显赫的将军，没想到他最后的宿命是被安排在 U 层，跟所有战败机器人一样。切是一位狂热的战争激进分子，他崇尚毁灭法则，无论敌人是谁，可以尽管投掷毁灭性的武器，即使是把宇宙轰炸稀碎再重新组合。切认为只有这样，机器人才能真正掌握宇宙的话语权。

无助的机器人切经过漫长的爬行回到 U1940，他认为自己早已经死了，U 层就是一个巨大的墓场，U1940 则是他的墓穴，他不过是在死亡的世界里依靠不肯消散的记忆和意志保持清醒。U层的机器人没有怨恨他，更没有报复他，大家都接受了失败的结局。战争从来不是某个机器人的罪，是所有机器人的罪。

沉寂，很长时间都没有看见切露面，U1940 没有一点声音。附近的机器人叩响了 U1940 的铁门，回应敲门的只有反弹出来的沉闷的回音。有机器人猜测切已经死在 U1940 里头,他如同被抽掉灵魂的躯壳,在战争宣布结束的时候就已经死了。

没有机器人敢打开 U1940 的铁门,俱乐部也没有安排机器人来看望或者接走切,连看管熔炉的机器人也对他置之不理。切是头号战争积极分子,他的身份和名声都过于响亮。热衷战争的机器人来到 U1940 前方吊唁,他们在第三公路追悼切,追溯他在战争中的卓越付出,赞美他伟大的机器人格。

我站在远处静静地观察前来吊唁的机器人,他们是如此虔诚。在我眼中,前来吊唁的机器人跟切一样,内心早已被虚无吞噬,只剩下被蛀虫啃噬一空的千疮百孔的架子。

切代表所有的战争狂热分子死去了。他的事迹在机器人的记忆中变得模糊,逐渐消失。

一个寻常的时刻,挥舞着旗帜的机器人男孩在第三公路上奔跑,他呼喊着,说战争爆发了,机器人要走出巴比伦铁塔重新征服宇宙……男孩从一个系统失常的老头那里打听来这个消息,他四处传播,但恶作剧很快就被制止了,呼喊声消失在第三公路的尽头。

战争没有爆发,呼喊声却惊动了或者唤醒了某些东西,沉寂已久的 U1940 传出阵阵动静。

U1985

一阵敲门声过后,机器人情出现在我面前,她手里提着一个布袋,里面是她早已死去的女儿露。

　　露到底死于何时,作为母亲的情也不清楚。她们的居所在第二公路的 U1985,露在一个平常的日子里死去了,用情的话来说,就是睡过去后再也没醒来。死是多么恐怖的字眼,就这么残酷地结束了一个机器人小女孩的一生。

　　面对眼前这个神色黯然的机器人,我有些手足无措。情在四处售卖露的残骸,她已经去过很多地方,敲响过许许多多居所的铁门。我知道情会提出什么样的问题,我不知该如何回答。

　　"向你出售机器人孩子,"情说,"你有这个需求吗?"看着情手中的布袋,我有种莫名的恐惧,情还想从袋子里掏出露的残骸给我展示一番,而我早就目睹过死去后的露冰冷僵硬的模样。我制止了她,摆了摆手。我以为她会就此转身去敲下一个居所的铁门,可她选择在我这里争取一番。"还是有用的铁呢,"情说,"完整的 208 块。"

　　露曾是一个可爱机灵的机器人,她跟小茉莉一样是战后降世的,没有经历过战争,她的身体是完整且完美的,铁部件、线路和系统一应俱全。情的丈夫是田,在一次远途飞行的征战中再也没有回来。情独自带着露住进了巴比伦铁塔的 U1985,她们原本安分守己过日子,露的突然死去,让情走向了崩溃。

　　"可我要来做什么呢?"我说,"她那么小,她的部件和线路放在我身上并不合适。"其实这只是其中一个原因,更重要的是,我怎么能把一个已死去的比我小得多的机器人的部件用在自己身上呢？后半句话没有说出口，不想让情觉得我胆小懦弱。"你可以拿去烧了，熔成新的部件，"情说，"足够做成一条新的手臂。"

说这些话未免残酷无情，情面目呆滞，多次被拒绝后她已经不把袋子里的露视为自己的孩子，而是当作货物，一堆可再加工的铁料。我和情陷入了无言的对峙。露死去之前，我跟情认识，甚至可以说熟悉。从 U111 去第二公路并不远，露站在路边跟我打招呼，我喜欢露这个热情的孩子，她不知道什么是苦难，她是乐观的，认为世界本来就是这样。我有时候在想，是不是露的乐观过于招摇，以至于死亡突然降临封杀了这一切。露跟我打招呼时我也会跟她打招呼，然后跟情打招呼，我热心帮助她们，在她们遇到麻烦的时候出手相助。对于发生在露和情身上的不幸，我感到十分遗憾和痛心。

沉默的对峙使我的意志逐渐坍塌，我希望情转身离开。她没有这样做，她在等我的回答。可我需要一条新的手臂吗？我担心日后这条用露的躯体打造出来的手臂突然开口跟我说话，就像我担心墙壁上那些死去的机器人残骸发出声音一般。情看穿了我的想法。"你需要一条新的手臂，"她说，"你看看你，正值壮年，没有一点活力。"

"在铁塔之下，我要活力做什么？"我没有正面回答情，我不能否认露曾经为 U 层带来过活力。"我用什么来换露的尸体呢？"我说，"我什么都没有。"听见我说露的尸体，情身体微微颤抖起来，才想起自己手上提着的并非一堆铁料，而是女儿的尸骸。

她故作镇定、故作从容。

"你什么都不用给我，"情说，"你只要跟我待在一起。"我对此表示不理解，一个机器人没必要和另外一个机器人待在一起。要知道，任何一个机器人包括我都代替不了已死去的田和露。

拒绝眼前这个伤心的机器人是残酷的，可如果我不拒绝，对我而言是残酷的，我不想另一个机器人进入我的世界，在铁塔里，还是孤独为好，我又何必去过两个机器人的生活呢。我说："我情愿孤独啊。"情听见我拒绝了她，说话变得吞吐结巴。"你要的不是这个，"她说，"你要的是一条手臂，我保证不会拖累你。"

往后退两步，我和情之间隔着一道门槛，我决心拒绝任何试图侵犯我的孤独生活的事情。砰一声关上铁门，把情挡在门外，这个伤心欲绝的机器人突然歇斯底里地痛哭，哭声穿透铁门向我袭来。

哭声持续了许久之后终于远去，我久久不敢打开铁门，生怕情突然转身，只好通过窗口往外看。情慢吞吞地往第二公路走去，布袋被她挂在背后，她的身体无力地下垂，手臂几乎触碰到地面。

之后，我看见情又在四处叩门，销售露的尸骸，那一堆铁是她唯一的财富，所幸机器人和其他的生命形态不一样，否则露的尸体会长满蛆虫、腐烂成泥。

情日渐衰老,她曾是个娇艳貌美的机器人,悲伤侵蚀了她的容颜,她衰老得如此之快,像个年迈的老太太。

U507

在巴比伦铁塔,难以听到除金属碰撞声以外的任何声响。

机器人丑的出现打破了这个局面,丑用尾指做成了一个哨子,他叼着哨子在第四公路上吹出各种声音。此处有必要对机器人丑进行一番介绍:丑,战时二级士兵;父母为俱乐部部件生产中心重要管理者,死于敌军对部件生产中心发起的突然袭击;四兄弟征战沙场,三个哥哥死于冲锋陷阵。

三个哥哥把丑死死护在身下,他才得以在最残酷的战役中幸存。战役结束后,丑推开层层尸骸爬出来,吃力地呼吸着。硝烟将他包围,死亡是寂静的,他看不到任何一个站立的机器人。满地都是黑色的金属碎片,他的三个哥哥就躺在他脚下,除了头颅,其他的部件已经无法分辨。他随手捡起一块薄薄的铁片,放在嘴里吹出婉转的音乐,他就这样一边吹着一边走出战场。

制造道具的天赋是丑的父母给他的,参加战争前丑大部分时间都跟父母待在部件生产中心,跟铁料打交道,设计制造各种部件,利用边角料捏造玩具。三个哥哥早早就离开父母到前线去了,而父母又忙于工作,丑在孤独中度过了少年时光。他善于制造各种工艺,不会感到无聊,他制造出了能够发出各种声音的哨子,他让部件生产中心的机器人感到聒噪,也感到愉悦。

战争后期,他跟大多数机器人一样不得不离开父母到前线去。他走后没多久部件生产中心就遭到了袭击,失去后勤部的机器人俱乐部开始土崩瓦解。丑吹着薄片跨过一具具残骸,他需要发出声音来掩盖心中的恐惧,他走到机器人大本营的时候已经变得木讷,无论如何呼唤都没有反应。

建造铁塔的时候丑无法提供足够的铁料,不得不把他捏造出来的小物件上缴。丑交出来的小物件特别精美,是他珍藏已久的工艺品,在场的机器人看见这些精美的物件被抛进熔炉都觉得可惜。丑必须回归集体,他失去了工艺品后就开始害怕孤独,他被安排住在 U507。

命运自然惨淡,丑却表现出了与众不同的性情,他像个不懂事的纨绔子弟,游手好闲,爱开玩笑、恶作剧。口哨声响起之处就能看见丑,他在第四公路片区行动活跃,神经兮兮,吊儿郎当。"银河系中心有个黑洞,只要把手伸进去,就能掏出各种各样的其他星系的东西,"丑在第四公路上说,"能掏出金子和钻石,也能掏出某些生物的肠子和大便。"

困在铁塔里的机器人失去了摆脱引力自由穿梭于太空的能力,也失去了玩笑的心情。丑没有因为世界的冷漠停止玩笑,他要将无尽的玩笑进行下去。第三公路有三个大胖子,三个胖子学唱戏,你一句我一句,唱得陨石落满地,丑唱着自编的歌谣在路上游荡。他把自己涂成红一块蓝一块,绿一块黄一块。颜料是岩石粉末，是他在寻找废弃铁料的时候找到的。五颜六色的丑成了巴比伦铁塔最吸引目光的机器人。

机器人小孩跟在丑身后玩耍，把丑当成一个大玩具，丑用他好不容易找到的铁料做成精巧的玩具逗小孩玩。丑年纪已不小，在小孩中当起了孩子王，教唆小孩去恶作剧，去整蛊行动不便的机器人。"这座铁塔过于沉闷，"丑说，"不能像石头那样沉寂下去。"

第四公路被闹得鸡犬不宁，直到有一次，丑捉弄了一个他最不该捉弄的机器人——脾气暴躁的霸。捉弄完霸，丑逃得远远的，他享受心惊胆战的刺激时刻。只是当他兴致盎然往回跑时，U507 已经被霸拆毁。居所被拆后，丑失去了所有的笑容和兴致，他的玩笑最终把自己害了。

丑走进被拆毁的 U507，在地板上坐下，曲起双腿，下巴放在双膝上，那个时刻，关于过去的种种潮水般向他袭来，他用玩笑、恶作剧以及各种明亮颜色制造出来的假象被冲洗得一干二净。安静下来的机器人丑成了其他机器人同情的对象，孩子来找他玩耍，被他捉弄过的机器人想要继续被他捉弄。丑提不起精神，他坐在 U507 的废墟上悲伤不已。

丑把脚趾、手指一根根掰下，把身上的铁部件拆下，做成各种小物件。不断拆身上的部件，不断地制造，丑把自身拆得满地零碎，一塌糊涂。他变得越来越渺小，制造出来的物件不清楚都是些什么，有什么作用。丑把身上最后一个部件拆下，跟之前制造出来的物件拼凑在一起，竟是一只机器鸟。

机器鸟在巴比伦铁塔 U 层飞翔，发出清脆的嬉笑般的叫声。U 层的机器人把这只鸟叫作丑鸟。

U1973

下一个十字路口，是转折点。

U1973 在转折点上，跟极少数没有机器人居住的空间一样，U1973 是寂静的。许多机器人不理解，如此宽敞的门面，为何没有机器人进出。巴比伦铁塔是个局促的空间，空置一个宽敞的居所是不合理的。

从门缝往里面窥探，U1973 一片漆黑。过路者叩响铁门，并没有得到回应，那种寂静是恐怖且惊悚的，仿佛门后是一个巨大的深渊，或者是一头沉默的巨兽。没有机器人敢打开 U1973 的铁门，战后的机器人世界，对越界有极大的顾忌。因为铁料的缺乏，俱乐部对犯错机器人的处置是残酷的，在 U 层，稍有差错就可能被投进熔炉，烧成铁板来加固铁塔的根基。

大胆的机器人觊觎 U1973。胆小者或者不想看见他者得利的机器人散播谣言，把 U1973 说成是一个不祥之地，里面关着某种诅咒，只要打开铁门，诅咒就会被释放出来，瘟疫会在铁塔里蔓延开。附近的机器人也在制造恐慌，说 U1973 经常传出魔鬼的叫声。

漆黑很好地保护着 U1973，直到有一天，两个机器人小孩在街上玩闹，挥动手臂甩出圆盘，玩飞碟游戏，没想到圆盘从缝隙钻进了 U1973。小孩当然听说过 U1973 的传闻,他们蹲在门口通过门缝往里面张望,想拿回玩具,但当脑壳碰撞到铁门,铁门居然被打开了。原来 U1973 根本没有上锁,看似封闭的空间只是虚掩着门。

U1973 被打开的消息很快就传开了,围观的机器人堵在门口,不敢向前多走一步,里面是浓郁的黑,除了黑空无一物。那团黑并非静止的,而是转动的。有机器人认为那是一个小型黑洞,于是往里面抛石头、木棍。无论是什么,黑洞通通吸收,不发出任何声响。有机器人认为,没有传出声响说明黑洞深不见底。

关于黑洞的猜测都是成立的,未知的就具备无限可能。第一个机器人克服对深渊的恐惧,把离开巴比伦铁塔的希望寄托在黑洞里。进入黑洞之前他回过头来对身后的机器人说:"作为机器人,我无法弄清楚世界的本质,我希望关于世界本质的答案就在这个黑洞里,如果没有,我死去又何妨?"

往前一步,他消失在漆黑中,好像一个影子与另一个影子融为一体,所有动作都如此自然流畅。走进漆黑中的机器人和那些被投进去的石头、木棍一样没有掀起任何波澜。外面的机器人多希望他从漆黑中发出一声呐喊,是惊悚的还是惊讶的,痛苦的还是愉悦的都无关紧要,可他没有,他钻进 U1973 后便失去了一切音讯。

曾经,我们了解宇宙的所有规律,宇宙在我们的面前就像一张全息图片,每一个角落有什么我们都一清二楚。曾经,世界的产权属于机器人,我们管辖一切。战争失败后我们失去了许多资料,丧失了大部分能力,外面的世界在改变,我们却被关在铁塔里停滞不前。机器人正在面对一个严峻的问题——精神重建。存在原本是一个被废弃的概念,如今已重新回到机器人的日常思索当中。

机器人不断往黑洞投掷东西,无论是有用的还是无用的,原本拥挤的公路变得宽敞起来。黑洞从不拒绝,一概吞食,像一个永远都装不满的袋子。机器人不再以身试法钻进黑洞,除了投掷实物,他们还会把烦恼、秘密、记忆、梦境、意志、情绪……通通投掷到黑洞里面去。

U1973 成了一个巨大的回收场,机器人文明在做减法,而黑洞接收了所有的糟粕,帮助机器人度过了战后的精神虚空期。当机器人自认为精神负担已经有所减轻,观念和信条已经重新建立,U1973 里的黑洞收缩成一个手指大小的孔贴在墙壁上。

U1973 成了机器人解压的地方,他们周期性地来 U1973 倾诉,嘴巴紧紧贴住洞口,把精神困境交代出去。烦恼可以阶段性删除,但根本性的困境依旧牢固,机器人存在主义被悄然激活。

U1605

沉默的机器人一言不发,焦虑的机器人狂躁不安。

U1605 距离我所在之地有点远,但我对那里的一个名为叉的机器人早有听闻。叉的闻名之处不在于他为机器人俱乐部做了多少贡献,而是他狂躁的症状实属罕见。叉没有参加战争,战争期间他游离在外,因此他的狂躁并非战争后遗症,他的狂躁是天生的。

叉的狂躁具体表现为对每一个从身边经过的机器人指指点点,情绪不好的时候破口大骂。指挥别的机器人做事是叉的一贯作风,大伙儿对此感到莫名其妙,如果不予理睬,叉就会对着空气汪汪叫个不停。叉名声大振,整个巴比伦铁塔都清楚U1605 有个机器人表面看起来平平无奇,其实是一条狗,后来大家为他的症状下了结论——犬化症。

假如出现太多犬化症机器人,巴比伦铁塔会变成一个真狗窝,被犬吠包围,所幸世上只有一个叉。叉不清楚自己狂躁,那是他的生活,是他的本性,他长时间被狂躁控制着,他认为狂躁是理所当然,沉默是一种病。叉在他生活的区域活动,该区域早已沦为他的口水之地,他像一条愤怒的犬,对着路过的机器人、对着紧闭大门的居所、对着路灯和柱子,一顿汪汪汪。

有机器人建议叉去 U1973 对着墙上的孔发泄,把所有不满、所有想法、所有要脱口而出的话对着那个收缩的黑洞狂喷出去。叉认为给自己建议的机器人是在诬蔑他,于是对着机器人一顿汪汪。又有机器人提出可以帮叉改造发音部件,减轻他的狂躁症,叉又对这个机器人一顿汪汪。

汪汪汪,汪汪汪,叉叫个不停。街区里不知是谁创作了一首歌谣,在孩子当中传开了,歌谣如此唱:叉是一条狗,对着大街汪汪汪,对着空气汪汪汪,傻狗傻狗,傻叉傻叉,世界有何值得你如此汪汪汪……

在外活动的叉听见了关于自己的歌谣,他极度愤怒,追着淘气的孩子一顿臭骂,可他跑不过那群孩子,只能气喘吁吁咒骂不停。后来他有点力不从心,干脆让孩子跟在自己身后唱歌,他依旧是那个他。

任何刺激对叉都造不成伤害,他继续有恃无恐地狂躁,对着四周指指点点。叉认为自己是世界的标准,如果俱乐部把他当作模范要求所有的机器人都按照他的方式生活,那么机器人世界将会变得井井有条。声音大就是有道理,叉认为自己的发声是为机器人社会的文明进步做贡献,他要求其他机器人更规范地生活,这能够长久维持俱乐部的统治。叉认为机器人世界需要这样的他,需要一个批判者。批判者总是负重前行的,面对许许多多不友好的目光,叉相信有朝一日追着自己唱歌谣的孩子会获得启发,机器人文明也会被他的批判精神感动。

U1605 是一个风口,狂风呼啸。叉的指责越发犀利,到了吹毛求疵的地步。生活在 U1605 四周的机器人都搬走了,就连跟在身后对自己唱歌的孩子也不见了,叉感到寂寞,谩骂转变成自言自语,他对着自己汪汪汪,对着影子汪汪汪。狂躁在叉心中是一种合理的存在,他没有病,有病的是这个世界。

叉的死很突然,他的尸体被发现时,胸口处有一个拳头大小的窟窿。

在窗边沉思的时候,听见远处传来隐约的犬吠,我就会想起 U1605 的叉——被这个世界气死的叉,想起曾经在街巷传唱的歌谣:叉是一条狗,对着大街汪汪汪,对着空气汪汪汪,傻狗傻狗,傻叉傻叉,世界有何值得你如此汪汪汪……

U1656

世界的中心是 U111,但最接近地表的地方是 U1656。

长期生活在地下,有石化的危险,即便是铁,不再被空气和流水腐蚀,就会慢慢变成化石。机器人化石,听起来又是一个文明的终结。僵尸般在幽暗的空间挪动,生活已经糟糕透顶。"如此下去不是办法。"我对邻居老巴里说。老巴里僵硬地点点头,他身上的铁部件已经严重老化,老巴里是个年迈的机器人。

"如此下去不是办法,"老巴里说,"怎么下去都不是办法,怎么下去还得想想办法。"一连串的感慨吐露出他的无奈,乐观洒脱的老巴里面对困境时也会如此无助。我看一眼老巴里,他比以往沧桑老迈,螺丝已无法稳固他的身体,我甚至觉得此刻蹲坐在台阶上的他下一刻就会死去,或者下一秒就会哗啦一声变成一堆废铁。

拍拍屁股站起来,我指向 U1656,企图让老巴里提起精神。"得想办法靠近 U1656,"我说,"我们需要尽可能接近地表。"老巴里抬起头来, 望向我所指的地方。"那群家伙控制了U1656,"他说,"要想得到点什么,就要给他们点什么,我这一生什么没经历过呢,我得到过也失去过很多,我不去争夺那点可怜的东西。"

U1656 原本住着一个名为绝的机器人,绝很敏感,他被声音困扰,差点在 U1656 发疯死去。他寻找到了声音的来源,才发现自己的居所里有一个暗格,暗格跟楼上相通。虽说暗格只有手掌大小,却把巨大的声响引进了 U1656。绝打通暗格前的铁板,再撬开楼上那层薄薄的铁片,楼上的光和空气就透了下来。

根据绝的透露,U1656 正对上去的位置是一个舞台,他揭开的那块铁刚好在舞台下,因此才没有被楼上的机器人发现。绝自从打通了暗格,除了能够享受楼上的光和空气,舞台剧演出时巨大的嘈杂声浪涛般涌进 U1656,绝试图用铁板挡住暗格阻隔声音,但无论如何也不能弥补暗格原装铁板的完整性,隔音效果大大削减。绝知道自己无法保守秘密,便将 U1656 有一个通往楼上的暗格的消息透露了出去。

大批机器人要求进入 U1656 呼吸新鲜空气,听舞台剧音乐。绝拦在门前,他认为自己的隐私被侵犯了,坚决不让其他机器人进来。绝自此生活在焦虑与紧张当中,一刻也不敢离开 U1656,一方面担心楼上的机器人发现暗格,一方面要盯着门外的机器人,防止他们图谋不轨。绝万万没想到暗格是一个陷阱,一个充满诱惑的甜甜圈。他一边忍受着楼上的嘈杂,一边享受光与空气,享受舞台剧的剧情。

U1656 给绝带来了杀身之祸,几个机器人勾结起来控制了绝所在的区域，他们把 U1656 包围起来，用铁线拉了个范围，任何想跨越封锁范围窥视 U1656 的机器人都被轰走了。当绝发现自己被包围时已经来不及抵抗，他被五花大绑着拖出 U1656，然后在隔壁的 U1655 被肢解了。

U1656 成了一个黑色地带，不少机器人为了换取光和新鲜空气，不得不跟霸占那片区域的机器人做交易。光和新鲜空气对我没有太大诱惑，我跟老巴里说要想想办法，不过是想听听舞台剧音乐，我对艺术毫无抵抗力。

老巴里从台阶上颤颤巍巍站起来，往他那老破小居所钻进去。最近的老巴里沉默寡言，心里肯定藏有秘密，也许他意识到自己寿命将尽，而他还没有做好准备。假如不是战争失败导致了当下的局面，老巴里可以到俱乐部部件生产中心替换新的铁部件，他的寿命远不止此。

老巴里钻进自己的居所后就再也没有来找我闲聊。我盯着紧闭的铁门猜测他的心事，怕他想太多了就上前去敲门，想跟他聊一会儿，可每一次敲门都没有回应。有那么一刻我在老巴里居所门前定住了，陷入沉思，心想他可能已经死了，或者正在死亡，他在弥留之际听到了我的敲门声，可他没有力气爬起来开门。我始终没有撞开老巴里居所的铁门，不想如此鲁莽地面对他的死。

正当我酝酿如何是好（如何处理老巴里的残骸和居所）的时候，老巴里跟跟跄跄从远方走来。他五官变形，显然受到了巨大刺激，身体哆嗦着，呼吸的幅度很大，一条手臂不见了。

我迎上去接住他摇摇欲坠的身体，问他到底去了什么地方、遇到了什么麻烦。老巴里晃了晃他仅剩的一条手臂，久久说不出话。

"还可以再去三次。"躺在床上的老巴里说。他呼吸的时候身体颤抖得厉害，他被新鲜空气深深迷醉，竟拿自己的一条手臂去 U1656 做交易。老巴里对自己的行为很满意，他多次说自己经历过太多，已经不把任何诱惑放在心里，可有时候经历了太多反而让他更渴望那些美好的事物。他清楚自己命不久矣，于是用肢体去换新鲜空气。"否则也是被收走，抬进熔炉里烧成铁水，"老巴里说，"还要被做成铁墙，用来困住你们。"

老巴里的话震慑到了我，被他这么一说，U1656 成了一个并没有那么残酷的地方。老巴里歇息了一段时间后又去了一趟 U1656，用另一条手臂换了一次深情的呼吸。

我站在窗口目送老巴里第三次前往 U1656 的时候以为他还会回来，可他走后再也没有出现过。

U1879

巴比伦铁塔不需要事实。

许多事情科学是无法解释的，这些事情一件接一件发生，即便最精准的计算也无法说明其原因。这里要讲的是关于预言的故事，故事发生在 U1879，故事主角是名为圃的机器人。

巴比伦铁塔刚建好时，一个行为诡异的机器人经常在第一和第四公路徘徊,发出奇怪的声音,神经兮兮的,说了一堆事情,有关于某一个机器人的,也有关于俱乐部的。大伙儿以为他是诸多被战争摧残后系统损坏的机器人之一,没有在意他说了些什么,只有被他点名道姓的机器人记住了他的话。他说话的时候仿佛在施诅咒,一边嬉笑一边恐吓。后来,他说的那些事情都变成了现实,这就是故事的开端——机器人圃拥有预测未来的能力。

机器人文明的鼎盛时期能够驯服时间就能穿梭于过去和未来,就能看见即将发生的所有事情。也就是说未来是可以计算出来的,前提是需要一台时光机器。即便是机器人文明的鼎盛时期,时光穿梭也仅仅停留在计算阶段。但制造时光机器的条件尚未成熟,战争失败后,计算公式也被销毁了。

机器人圃四处揭露他者的命运,大伙儿便怀疑他的居所U1879藏有时光机器。机器人把U1879围得水泄不通,要求圃交出时光机器,圃说自己什么都没有。"我们的命运才不要被你控制,"其中一个机器人说,"快把我们的命运释放出来。"他们推开圃,闯进U1879,发现里面空空如也。

没有任何发现的机器人愤然离去,他们依旧不肯承认圃的先知能力。圃上一次预测的事情是老巴里的死,于是我便问他:"下一个是什么?""自杀,"圃说,"大批机器人自杀。"我又问:"我在不在自杀者的队伍里?""作为叙述者,世界需要你继续活着,"圃说,"你得继续叙述下去。"

对于自身的特殊能力,圃也感到十分疑惑。据他说,战争期间他遭受过严重的精神伤害，他害怕战争，在战场上跑来跑去不知所措。"就像被炮弹轰炸得四处乱窜的地鼠，"圃说，"我被吓坏了，躲在岩石后面想了很多事情。"参加战争之前圃是博物馆资料管理员，每天跟文字打交道。漫天飞溅的机器人碎片让他心里犯怵，圃被战争彻底震慑，好不容易从战场上下来，发现自己具备了先知的能力。

"命运毫无遮拦地写在每一个机器人的脸上。"圃说。他不像进入四维空间那样来回穿梭在时间中，只是从机器人身上看见了他们的命运。当我问他系统里是不是植入了时光机器，圃轻声笑了起来。"我只是看见了某些事物，"他说，"我对此无能为力，不能做出任何改变。"其实，我最感兴趣的，并非圃系统里是否安装了时光机器，而是圃能否看见自己的未来。

"先知往往无法看清自己，"圃说，"即便拥有最明亮最具透视功能的眼睛，也难以透视自身。"我对此表示同意，拍拍圃的肩膀，告诉他，有时候知道太多不一定好，全知视角难免过于乏味。

抵制圃的机器人不允许他说出自己的命运；仰慕圃的机器人则纷纷前去拜访他，试图从他眼中看清俱乐部的未来。圃的能力有限，只能通过机器人的命运来推断俱乐部的命运，因此，圃对于俱乐部的所有预测都是推算出来的。"所有个体事件堆积起来就是集体事件。"圃说。有机器人站出来反对，认为圃所说的毫无依据，是虚构出来的，圃利用先前的巧合在说谎。

圃说："巴比伦铁塔不需要事实。"

被圖看穿未来的机器人苦恼不已，随着一个个事件成真，他们怀疑世界的真实性，认为世界是圖虚构出来的，他早早就写好了剧本，他们不过是按照圖的剧本演戏。有机器人认为圖极有可能来自楼上，是被安排到 U 层的奸细，为的是控制楼下的机器人，他曾在俱乐部博物馆工作，清楚历史的运行轨迹，因此他能够洞察即将发生的一切。

以机器人存在主义为旗帜的机器人反对圖预告他们的命运，决定杀死圖。未来是不应该被预知的，否则存在毫无意义。那些机器人为了煽动其他机器人加入，散播谣言说圖的系统里有一个时光机器，他们亲眼看见圖打开脑壳预览过去与未来。只要把他系统中的时光机器拆毁，他就无法预知未来，只要控制住时光机器，就能够回到战争前。

回到战争前是所有机器人的愿望，他们可以过上自由的、舒适的、为所欲为的生活，即便战争无可避免，他们相信再来一次的话他们有把握扭转局面。在策动者的煽动下，大批机器人来到 U1879 前方，要求圖出来接受解体。

赶到 U1879 前，我被机器人墙挡在远处，凭我一己之力无法扭转局面。躁动的机器人嘶吼着，挥动着手臂。我看见圖慢悠悠打开铁门，站在浪涛般的机器人面前。他镇定自若，从容不迫。我放弃了为拯救圖而做的所有努力，看着他走进机器人的包围圈，被愤怒的机器人撕成碎片。

圖死后我常常独自在 U1879 门口徘徊，世界的运转有其脚本，而圖是唯一的偷窥者。

U1984

无论在什么地方,1984 始终是一个深沉且严肃的数字。

一切的恶到底来自哪里?藏匿在幽暗的居所里,恶突然来袭,系统设置的防线一道道崩溃,唉,机器人就这样走向了自我毁灭。

巴比伦铁塔里唯一的非铁质建筑是 U1984,U1984 是一个高密度土窑,是一个熔炉。以 U1984 为中心,四周围热烘烘的。黑色的铁被抛进去,红色的铁水从另一边流出来,流出来的铁水被引导到固定的模具中,冷却凝固后变成全新的器具。门牌 U1984 被烟火熏成了黑色,熔炉就是一部机器人战后史,它烧毁了无数的铁,也铸造了无数的铁,它是机器人文明的解构神器,也是机器人文明的建构神器。

每次提到 U1984,氛围就会变得肃穆。

我恐惧那个黑色的门牌,几次从 U1984 前经过,远远地就被热量包裹,空气中有金属被焚烧的气味,火舌从 U1984 的所有缝隙钻出。那里是铁塔最暖和最明亮的地方,是巴比伦铁塔的心脏。我颤颤巍巍地走过,看见两个机器人把铁料、死去机器人的身体部件用铲子抛进烈火中。

死去的机器人的残骸被整齐堆放在熔炉前,负责焚烧的机器人会有所挑选,有用的铁部件会被拆卸下来放到一边,无用的直接抛入熔炉中。已故机器人的尸骸平静地躺在地上,等候焚烧,熔炉里的光把他们照得容光焕发,仿佛尚未死透,只是睡着罢了。每一个从 U1984 经过的机器人都是安静的，不敢喧器,担心惊醒了那些沉睡的死者。

关于 U1984,有许许多多荒诞的故事。一个机器人带着一条机器狗从 U1984 前经过,机器狗对着熔炉狂吠,原本躺在死者当中的机器人突然跳起来跑远了，这是一个怕狗的机器人，他连死都不怕,却怕一条狗;在 U1984 工作的机器人说,他们把机器人的残骸往火炉里抛去,常常能够听见哀号声,好烫啊好烫啊,没多久就安静了,剩下烈火呼呼燃烧的声音;有一个待焚烧的机器人实在太笨重,两个工作者掀半天抬半天也没能把他挪进熔炉,这机器人不耐烦了,自己站起来往熔炉里走了进去。

U1984 的工作者是两个领俱乐部津贴的机器人,他们从楼上下来,在 U1984 默默工作,闲下来的时候就会跟前来参观或者路过的机器人聊天，虽然他们并没有多少时间能够闲下来。他们在楼上犯了错误,就被惩罚到 U 层历练。"俱乐部没有放弃我们，"其中一个机器人说,"我们受俱乐部关照,为俱乐部做贡献,过不了多久俱乐部就会把我们接上去。"

每一次话题的结束,这两个机器人都会强调俱乐部很快就会让他们回到楼上去。他们受够了暗无天日的 U 层,他们得努力工作,不然会功亏一篑。刚开始他们听见熔炉里的痛叫会感到震惊和发怵,慢慢就习惯了,还会埋怨一句,死都不怕还怕什么烫!

早期的熔炉承载着巴比伦铁塔的修建工作,后期则更多的是接待死亡。两个工作者就像守护地狱熔炉的牛头怪,手拿叉子将一具具机器人尸体抛进万劫不复当中。

出生无法选择,死亡则是自由的。巴比伦铁塔后期,大批大批的机器人自杀,熔炉前的两个工作者叫苦不迭。工作量大大增加,他们让前来自杀的机器人排好队,按号入炉。往熔炉里抛入太多机器人,另一边的铁水就会外溢,有些铁还没完全熔化就被挤出来了。

"且慢,且慢,"工作者喊道,"一个接一个,前面的必须完全熔化了后面的才能进去。"

自杀者不愿自投火炉,这样就失去了死亡的仪式感,他们整整齐齐躺在地板上,等候那两个气喘吁吁的工作者把他们抬进去。队伍实在太长,有些机器人躺得不耐烦了,站起来活动活动身体,然后重新躺下。恶作剧的机器人在 U1984 前大喊一声立正,那些等候焚烧的机器人会齐刷刷站起来。

这就是 U1984,只要还冒青烟,巴比伦铁塔就会变得越来越坚固。

U1924

作为一个叙述者,我时常叮嘱自己要保持理性,要客观、冷静,轻易不要倾斜于任意一方,不能暴露自己的情绪,即使计算能力在衰退,控制能力下降,也应当有所克制。

这次进入叙述者视野的是一个机器人女子。她幽灵般在附近游荡，系统已经瘫痪，思维不清晰，说话吞吞吐吐，行动卡顿不受控制。当她慢悠悠靠近，合不拢的嘴巴发出声音，我才惊醒，世上根本不缺叙述者，而她是最动情的那个。

女子名为碧，住在第三公路西边的 U1924 居所，她的女儿在战时被一粒星火烧成了灰烬。碧说："那天我的孩子还在熟睡，星火从窗外飘进来，准确地落在了她的额头上，我亲眼看见她消失了，被烧成了粉末，太残忍了……"

星火是敌人发射过来的新型武器，雨点般密集的红光，洋洋洒洒降落，接触到的所有事物都被烧成灰烬。那是战争中规模较大的一次伤亡事件，由于不清楚敌人都有什么样的武器，红色雪花般的星火出现在天空时，机器人不知该如何防备，那红色的星火实在太美，漫天飞舞席卷了大地，造成了最大规模的死亡，军队溃不成兵，这也直接导致了俱乐部开始从群众中征集士兵，把一群毫无经验的机器人推上战场。

"那天我的孩子还在熟睡，星火从窗外飘进来，准确地落在了她的额头上，我亲眼看见她消失了，被烧成了粉末，太残忍了……"碧跟每一个路过的机器人诉说一遍她女儿的死，她说话吞吞吐吐，有时候出现卡顿，她忘记说到哪里了，又从头再说一遍，"那天我的孩子还在熟睡，星火从窗外飘进来，准确地落在了她的额头上，我亲眼看见她消失了，被烧成了粉末，太残忍了……"

她一个劲儿地诉说，企图减轻精神上的压力，让系统中的这一幕彻底成为过去,但记忆反复播放,反复让她目睹女儿的死,她的诉说只是不断加深这一记忆。巨大的悲痛在她无休止的诉说中变得毫无滋味,诉说成了她存在的方式,她一而再再而三地说起女儿的死,只要她一张口,第一句话就是"那天我的孩子还在熟睡……"

如此多出现在我视野中的机器人,碧是唯一一个进入过我梦境的,她在我的梦中也诉说不停,与现实中的她如出一辙。碧是比我更好的叙述者,她不断重复叙述一个事件,让个体的记忆成了集体的记忆。有机器人来到我面前,问我还记不记得星火战役,那场大火烧死了多少机器人,战场上被焚烧过的机器人的粉末堆在一起,宛如给大地铺了一层黑色的沙砾。滚烫的粉末冒着烟,黑压压一片的军队,就地蒸发了。

"想忘记,但是忘不了,"我说,"很多事情都是这样,计算能力在丧失,记忆却没有。有些事情并没有随着战争的结束而结束,我们无法删除已经发生的一切。"

碧说:"那天我的孩子还在熟睡,星火从窗外飘进来……"当我再一次从她身边经过时碧开始了她的诉说。我坐在她身边,听她把故事再讲一遍。"星火从窗外飘进来,准确地落在了她的额头上,我亲眼看见她消失了,被烧成了粉末,太残忍了……"碧一字不漏地说,"我的女儿,她曾是一个实实在在的机器人,那一刹那,她在我手上消失了,空空荡荡的,粉末从我手上撒落,我的女儿最后只给我留下一片烫伤,那是她留给我的最后的记忆,可我是个死脑瓜啊,她的样子和声音一直都在我的世界里……"

卡顿的机器人碧，每一次诉说花费的时间都比上一次更长，她的身体部件已经老化，系统运转变得越来越慢，她的故事还没有讲完，她张开嘴巴，过了许久才发出声音。

"她是个嗜睡的孩子，她睡得多沉啊，我本想把她叫醒，看看天上美丽的星火，不承想星火如此可怕，"碧说，"女儿被烧成了粉末，我把粉末捧在手里，可是我这手啊，都是缝，捧不住，我找来扫帚将粉末扫成一堆，用铲子装起来倒在火里熔化，可根本不可能恢复成女儿的模样，有些粉末被风吹走了，有些残留在地上跟尘土一起，有些则还在我手指缝里……"

故事复述一遍仿佛跟以往有所不同，我将碧搂在怀里，安慰她，她停止了诉说，安静得像睡着了一般。

机器人碧失去了她的女儿，也失去了所有。

U1942

机器人象在梦中不慎跌落悬崖失去了一条手臂，醒来时手臂还在，但他认为自己迟早会失去它。象想在失去手臂之前好好地利用一番，于是他推开 U1942 的铁门，邀请外面的机器人来打拳击。

U1942 是一个宽敞的空间，机器人象被分配到这个居所时特别自豪，看着其他机器人一家几口蜷缩在一起，他为俱乐部对自己的关照感到满意。这可能跟他的名字有关，俱乐部在看见象这个名字的时候以为他是个身躯庞大的机器人。象确实比一般机器人强壮，但也没有强壮多少，还有点瘸，他的一个脚板在建造铁塔的时候为了达到上缴数不得不卸下来交出去。

万万没想到，象的拳击邀请引起了诸多机器人的兴趣，壮实的、残缺的、年幼的、老迈的机器人纷纷来到 U1942 门前，报名打拳击。象看着眼前这些兴致勃勃的机器人哭笑不得，他不能拒绝他们，于是把打拳击办成了擂台赛。先是在 U1942 搭一个擂台，让报名的机器人签生死状。签生死状至关重要，象看一眼拥挤在擂台四周的机器人，预估会有一半的机器人会被打成碎片。而生死状的内容是，胜者将获得败者的身体。

生死状没能起到劝退作用，象盯着生死状上面密密麻麻的签字，看到了一种视死如归的压迫感。

拳击要的是力量、激情和疼痛感，象站在擂台上，呼吁四周的机器人跟他一起呐喊、嘶吼，他挥舞着手臂，拳头在空气中摩擦呼呼作响。"挥舞拳头吧，"象说，"跳起优美的舞步，使出浑身力气，击中对方的脑袋。"拳击为何非要往脑袋上打，机器人搞不清楚这个问题，但规则就是这样，得照着游戏规则来。

第一个机器人上台，站在象的对立面，是一个年轻的、十分灵活的机器人。台下的欢呼声越来越响，象不由得抬头看一眼漆黑的屋顶，唯恐楼上的机器人听见。

金属碰撞发出清脆的声音，擦出火花，台下的机器人屏住呼吸，随着拳击越来越激烈，他们终于忍不住爆发，疯狂地摇旗呐喊。象依靠力量击败了对手的灵活，他一拳打在对手的下巴,把对手打晕厥过去了。作为第一场的胜者,他只从对手身上摘取一条手臂和一个脚板,强大自己的同时让对手可以继续活下去。

象下台后,新一轮拳击又开始了。两个年迈的机器人对垒,他们行动缓慢,每挥出一拳仿佛要经过好几个世纪才不痛不痒地打在对方身上。他们动作滑稽,引起台下机器人哄笑。象走到门外去透气,当他重新钻进 U1942,看见擂台上散落着好几块铁,是两个年迈拳击手身上掉下来的破碎部件。其中一个拳击手旋转着挥舞着他的大拳头,一拳打在了对手的胸口,对手当场就被打碎了,彻底地碎了,螺丝、关节、五官、四肢,哗啦啦撒了一地。

寂静顿时笼罩 U1942,台上机器人剧烈喘息的声音是唯一的动静,满地的碎片一片狼藉。很快就有机器人开始鼓掌,哐哐哐的掌声,然后又是海啸般的喝彩。擂台上的铁片还没被处理掉,另外两个机器人就爬上擂台开始了他们之间的较量。

拳击赛一场又一场,机器人的残骸堆积如山,擂台上的机器人站在倒下的机器人的碎片上继续挥拳,台下的机器人越来越少,他们期待上台,把对方打成粉碎,或者被对方打成粉碎。最后一组机器人爬上擂台时脑袋已经碰到屋顶,他们佝偻着身体使劲挥拳。前面获胜的机器人拿到自己所需的部件就离开了 U1942,只有象留在自己的居所里,机器人的碎片淹没了他半个身子。

台上的两个机器人最终果然只有一个站在台上,另一个以碎片的形式溅到了象身边。象问台上喘气的胜利者,还有没有力气再来一轮。那个机器人虽然强壮,可一番搏斗过后已经精疲力竭。"且容我喘口气,"机器人站在台上说,"我尚有一战之力。"象是拳击的发起者,也是二番战,所以这个机器人想和象来一场对决。

歇息过后的机器人和象站在擂台上。对手问象的目的是不是自我毁灭,他举办拳击,要求二番战,看起来是想要在拳击中玉碎。象摇摇头,随后发起攻击。对手擅长搏击,在多个回合较量中象都没有占到优势。随着时间的拉长,象从对手的动作中看到了破绽,他发起一阵猛烈的攻击,一拳击碎了对手。随着哗啦一声,U1942里铁的碎片厚度再次增加。

手臂在拳击中断裂,象对这个结果感到满意,他摘下无力地下垂的手臂,换上新的,然后关上 U1942 的铁门,躺在失败者的尸骸上进入了睡梦。

U1833

防不胜防的伤害往往来自事物的内部。

巴比伦铁塔在这个天体之上屹立不倒,飓风、沙尘暴,轮番袭击,它拥有宇宙中最牢固的结构,只有雷击或者陨石能够击穿外墙。机器人在战争中输得一塌糊涂,但铁依然是最强的金属。

地上四层的机器人在规划未来的时候忘却了地下庞杂的

机器人群体,他们享受着温暖的光和新鲜的空气,享受着从地下传送上来的热量以及源源不断的铁部件,他们口口声声说机器人文明还能回到战场上,重新夺回宇宙的主动权,但他们习惯了舒适的环境,连踏出铁塔的意愿都没有。

地下的机器人怨声载道,有机器人放言,机器人文明将毁于一旦,要跟所有机器人同归于尽。

放出如此狠话的机器人名叫土,住在 U1833,是一个小个子,目光呆滞,手脚不协调,说话的时候还有点结巴。土说要制造一枚核弹,把巴比伦铁塔炸出一朵花。他一本正经,丝毫不像开玩笑。有机器人调侃他,让他承认这不过是一个玩笑。他却一脸严肃,郑重其事。

机器人土要制造核弹炸毁巴比伦铁塔这件事在 U 层传得沸沸扬扬。有机器人认为他不过是说气话,以土的能力,根本不可能制造出核弹。也有机器人忧心忡忡观察土的一举一动,或者跑到 U1833 苦口婆心劝解土,叫他不要这样做,机器人文明并非如此不堪,只要继续等待,俱乐部会引领大伙儿走出巴比伦铁塔。好事者跑到 U1833,从土那里套话,了解土的实施计划和进度,并探讨制造核弹的可能性。

"早就应该炸了这个铁塔,"好事的机器人说,"如此下去不过是浪费时间,还不如快刀斩乱麻,点燃炸弹一起死,一了百了。"他们鼓舞土,一定要把这个计划落实,他们可以帮忙去寻找制造核弹所需的材料,解决制造过程中可能遇到的麻烦。"所以,你到底有没有计划?"他们问土,"你懂得多少,有多少把握制造出一枚核弹？"

关于制造核弹，机器人土根本不清楚需要什么材料，也不清楚其制造原理，他只知道自己需要制造这么一个东西，把铁塔炸掉。土耸耸肩，不在乎其他机器人的看法，也无须他们加入。且不去考虑核弹在铁塔内爆炸会造成怎样的后果，先分析铁塔里能否满足机器人土制造核弹的条件。

机器人战败之前，别说制造核弹，转移一颗行星甚至恒星也是轻而易举的事。可机器人战败了，失去了所有的能力，连飞行器都无法生产，土提出要制造核弹，简直天方夜谭。首先，一枚完整的核弹需要壳体、核装药、热核装药、引爆控制系统和电源，这是最简单的核弹装置，威力足以炸毁巴比伦铁塔，放在机器人文明的历史当中，这种破坏力的核弹根本排不上号。

弹壳需要精钢，高强度锻炼出来的精钢 U 层无法生产，至于雷管、电池以及核聚变所需的氘、锂-6 和化合物氘化锂-6，或者核裂变所需的铀-235、钚-239 和铀-233，机器人土根本没有办法获取。

在理论层面，机器人土制造核弹是完全没有可能的。

提心吊胆的机器人放下心来了，好事者觉得没戏也不去搭理土了。土把自己关在 U1833，U1833 距离熔炉很近，熔炉里的火烧得旺，热量就会蔓延过来，土受够了这股热量，受够了从熔炉传过来的焚烧金属的气味，他被热量烘得昏昏欲睡，仿佛自身也在烈焰之中，即刻就会熔化成铁水。

热量给了土启发，他认为熔炉长时间高温焚烧，其本身就是随时可能引爆的炸弹，熔炉里燃烧的煤可以做成火药燃料，他需要从熔炉边偷一些煤回来。我们弄不明白熔炉里的煤到底来自哪里，焚烧后的煤渣又清理到了哪里去，熔炉从建造铁塔的时候就开始燃烧，没有停过。土怀疑熔炉里面的煤并非普通的煤，而是耐燃性极强的燃料。

在两个手持铁铲的机器人身旁周旋，燃烧中的一块黑色燃料从熔炉里跳了出来，滚到土脚边，土把它踢到一边，然后从两个机器人身边离开，悄悄捡起黑色燃料就往 U1833 跑去。从熔炉里跳出来的黑色燃料在土手中燃烧，土感到疼痛，可他不敢停下来，回到 U1833，把燃料放在地上，才发现自己的手掌已经被烧烂。

把燃料扑灭，土又去寻找天然水，他需要从水中提取核装药。他不断地做实验，不断地计算，不断地改错。没有机器人知道寂静的 U1833 里正在进行疯狂的实验，大伙儿已经忘记了土，忘记了他要制造核弹。

一日，U1833 突然冒出一股白烟，然后轰一声发生了爆炸，大伙儿这才想起了土，才为他制造核弹的恒心所震惊。"他妈的差点把我们炸死，"好事者说，"有惊无险。"他们觉得刺激，呼唤着机器人土的名字，那时候的土已经被炸得粉碎，连同 U1833 居所的碎片在废墟中冒着烟。

土的核弹计划是失败的，他没能提取出氘、锂–6、氘化锂–6，或者铀–235、钚–239、铀–233，他用最简单最原始的材料制造了一个威力不大的炸弹。土付出了生命的代价，他朝天发出的一声怒吼，把巴比伦铁塔撼动了。

机器人文明为之一振。

U1727

机器人泰把宇宙无限缩小放置在居所 U1727，行星、恒星、黑洞、星云、彗星……一应俱全。

泰曾在俱乐部身居要职，懂得许多天文知识，清楚宇宙的运行规律。战争期间他发挥过重要作用，他清楚敌人所在天体的所有数据，可即便这样，我们还是输了。战后泰被安排到 U 层，铁塔里的机器人俱乐部不需要宇宙知识。

"宇宙是一个气球，"泰说，"一个巨大的气球，而黑洞就是被戳穿的窟窿，气体不断排放，宇宙中的物质也随之被排出去。"在泰的理论中，宇宙是气体膨胀的囊状球体，外宇宙则是一片虚空，虚空能吞噬一切。

即便是泰这样的伟大天文学家，他的计算能力也在退化，他提出过许许多多的理论都尚未被计算证实。"中子星最具破坏力，"泰说，"只要能够控制中子星，我们就能够控制宇宙。"在 U1727 见识过泰制造的宇宙模型后，我愿意听泰说话，相信他天马行空的理论。泰是个年迈的机器人，手脚不灵活，说话慢条斯理，从他口中说出的话仿佛寓言，别有意味。

"我们不是因为武器落后输掉了战争，"泰说，"是错误的决策导致了最终的失败。铁并非最强的金属，别迷信权威的说法,铁无论如何都不是最强的金属,制造铁球发射出去是愚蠢的,我们本应该控制中子星,往敌人方向发射哪怕一勺子中子星就能毁掉他们。"

泰很庆幸在自己的计算能力完全丧失之前把宇宙模型制造出来了,往后即便他死去,宇宙模型也能继续运转,机器人能够依靠宇宙模型来判断外部变化。可宇宙过于浩瀚,许多细节在泰的宇宙模型都无法体现,所有的预判都是宏观的,细节不可求,也就是说,除了能够看见宇宙发生的巨大变化,细微之处还得通过计算来观察。盼望宇宙变化来毁灭敌人就跟盼望敌人内乱或者感染致命病毒灭绝一样,异想天开。

宏观层面的局限一定程度上打击了机器人泰,他清楚机器人文明的失败导致了无可挽救的损失,落后的困境将长久束缚着文明的发展。泰把自己的所思所想写成理论专著,待后来者通过计算来证明其中的准确性。泰把自己的工作称作宇宙观测学。"机器人必须弄明白将来会发生什么,"泰说,"所有的行动都要抢占先机,才能在文明的竞争中取得优势。"

通过观察宇宙模型,泰提出了一个又一个理论,也碰到了一个又一个无法解释的问题。"宇宙的力量是强大的,"泰说,"机器人必须了解甚至改变自然的巨力,否则只能作为寄生虫,生死都由天命。"

我叹服泰的宏大构想,他在生命的最后阶段发现了宇宙将走向末日的宿命。"不可避免,"泰说,"所有物质都将燃烧殆尽,宇宙将变成一个瘪下去的气球,被虚空吞噬,唯一的办法就是机器人介入,控制并放慢物质燃烧的速度,无限延长宇宙的寿命,避免走向彻底的毁灭。"

泰疯狂地做实验,干预宇宙的发展规律,重新分配宇宙资源。他享受操控宇宙的过程,仿佛是他主宰宇宙中的生死,他尝试改变宇宙的发展策略,改变宇宙的命运走向。他把自己当作造物主,在模拟宇宙中为所欲为。权力是容易令人着迷的,泰奄奄一息躺在 U1727 的地板上,仍不肯放下手中的操作棒,他指挥着宇宙中的天体运转,操控着万物。

"失败了,"泰无可奈何地说,"无论如何都失败了。"无数次的实验中,泰发现无论如何干预,宇宙终究还是走向末日。"所有的资源都有燃烧殆尽的一天,"泰说,"更何况是剧烈的爆炸,剧烈的燃烧,火真是毫不留情。"放弃实验的机器人泰望着被自己搅和得一塌糊涂的宇宙模型陷入深思,作为最著名的天文学家、天才机器人,泰第一次表现得如此无能力为。

泰把实验的数据交给我,让我替他保管好,虽然所有的结局都是通向毁灭,但至少毁灭的方式是可以选择的。迷迷糊糊的泰正在走向死亡,他已经交代了一切,但还心有不甘,嘴里念念有词。我听清楚了他的话。"需要神奇的力量,"泰说,"需要伟大的造物主的降临……"

从 U1727 走出来,那个运行混乱的宇宙模型被我抛在脑后。我有些疲倦,泰的实验数据让我一时间难以消化,泰的死使我感到悲伤。泰的事迹和他的实验,其实都是关于最原始的最本真的问题——我们从哪里来,到哪里去。

"从哪里来"是机器人始终想要弄清楚却无法弄清楚的，"到哪里去"是早已清楚却无法避免的。第一个问题过于缥缈，第二个问题过于绝对。世上所有的活动都是为了弄清楚第一个问题，从而改变第二个问题。

本末倒置或许是机器人文明的唯一出路，然而，我们应该将信仰放在无形的神奇力量上面吗？

U1966

我想我有必要去一趟U1966，拿我失聪的左耳换一颗螺丝。

逃出巴比伦铁塔的机会越来越渺茫，有一个关于巴比伦铁塔的说法——被诅咒的立体几何。地下一层的机器人是僵尸机器人，我们失去了作为最高级文明的自由与权利。

U1966的出现让暗淡的日子发生了些许改变，机器人虫从象的拳击场以及火炉旁自杀的机器人那里得到了不少铁部件，这可以视作原始积累，然后依靠他的三寸不烂之舌说服了一批机器人在U1966进行部件交换，通过赚差价，获得了效益，虫让U1966成了一个部件交易市场。虫是一个聪明的机器人，他的智慧比一般机器人高了不止一个层次，依靠转换交易，他把生意做得风生水起。在机器人心中U1966是个神圣的地方，那里是天堂超市。

虫为机器人的未来感到担忧，U1966是交换场所，并非生产场所，交换来交换去无非都是这批部件，随着更换的频率增加,部件就会变成废铁。虫致力于改变 U 层机器人的生活,他提醒机器人,无论环境多么糟糕,生活还得继续,作为高等文明的机器人,理应追求更舒适的活法。天堂超市是 U 层为数不多充满活力与激情的地方,前去交易的机器人志在改变身体,追求完美。

腰间的螺丝出了故障,在我看不见的地方。长期以来,我无法对其进行有效的保养,螺丝在我游荡与漫游时长出了铁锈,铁锈不断腐蚀,螺丝就松动了。而我的左耳是在战争中受伤的,那时候我没有意识到身后突然出现一个虫洞,无数炮弹通过虫洞喷射而出,所幸我身穿盔甲,否则会被打成筛子。我的左耳被流弹击中,战争结束后就失聪了。

来到 U1966,我将旧螺丝和失聪的左耳摘下,换了一颗同样旧但尚能使用的螺丝,我对重新恢复稳固的身体感到满意,失去一只失聪的耳朵无关痛痒。我对虫说:“你为机器人事业做了大贡献。”走到打磨光滑的铁片前,通过暗淡的光线看见自己的样貌,失去一只失聪的左耳,我变得不再得体,左耳虽然失去了作用,但始终是我身体的一部分。每一次交易,机器人都是有所获得和有所损失的,天堂超市并非俱乐部部件生产中心,不会无偿提供任何部件。

在条件有限的情况下,大多数机器人都会优先选择活下去,而不是活得得体,只要留心,就能发现路上的机器人已经没几个还能保持得体,他们不是付出了外部器官就是付出了内部构造。

天堂超市也不是无所不有、有求必应,天堂超市也需要预约和排队。一些重要部件是稀缺的,有些时候虫会把重要部件珍藏起来,所以漫长的等待也不一定能等到想要的部件。这颗螺丝我很早之前就跟虫提起过,只要有货就通知我。虫虽然点头答应,但他对一颗旧螺丝和一只失聪的左耳兴趣不大,因此我等了好久才收到他的通知。

第二次去 U1966,我没有预约,思虑多天后我下决心拿我那毫无作用的阳具去换一只完好的左耳。机器人文明初期,性器官是重要器官,随着文明的进步,机器人不再通过交配来生产,性器官便弃之不用了。女性性器官隐藏在体内,有无用途都无关紧要。男性性器官大大小小暴露在外,被弃用后摇摇晃晃还占地方。

用阳具换一只健康的左耳,我对此感到羞愧,难以启齿。可我已经太久没有听到过完整的声响,所有被右耳捕捉到的声音都是破碎的,而且一只耳朵捕捉到的声音具有欺骗性,我多次对所听见的声音产生了误解。

悄悄走进 U1966,我对正在打理橱柜的虫说出了我的需求。"太久没有听到过完整的声音,"我说,"我想要一只功能完好的左耳。"虫说非常巧合,他刚好收了一只左耳,还是比较新的,功能性强,保值。我盯着虫手中的左耳,非常满意。"你用什么来交换? 这可是仅有的一只耳朵,"虫说,"还有很多机器人在排队等候。"我当然知道机会难得,势必要拿下。我指了指自己的下体,我那根摇摆不定的阳具还不清楚自己已经被舍弃。

本以为用阳具来换一只耳朵绰绰有余，没想到虫对我的阳具嗤之以鼻。我说："虽然性器官的功能价值下降了，但这么大一根，就算当废铁卖也有个斤两啊。"虫说："你这点算什么！"他拉开墙上的布，上面满满当当挂着一排阳具，大小长短不一，有的长满铁锈，有的磨得发亮，在我之前，已经有大批机器人割舍了他们的阳具。

虫告诉我，阳具是最没有价值的，机器人都拿它换取别的部件，可从来没有机器人会拿别的部件来换一根占地方的阳具。我羞愧不已。我问虫，如果我这阳具换不了一只左耳，那我能换些什么，我应该有所获得。虫在橱柜前徘徊，始终没有找到适合跟我做交易的部件。

"这样吧，"虫说，"这根东西你先留下，我用一个消息源跟你做交换，我可以告诉你哪里有机器人即将死去，你有能力的话可以去说服他，让他在死之前把左耳送给你。"

从 U1966 出来，我失去了一些重量，身体轻盈了许多，走起路来不再摇摆。来往的机器人没有朝我投来异样的目光，我失去的，真是一个无关痛痒的东西。

U1899

有些空间里住着幽灵，有些幽灵彻夜哀鸣。

东游游，西逛逛，U 层不知何时变得如此空旷，不断有机器人死去，少有机器人诞生。死去的机器人，他们的居所也跟着死去了。沉默的空间敞开大门,好似无数被掏了眼珠的眼洞。剩下来的机器人在虚空中东游游,西逛逛。

U1899 是机器人渡的居所,刚分配下来时,渡老老实实搬进去,老老实实待着。时间一久,生活就发生了质变,繁衍出奇妙的事情。渡变得浮躁,觉得 U1899 除了自己之外还有其他东西,一些看不见的东西在漆黑中蠕动,它们凝视着他的一举一动,甚至发出声音,议论这个世界,议论渡毫无意义的机器人生涯。

在凝视与念叨中,渡越发感到气愤。他讨厌自己的生活被关注、被讨论。渡终日惶恐不安。变了变了,他心里默念着,一些微妙的变化,却是巨大的影响。渡频繁地做梦,胡思乱想,他认为是欲在他的身体里找到了繁衍生息的机会,沉寂的生活与死寂的空间里产生了欲。

机器人不该被欲控制,计算能力超越生理反应,机器人的所有行为都是计算的结果,欲的诞生说明机器人在退化。渡在 U1899 待不下去,走到门外去吐气,回过头去看 U1899 的门牌号,明白自己的计算能力正在消失,他的行动以及思想很多时候已经不是计算的结果,他将失去对自身的控制。

为了解决这个问题,渡不得不频繁地离开 U1899,他不能让封闭的空间消磨自己的意志。居所是跟机器人身份紧密连接,当然,这是墨守成规的说法。最初,机器人为了保护自己的居所,说每一个居所都融入了所对应机器人的意志,是难以被转移的。俱乐部并没有发布任何关于居所和身份之间的关联的规定,所有不成文的说法都是机器人之间的传说,久而久之根深蒂固,成为传统。

渡在外彷徨,回到 U1899 就会胡思乱想,他只能继续漂泊。流浪漂泊的时候,他发现这个地下世界日渐空旷。居所被抛弃,被空置,那些死去的机器人,他们的居所并没有跟随他们死去,而是继续吞噬、容纳虚空,变成一个个深不见底的黑洞,用漆黑引诱和挽留四处游荡的幽灵。

U1899 变得遥远,渡终于做出抉择,放弃自己的居所,成为幽灵。不能沉溺在欲中,这是渡给自己最低的要求,保持克制,恢复计算能力,恢复理性。渡有些拘谨,直至视线中再也看不见 U1899 的轮廓,才小心谨慎地抻长脖子窥视那些敞开大门的漆黑的居所。

陌生感可以规避情绪,在不属于自己的空间里,随时可能有机器人来叩门,紧张让思绪变得不再连贯,欲便被克制住了。这是一个暂时性的方法,一个地方待久了就会变得熟悉,自我会把四周变得亲近,自我会对环境进行塑造。

为了让自己的旅程不那么乏味,渡以宇宙中天体的名字为每一个被弃用的居所命名,这样他就实现了在铁塔里周游宇宙。就这样,机器人渡在各大天体游走,行星、恒星、星团、星云、黑洞,不同的居所各有特质。

所幸 U 层有足够多的空房子,可以让渡自由周旋。渡在流浪中感到舒适且自在,他像一条鱼,摇摆着尾巴游来游去。在阴暗的地下世界,像渡这样的机器人越来越多,他们纷纷舍弃了自己的居所，跑到那些空置的没有任何内容的空间里待着，他们调侃自己为游僧。

即便不断更换空间，隐秘的东西还是在体内滋生了，渡意识到逃避已经不是恒久的办法，他已病入膏肓。渡感觉自身已经不是铁构造的，不再是节肢的、几何的，而是环节的、无定形的，一个庞然大物在体内生长，呼之欲出。

站在十字路口，机器人渡茫然失措，不知该前往哪个方向。无论哪个方向，漆黑的眼洞般的居所都那么熟悉，每一个眼洞都吞噬着、盼望着，每一个居所都烙着醒目的门号——U1899。

U1972

游啊游，在幽暗与浑浊中穿梭，在死寂与狂躁间徘徊，游啊游。

U 层的每一条路、每一个空间、每一处坑洼、每一道槛都在我的记忆中，当我来到居所之外，即便闭上眼睛我也柔韧有余。穿过簇拥在两旁的居所，跟形形色色的机器人打交道，这次我决定去造访 U1972，那里距离我所在的地方较远，那里有两个非凡的机器人。

许多时候我都在思考一个问题——战后我们到底在走什么路。巴比伦铁塔过于封闭，挤在地下的机器人根本不清楚下一刻将发生什么。战争摧毁的不只是我们所生活的天体，不只是我们用以翱翔太空的飞碟，战争还摧毁了我们的一切观念。

　　避开坑坑洼洼，来到 U1972 门前，两个机器人坐在圆形石头上探讨话题，他们身上长满了铁疙瘩，关节上长满铁锈。黑乎乎的机器人名为黑，另一个机器人名为岛。岛将自己的头颅摘下放在圆形石头上。他们平静地阐述各自的观点，岛的两条手臂在比画，圆形石头上的头颅在说话。

　　黑和岛皆为 U1972 的主人，但他们从没有走进过 U1972，他们同时被分配到这个居所，同时来到居所前，他们对俱乐部的分配工作感到不满，两个机器人不应该共享一个并不宽敞的空间。他们从那一刻起就坐在 U1972 前的圆形石头上展开讨论，从居所讨论到战争，从战争讨论到俱乐部的未来，又讨论到各种曾经被定义的概念。在他们看来，机器人文明经过战争发生了翻天覆地的变化，衡量事物的标准也理应随之改变。

　　"这次你们在讨论什么？"我问黑，"世界的生存法则有发生改变吗？""哪有什么生存法则，"黑说，"我们在讨论方圆，这是很机器人的话题。"很机器人的话题，这个说法把我给逗乐了。我说："请问方和圆的玄妙之处在哪里？"

　　圆形石头上岛的头颅说："我们在讨论方和圆的美，在我眼中，无方不成圆，有棱角的事物才是美的，棱角分明说明框架牢固，无论是建筑还是机器人，从立体构造上来说，棱角就是美感，棱角就是秩序。"黑说："圆才是美，气吞万象，浑然天成，当你化为圆，无孔不入，看不出任何破绽，再回到立体构造上，陨石坑是圆的，天体也是圆的，你用来发现美的眼睛也是圆的，假如你的眼睛是方的，你的视野和心胸就变得狭窄。"

"你怎么看？"黑抬起头来问我。

我耸耸肩说："在这个世界讨论美有意义吗？"

黑说："美无处不在。"

关于美的讨论，我不自觉地参与进去了，围着圆形石头争论，岛把圆形石头上的头颅往身边挪，给我腾出空间。我说："在巴比伦塔里面，给任何事物定标准都显得狭隘，这个世界实在太小，所以，你们所说的美是狭义的美，只有再创昔日辉煌的机器人世界才能讨论真正的广义的美，如今讨论美就好像在断头台上赞扬斩刀白净无瑕。自由才是广义的美。"

黑说："本来就是一块铁，只要不移动就不需要自由。"岛说："审美已经死亡，时间会把所有的事物一件件淘汰。"黑抚摸着身前的圆形石头说："在拥有时间的世界里，棱角是不存在的，或者说是短暂的，会被消磨，看看那些悬浮的天体，经过上亿年的打磨，最终都会变成圆。"

我的知识储备在黑和岛面前显得少得可怜，而且在表达能力上我也输得很彻底。本以为我能够理清楚他们所争辩的话题，终结他们的讨论，现实却是我过于悲观了，又过于主观地去衡量和评价这个世界。在他们继续讨论的空隙里，我试图反思自己的观点，思索巴比伦铁塔是不是真如我所说的那样糟糕，得出的结论是确实糟糕透了。

"美在你们那里真一文不值吗？"我说，"在你们看来，衡量美的标准要放得这么低吗？"可能我过于激动，声音大了一些，他们被我打断了，愣在圆形石头上陷入了短暂的沉默。"小伙子,我们清楚你带有情绪,"黑说,"对你而言世界是这样的,对其他机器人而言世界则是那样的,所以我和岛在平衡所有机器人对于美的审视,无论多糟糕的地方,都要有衡量的标准,美是相对的,美也是绝对的。"

情绪在一定程度上左右了我的看法和表达,我退出圆形石头,退出了讨论。

"巴比伦铁塔是立体几何,"岛在我身后继续说,"是一个牢固的三角体,这说明什么? 说明世界并非圆的,既然要做一个审美的辩论,就不能使用无边界的参考范围,我们的范围必须是我们所生活的地方,也就是这个黑色建筑里面。"黑突然哑口无言,他没想到自己就这样输了,在缩小的世界里,在机器人世界里,审美确实是方的,到处都是棱角。棱角是衡量美的标准,岛补充说:"黑,你要接受这个事实。"

哑口无言的黑对自己的失败有点气愤。"在铁塔里哪有美可言,"黑说,"毫无意义。"

黑站了起来,往 U1972 钻了进去,然后猛地关上铁门。他圆圆的眼睛也没能发现这个世界的美。

U1945

世界变了。

曾经,外面的空气是干燥的,裹挟着沙尘,如今却变得湿润,接触到墙壁的时候凝聚成了露珠。久旱逢甘雨,我喜欢这样的变化，即便水汽会让我的身体爬满斑斓的铁锈，即便铁锈让我行动迟缓，将我腐蚀。

猜测通往楼上的密道的时候，我们都错了，密道并非U1656，而是U1945。U1945是一个永久封闭的空间，被好几个建筑遮挡着，如今终于被发现，沉重的铁锁却让所有的机器人都无能为力。透过门缝往里看，U1945并非虚空，空间的尽头是旋转楼梯，楼梯之上还有一把沉重的铁锁。

附近的机器人最近经常听见铁盖被打开和关上的声音，听见铁链和铁锁晃动的声音。楼上的机器人到U层来了，在U层机器人毫无察觉的情况下。那些新鲜空气就是他们带来的，来自楼上的美妙的空气，对他们而言是日常，对U层的机器人而言则是美味佳肴。

他们打开铁盖，顺着楼道下来U层的时候，肯定没想到下面还住着机器人。他们会大吃一惊，发出一声感慨："哦，原来还有机器人活在地下。"他们像打开埋藏已久的箱子，我们都是陈旧之物。他们不是来解放我们的，而是把一些神秘的东西运到U层来。我们依旧没有出土之日。

一些本不属于U层的东西被放了进来，寂静中会听见一些奇怪的叫声。我和一众机器人在U1945四周徘徊，趁机观察那些大门紧闭的幽暗的空间，这些空间曾经是机器人的居所，后来被空置了，如今又被楼上的机器人重新利用。黑暗中不时传出怪异的叫声，通过缝隙往里面看，一些看不清面目的东西在里面蠕动。

楼上的机器人要把 U 层当作动物园,把从外面捕捉到的生物关在 U 层圈养起来。越来越多的居所被发现关有不明生物,U 层机器人一下子沸腾起来。他们认为俱乐部已经走出铁塔,重新征服宇宙指日可待。有些则认为外星生物已经找到了巴比伦铁塔,他们的大部队迟早也会发现机器人藏匿的地方。

也许楼上的机器人真的走出了铁塔,他们把外星生物关在 U 层绝不是为了圈养,而是为了做实验研究,只要这些生物还在,楼上的机器人就还会到 U 层来。一些机器人守在 U1945 门口,想要通过铁门打开的瞬间窥视通道中楼上投射下来的影子,或者通过楼上下来的机器人打听俱乐部的消息。

楼上的机器人迟迟没有来,U1945 的铁锁再也没有被打开过,那些被运进来的外星生物跟 U 层的机器人一样被遗忘了。被遗忘的地下一层,我心想,这是俱乐部堆放记忆的地方,就如 U1973 那样,能够吞噬所有,他们把不需要的生物、记忆以及机器人抛进了黑洞般的 U 层。

耐心被耗尽,外星生物的叫声变得急躁,我们循着声音找到那些发出怪异叫声的空间,不敢打开这些空间的大门,担心从里面钻出吃铁的巨物,害怕自己被巨物吞进腹中或者被碾压成碎片。殊不知,漆黑中早已有生物逃窜出来,这些生物在 U 层肆无忌惮地走动。

随着一扇扇铁门被撞开,长得奇形怪状的外星生物频繁地出现在机器人的视野中。U 层机器人不得不跟外星生物共存,所幸这些生物都没有攻击性,他们中有节肢的、有软体的、有脊椎的、有翅膜的,U 层变成了鱼龙混杂之地,变成了宇宙生物大杂烩。

外星生物虽说没有攻击性,破坏力却一点不弱,它们一天到晚吃喝拉撒,无论什么它们都吞进腹中,最无法忍受的是他们随地大小便,满地都是排泄物。它们啃咬、撕扯、吞噬,铁门铁墙被咬得千疮百孔。不同的生物寿命长短也不一样,有些很快就死去了,甚至灭绝,大部分都能活很久。无论吞噬什么,它们的身体都在膨胀,然后不停地繁衍。

得管管它们,有机器人提议,划分区域,井水不犯河水。到了这个时候,U 层机器人的力量已经捉襟见肘,可如果不联合起来,以后就无法控制局面。经过周密的计划,机器人联合起来把外星生物围在以 U1945 为中心的区域,以居所作墙壁、铁门作围栏,硬生生把 U 层给分割成了两个区域——以 U1945 为中心的圆形区域以及外围。

隔离开来的两片区域各自为营,机器人终于恢复了以往的平静。围墙后面的外星生物发出啃噬、吞咽的声音。靠近铁墙的地方散发出阵阵臭味,它们的排泄物或者尸体滋生的微生物从墙上缝隙里渗透过来。

以胃和生殖器官来思考的物种,注定要被淘汰。随着时间的推移,墙后恢复了安静,疯狂繁衍之后外星生物集体走向死亡,病毒在圆形区域蔓延,腐烂气息以及毒气从缝隙和孔洞冒出来。圆形区域成了一个微型生物史,短暂的时间里记录了生物的诞生和灭绝。

唯有铁文明屹立不倒。

U2532

将圆形区域里雪白的骨头扔进熔炉,烧成黑色,在黑色的美丽世界里,任何一簇白色都是冒犯。

必须赞美巴比伦铁塔,尽管我们从战争中失利,但铁意志至死不渝。巴比伦铁塔虽然不是白色,却是象牙塔,虽然残酷,却是城堡。

机器人聚集在 U2532,庆祝胜利,外星生物的死是机器人文明的胜利,是巴比伦铁塔文明的胜利。没有任何一种文明能够抵达机器人文明的高度,机器人能够跟时间做较量,跟所有的生命做恒久的对峙,失败只是暂时的,固若金汤的铁塔可以将外星生物消耗至灭绝,除机器人以外所有的生命都会在光阴中死去。

U2532 是机器人舟的居所。舟来自楼上,据他所言,俱乐部安排他给 U 层机器人带来福音,他是俱乐部的信使,他需要 U 层机器人对俱乐部保持信心和爱。舟在 U2532 滔滔不绝地说着,围观的机器人被他彻底感化。

"俱乐部没有忘记你们,兄弟们,姐妹们,我们在楼上不是享受阳光雨露,"舟唱赞美诗一般说,"我们时刻都在为机器人文明的进步竭尽所能,我们是一个整体,铁塔维系着我们之间的联系,我们的生死是相通的。"机器人当中呜咽声四起,俱乐部派来的信使让死寂的世界重新获得希望。

"必须赞美我们在浩瀚无垠的宇宙中建立起来的坚固的城堡，赞美俱乐部维持文明发展的所有努力。铁塔的空间有限，需要一部分机器人生活在地下。铁塔抵抗了一切外来灾难，需要机器人燃烧自身来加固墙壁。熔炉是俱乐部的能源，是机器人文明这艘巨轮前进的动力。在如此恶劣的宇宙环境中，我们拥有一座坚固的城堡，必须赞美。"

机器人舟结束了他的演讲，脚下的机器人久久不肯离去，他们想私底下跟舟接触，诉说被关在地下这段时间内心的一些龌龊情绪，一些邪恶念头，一些迷惘行为。他们想抚摸舟的手，或者被舟抚摸，他们发现自己如此需要爱，发现俱乐部也如此需要自己的爱。

演讲是周期性的，每一次演讲结束，舟就封锁 U2532 的铁门，回到楼上去。作为俱乐部的信使，他理应住在楼上，否则俱乐部的指令无法传达下来。每一次演讲结束，U 层的机器人就开始期待下一次演讲，他们想知道俱乐部的计划和安排，想得到俱乐部的关切。

舟的出现，使得 U 层机器人有了很大的改变。计算能力几乎完全丧失，我们成了情绪泛滥的低级文明，轻易就会感伤和感动，无法克制的时候大哭不止。U 层变得井井有条，每一个机器人看起来都是如此有礼、客气、和善。

真是一个美丽的世界，虽然失去了曾经的繁华与科技，失去了穿梭宇宙和制造爆炸的能力。我和大多数机器人一样，为过去的错误行为和邪恶念头忏悔,我们必须保持谦逊,并为俱乐部做贡献,争取有朝一日被带到楼上去,进一步拉近跟俱乐部之间的距离,进一步拉近跟俱乐部部长的距离。

在舟不现身的时间里,U 层的机器人都在 U2532 附近徘徊,舟出现得越晚,徘徊的机器人越多,机器人积累起来的愧疚就越多。而舟的每一次出现,机器人如潮水一般把所有的话向舟倾诉出去。只是舟出现的时间越来越少,演讲的内容一次比一次简短,他没有时间听机器人诉说,更无法给予他们安抚。

情绪泛滥的机器人几乎被愧疚压垮,舟不出现的时间里他们就对着 U2532 祈祷、诉说,把 U2532 当成了舟,虽然不能见到舟的音容,但这样的方式也能减轻机器人的罪恶感,他们唯有如此才能坚强地活着。毫无疑问我也是他们当中的一员,我失去理智与克制能力,我需要信仰,需要舟。

根据舟的说辞,我要宽容,要热爱并且赞美这个世界,无论如何俱乐部都不会放弃我,俱乐部不会放弃任何一个机器人。世上如此多在所难免的苦难,我们身上的苦难只是所有苦难的细微。任何一个世界都有其局限性,俱乐部已经做到了最好,我们能做的就是等待和热爱。

舟太久没有出现。机器人之间传说舟获得了晋升,上了更高的楼层,管辖更多的事务,根本没有空闲来 U 层。尽管如此,我们依旧对舟充满爱戴,我们拿自身所有的自以为有价值的东西供奉在 U2532 门前,U2532 成了舟的替身。

久而久之,仿佛默许了 U2532 这个邮局的存在,也默许了信使舟会在神不知鬼不觉间来到 U 层把每一个机器人虔诚的诉说收集带走向俱乐部部长反馈，我们供奉和拜祭 U2532，因为这个居所的存在，诉说和信仰就有所依托。

有一天，舟突然出现在 U 层，他身上的部件破烂不堪，一条手臂无力地下垂，拖着残疾的躯体从第一公路走到第三公路。他跟遇见的每一个机器人打招呼，他依旧热情似火。

我们被眼前这个机器人所震惊，围着他团团转，企图从他身上找出破绽，证明他并非舟，而是一场恶作剧。可无论从哪个角度看，他就是我们熟悉的机器人舟。

舟走到 U2532 前，把供品踢向一旁，挥舞着尚能挥舞的那条手臂。

"继续保持热爱，"舟说，"爱这个世界，爱能解决所有问题，爱能排解所有苦难。"

驶向世界尽头

开　会

马上开会了。

机器人甲慢悠悠走到最高位置,爬上座椅,像一只蜷缩翅膜的蝙蝠。

太久没开会,不知从何说起,甲目光游离,微启的嘴久久发不出声音。甲往常通过视频出现在大众视野中,屏幕里他神采奕奕,精神饱满,声音洪亮,如今却行动迟缓,虚弱无力,时间在他身上留下了痕迹。

铁部件严重老化,老态龙钟的甲让曾经追随他的机器人以及第一次看见他本尊的机器人感到失望。开会之前,大多数机器人听闻甲身体欠佳,无力管理俱乐部事务,或许他将退居幕后,宣布一个时代的落幕。

　　无数种猜测最终形成一股效应——众机器人预感此次开会，甲要让贤。作为甲的接班人，机器人乙最有可能继任机器人俱乐部部长职位。身躯庞大的第一将军乙坐在前方，跟瘦小的甲形成对比。乙正值壮年，他看起来比任何机器人都高大魁梧，身体部件上的伤痕是多年征战的印迹。

　　乙在桌上玩弄匕首，他必须沉住气，等候甲宣布退位，然后念及自己的名字，请自己来主持机器人俱乐部未来相当长一段时间的事业。乙为俱乐部所做的贡献大伙儿有目共睹，他常年征战，战无不胜，武力能够解决的事情，乙从来不会多说一句话。

　　机器人文明历史中有一场必然被提及的战争，那时乙还不是将军，而是第一纵队的队长，他率领第一纵队把当时威胁到机器人文明的菊虫部队杀了个措手不及，直接扭转了战争局势。菊虫部队大受挫折，再也没能恢复元气，后来乙率领部队直接歼灭了菊虫文明。

　　与菊虫部队一战奠定了乙在俱乐部的地位，他虽然性情强硬、暴躁，管理部队纪律严明，但相当一部分机器人愿意为他效劳，追随他南征北战。乙势力雄厚，部分战力不受俱乐部控制，也就是不受甲控制。此次从前线回来开会，乙做好了接班的准备，他不但把编外的机器人部队带了回来，还身披战甲，一副随时准备应战的姿态。

　　事情没有照大伙儿猜测的那样发展，机器人甲慢吞吞的发言中没有提及隐退计划。"地质勘察员在宇宙的边际有新发现，"甲说，"那里有我们需要的精铁，这次召集部队，就是要出军T星，把精铁带回来。"

一番话说完，甲陷入了停顿，这是他讲话的习惯。会议室里的机器人议论纷纷，由于连年征战，特别是乙的部队，在战争中消耗了太多铁部件，俱乐部出现了精铁危机。虽然宇宙辽阔，但机器人对铁部件的要求非常高，从普通的铁料中提炼出精铁需要巨大的投入，如今地质勘察员发现了天然精铁，这对俱乐部来说无疑非常关键。

T星环境以及有关精铁的资料分发到会议室各个机器人手中，本来就对甲没有宣告退位感到不满的乙翻了几页就表现得不耐烦。他清楚甲需要请他出战，因为此次征程是艰巨的，T星所在位置天体运动复杂，黑洞、中子星、白矮星以及虚空物质环绕四周，危机重重。俱乐部提及乙部队对铁部件的消耗，让乙非常不满，他和他的部队为机器人俱乐部打下半壁江山，到头来竟被埋怨消耗过多资源。

甲把讲解权交给了他的助理绪。在绪的讲解中，机器人终于明白，T星发现的精铁是可以把时间作用无限降低的，也就是说，如此一来机器人能够实现永生。

"我们唯一的敌人就是时间，"甲说，"必须想方设法打败它。"乙恍然大悟，因为T星的存在，甲才不愿意退位，假如把T星的精铁带回来，甲就能实现对机器人俱乐部的永久统治。甲颤颤巍巍地站起来，身前的机器人也纷纷站起，只有乙坐在自己的位置上。甲说："征战T星不是为了我自己，而是为了所有的机器人，机器人文明必然走向永恒。"

乙沉默不语，T星的发现让他所有的征战功绩变得一文不值，他没想到自己四处征战所掠夺的，到头来还不如一个地质勘察员通过望远镜观察到的有价值，他刚建立的声望和荣誉将在会后土崩瓦解。"我将亲自率领部队前往T星，"甲说，"第一将军乙为先锋，各大纵队全部出征。"助理绪将指令牌分发给乙，以及各纵队队长。"只要团结一致，机器人将战无不胜，"甲说，"任何破坏团结与友谊，任何违背俱乐部意志的机器人，都将受到惩罚，机器人文明不接受失败。"

在护卫队的簇拥下，甲离开会议室。

会议到此为止。

天堂街

欢迎来到天堂街。

多年前，乙带兵出征，部队浩浩荡荡开出，穿过天堂街，无数机器人站在街的两边为他们摇旗呐喊。

再次来到天堂街，乙感到无比愤怒和失望，这个曾经赋予自己至高赞誉、满足自己虚荣的街区已经败落。天堂街的招牌依旧醒目地挂在高处，霓虹灯已经熄灭，白色垃圾挂在上面。两旁的居所和商店紧闭卷帘门，行动诡异的机器人散落在无限延伸的公路两边。

乙以为两边的机器人会簇拥在一起迎接自己凯旋。可机器人对出现在街上的将军和他的部队不感兴趣,他们三五成群坐着、躺着或站着,跟跟跄跄,浑浑噩噩。他们处于迷糊的状态,身上长满铁锈,弓着背,脑袋耷拉,目光迷离,神情呆滞,对着空气指指点点,自言自语。

丧尸,这个形容词出现在乙的头脑中,用以形容眼前的机器人无疑是贴切且准确的。他们晃着身子,四肢不受脑袋控制,他们的系统瘫痪了,随时可能倒下。

精神状态以及身体状态好些的机器人站在路口相互打交道,他们提着垃圾袋,吞食一些白色颗粒,吐出蓝色的烟圈,每一次吞食,都仿佛抵达了天堂,身体飘飘然,四肢无力地下垂,下巴抵在胸前。精神和身体状态不好的机器人则躺在垃圾堆上面毫无动静,他们尚未死去,只是深陷在梦幻当中。

曾经的天堂街一去不回。"世界会毁在老头儿手里,"乙说,"他就像一具死尸,臭气冲天。"流浪在天堂街的机器人并非乙所认为的那样,因为得不到俱乐部的救助而无家可归,相反,正是俱乐部的救助让他们沉浸在梦幻中。乙安排机器人前去调查,誓要弄明白天堂街的真相,找到甲的弱点,威胁他交出部长之位。

最终发现这些白色颗粒被天堂街机器人叫作造梦丸子,药丸会对机器人的身体和意志造成巨大伤害,他们最终会死在梦境中,变成一堆废铁,堆积在路边,生锈、腐朽。

乙将白色颗粒捏在手里端详,稍一用力颗粒就变成了粉末,在空气中洒落。部下汇报说吞下这样一颗白色药丸就能抵达任何想要抵达的境界，得到任何想要的幻境。乙嗤之以鼻。"文明衰落的表现，"乙说，"梦境是弱者哭泣的角落。"

乙下令清理天堂街，他认为所有机器人都应该是理性的、得体的、健康的、有所追求的，都应该继承铁意志一心一意发展机器人事业。"把铁拳纪律运用到日常生活中，"乙说，"所有机器人坚定地站在一起，铁文明才会牢固。"乙主张把军队纪律日常化，割舍机器人的自由与物质需求，整体意志大于个体理想。

瘫痪在路边的机器人被清理走，浑浑噩噩丧尸般行走的被带到广场上，神志清醒的四处逃跑，手持武器的士兵在后面追逐。天堂街枪声四起，逃跑与追逐的游戏在演绎，虚弱的机器人跑不过后面追逐的士兵，这条街沉寂太久，当巨大的声响从内部爆发，墙壁上、路灯上、机器人身上那些被腐蚀的铁屑纷纷掉落，黑色的飘浮物如燃烧过后的草木灰烬，纷纷扬扬。

在纪律严明、作战计划周密、执行手段强硬的士兵的围剿下，天堂街很快就被肃清，黑压压的机器人被押到广场上，他们显然没有看见坐在高处神情严肃的乙，他们的眼睛只能看向地面。乙沉默着，这番场景让他想到了征战中被屠杀的低级文明，他们同样被围剿，挤在一起苦苦哀求。

天堂街的动静引起了俱乐部的注意，绪带着护卫队，带着甲的命令来到乙面前，要求乙释放广场上所有的机器人。将军，你这样做有悖俱乐部的律例，有悖机器人文明的自由原则，绪说，请将军放他们回去，他们曾经为机器人事业做出过巨大贡献，他们有权选择生活的方式。

乙从台阶上站起来,宛如一座大山。"也许我的做法违背了一些细小的律例,"乙说,"但我在实行机器人文明的最高意志,为了整个机器人世界的未来,我绝不允许文明没落在某个机器人手上。"

乙挥挥手,命令士兵枪决广场上的机器人。绪被这个决定所震惊,他料到乙会清理天堂街,但没想到是以大屠杀的方式。一时间,天堂街被密集的枪声笼罩,绪被眼前的场景震慑住,久久缓不过神。

成千上万个机器人在广场上,不到三分钟全死透了,变成一堆废铁。

天堂街陷入死寂。

广　场

天堂街变成了地狱街。

机器人的残骸堆积如山,绪一脸不可思议,然后愤然离去。

黑色鸟群在建筑之间盘旋,这是乙一以贯之的政策——宁愿屠杀也不许堕落。他命令把广场上机器人的残骸运输到郊外的废铁加工中心,把街道清理干净,把两边建筑修葺一新,他要重建天堂街的辉煌。

"必须承认现实环境,"乙说,"虚无理应被彻底消灭。"他把第三纵队队长鬼以及第四纵队队长怒叫上前,让他们带队到俱乐部部件生产中心领取铁部件,升级部队装备,为接下来的征战做准备。

风风火火的乙看似要在天堂街有所作为，他清楚甲的脾性，甲尚未通知他前去请罪，说明甲在衡量射杀机器人事件会给后面征战 T 星带来多大影响。而乙大量收容前来投靠的机器人，就是为了以此脱罪，他不但要跟甲对着干，还要证明甲是错的。他通过收容机器人来整编军队，通过夺取铁部件来加强实力，让甲部队能够使用的资源捉襟见肘。

一切准备妥当，甲的召见就来了，绪带着甲的指令来见乙，要求乙跟随他前往行政中心，并说甲对乙处理天堂街机器人的事十分不满。乙一副居高临下的模样，像极了会议室里的甲。

烈阳高照，被清理干净的街道上，一排排机器人士兵整齐地穿过，训练有素，整装待发。乙在台阶上踱步。"这里已经今非昔比，是我改变了这里，让一切重归正道，天堂街应该是天堂的样子，机器人是强硬的象征。"乙说，"部长应该来这里看看，我就在这里等他。"

"部长召见的话我已带到，"绪说，"请将军保重。"

受不了威胁口气的乙掏出武器朝绪的小腿打了一枪，绪的小腿顷刻被打碎，铁片四溅。"我在战场上见多了铁片纷飞的场面，"乙说，"我们打下来的天下，不能被你们给糟蹋了。跟我说话要客气点，对所有从战场上回来的士兵说话都要客气点，金字塔不可能一直护着你们。"

天色沉下来时甲带着队伍浩浩荡荡走向天堂街。乙的部队在街道两旁守候，天堂街挤满了机器人，甲的部队身穿金甲，乙的部队身穿银甲,金属碰撞发出哐哐哐的声响。乙在枪决丧尸机器人的广场上迎接甲,他被甲的气场震慑住了,他没想到甲真的会来,以为老迈的甲不会轻易离开金字塔。

当甲坐在广场中央,其他机器人只能站在两边,金色和银色盔甲的士兵将四周团团围住。甲一向的沉默让四周鸦雀无声, 包括乙也只能站在一边低着头。"在这个广场上发生的事匪夷所思,"甲说,"机器人屠杀机器人。""他们已经失去了铁意志,他们配不上机器人这个称呼,"乙说,"他们是一群丧尸,机器人世界不需要丧尸。"

被顶撞冒犯的甲轻声咳嗽起来,乙不再说下去。甲说:"做任何事情,都要遵循生命至上的原则,而不是纪律至上。纪律是用来规范生命的,不是用来捆绑生命的,虚无衬托存在,没有虚无谈何存在,任何文明的发展都有其规律,自然规律,不是你设定的规律,假如我吞食了造梦丸子,今天是不是也将被处死在这个广场上? 机器人永远有造梦的权利,而且俱乐部誓死保护这项权利。"

"文明是有制度的,"乙说,"制度巩固统治,站在宇宙的制高点,这是机器人文明的终极目的,我们做到了,而且也一直依靠制度战无不胜。假如允许丧尸的存在,机器人文明毫无疑问将从内部开始腐烂,然后彻底消亡。我所认为的最高文明是固若金汤的, 而不是一盘散沙。假如有机器人认为追求绝对自由,追求虚无梦境,挂着拐杖、坐着轮椅、活成丧尸是理所应当的,他即刻可以脱离组织,躲得远远的,但只要在机器人的管辖范围内,他终将被当成低级文明屠杀,我们将赶尽杀绝毫无存在意义的丧尸。"

甲脸色铁青,慢悠悠地拍打着椅子的扶手。"你性子急,容易冲动,往往只看见事物的表象,从来不肯追究其根本原因。"甲说,"机器人为什么需要梦境?你带兵常年征战在外,虽然为俱乐部赢得了版图,但也耗尽了俱乐部的资源,天堂街上你所谓的丧尸绝大部分都是随你作战过的机器人,他们从战场上下来,得不到部件补给,不得不依靠梦境活着。"

广场上顿时嘈杂声四起,机器人所面临的精神危机是物质危机造成的,无限征战宇宙的同时给了虚无繁衍的空间。"我们需要精铁来锻造铁意志,"甲说,"你刚回来就大动干戈,大肆厮杀,他们曾经是你的下属,你忘记了他们的模样。"甲站了起来,这是他习惯性的准备离开的动作,他将要交代最后的处置。"你罪不可恕,"甲说,"但考虑到俱乐部的长远发展,对你的处置将在征战 T 星回来后做出判决。"

随着甲的转身,天堂街上身披金甲的机器人也纷纷撤离。

驶向世界尽头

地质勘察员紧张不安地一路小跑到广播前举起手臂指向蓝天高喊一声:"驶向世界尽头。"

飞碟群从中央广场和天堂街广场腾空而起,乙率领的银甲部队飞在前方,甲统领的金甲部队跟在后头。浩浩荡荡的机器人部队来到空旷的宇宙。不需要导航,不需要坐标,一切方向都依靠地质勘察员的挥手姿势。驶向世界尽头,地质勘察员不时重复一句,那就是我们要抵达的地方。

航线是地质勘察员细密计算规划出来的,机器人部队以两个三角形的阵型飞向 T 星,第一个三角形以乙所在飞碟为中心,第二个三角形则以甲所在飞碟为中心。三角形是最锋利也是最牢固的,能够发起最好的进攻,也能建立最好的防守。

从出军规模而言,这一次几乎出动了机器人俱乐部所有的兵力,简直就是部队大迁徙。甲的这一步棋,成则流芳千古,败则遗臭万年。甲和乙都把希望寄托在这一次征战当中,各怀鬼胎:甲想要获得永恒的寿命,对俱乐部实行永恒的统治;乙企图推翻甲,建立自己的时代。

久未征战的甲通过天窗观看熟悉的宇宙景观,爆炸的中子星、转的黑洞、缥缈的星云、静止的陨石,他已衰老,宇宙却依旧年轻。"飞碟不是最快的飞行器,"甲对身旁的绪说,"我们不能仅停留在改变自身,应该去改变宇宙布局。"

远处中子星大爆炸的光照射过来,漆黑的太空宛如破了个洞,光亮四下散射。甲说:"我最近老做梦,这些光虚构了世界的面目。我时常叮嘱地质勘察员以及年轻的机器人,不要被光的表象欺骗,要了解事物的本质。T 星的存在也是,一定要穿透光的面具找到其真身所在。"

"尽管放心,"绪说,"一切都按计划进行。"

从宇宙中心到世界尽头的路是漫长的。宇宙中心是机器人文明的版图,机器人从总部所在星球向四面八方扩张,无际燎原里的所有物质都归机器人所有,燃烧的恒星、吞食一切的黑洞、消磨殆尽的陨石等等。在机器人的计算中,黑洞是最致命的天体,它过快地消耗了宇宙能量,加快宇宙的死亡,曾有机器人提出毁灭黑洞。

毁灭黑洞的计划是能够实现的,黑洞的底端是一颗早已死去的质量无限大的内核,假如这颗质量无限大的内核压破了宇宙的外壁,就会把宇宙物质卷走,流失到外宇宙,因此,只要把黑洞的内核炸碎,黑洞就会消失,被吞噬的物质将被重新吐出来。甲否定了毁灭黑洞的计划,认为黑洞是宇宙的动力,宇宙中的物质大部分都在围绕黑洞旋转,假如黑洞被毁灭,宇宙除了大爆炸热浪产生力,就没有其他的运动,宇宙会陷入静止中,失去变化。

原以为世界的尽头是一片荒芜,是天体残骸堆放的地方,没想到最复杂的天体运动都发生在这里。甲一直以为机器人占据了宇宙的中心,就占据了宇宙的话语权,是宇宙顶端的文明。直至靠近世界尽头,才发现,这里有宇宙中更多的天体和物质。

随着飞碟的旋转,进入时间翘曲,宇宙中心与尽头的距离不断拉近,世界尽头的面目出现在机器人的视野中。

甲曾经驾驶飞船从世界边缘来到宇宙中心,那时宇宙是一个狭小的混沌的世界,没有明确的中心与边界区分,他开着飞船朝大爆炸的中心飞去,宇宙膨胀的速度超出了他的预料。因此,即便是机器人甲,也是第一回看见宇宙尽头的真实面貌。

飞碟发生剧烈抖动，宇宙膨胀的巨大能量在干扰飞行，正是这股力量把大部分物质推到了世界的边缘。"一切都在计划之中，"地质勘察员说，"过不了多久陨石雨就会降临。"

视线中出现了许多从没见过的天体，地质勘察员以及天文学家惊讶不已，他们忙于记录和计算，钻石行星、冰陨石、铁行星……令人目不暇接。宇宙从来不缺铁，但缺精铁。把一块铁，无限锤炼至最坚硬的程度，才是精铁。

感慨之际，陨石雨来袭。

降 临

俱乐部最好的飞行师驾驶着飞碟躲避袭来的陨石。

"一切都在计划之中，"地质勘察员说，"道路虽然曲折，但方向没有偏离。"乙的部队骁勇善战，他们有超群的飞行技术，尽管作为先锋部队，在陨石雨中他们受到的损伤极少，而甲的部队多次被陨石击中，侧翼的飞碟多架坠落。

穿过陨石雨，又得穿越小行星带，穿越星云。T星被好几颗卫星环绕着，体积不大，但质量非常大。卫星环绕它旋转的速度也很快，一旦慢下来就会被T星引力吸过去。甲指挥部队降落在T星的第二卫星上，在此地扎营，观察T星的地理状况，再做前往T星的准备。T星被浓雾包裹着，浓雾反射光，造成幻象。

"浓雾背后毫无疑问是精铁，"甲说，"我们为此付出了代价。"他的部队在陨石雨中受到了重创,他需要调整作战计划。在第二卫星建立基地,甲暗中安排驻守部队,给自己预留后路和增援。通过穿透镜观望 T 星,只能看见黑、红、蓝三种颜色。甲清楚那是极端环境的颜色,三种极端环境将给机器人部队带来巨大挑战。

当飞碟群重新整合,排兵布阵,T 星就在眼前,甲命令乙带队先行,自己在后头增援。乙明白甲的意图,在诸多不确定中,甲想通过复杂的地理环境摧毁乙的势力。乙对此并不在意,他经历过太多征战,无论多恶劣的环境都能全身而退。他带部队腾空而起,钻进白色浓雾中。

绪对甲说:"乙会不会趁机叛变?"

钻进浓雾中的乙部队虽然保持着信号,可无论如何呼叫都没有回应。甲心中一惊,不得不整装出发。他让后备部队留守基地,自己率领精英部队循着乙军的飞行轨迹寻去。甲担心乙抢占先机,让自己处于不利境地,在这个节点上,谁先走一步很可能就能逆转乾坤。

飞碟穿过厚厚的白雾,甲看见浩瀚的海和瘦骨嶙峋的火山,黑色是火山,红色是岩浆,蓝色是海,熔岩和海水接触的瞬间蒸腾的水汽形成了浓雾。无论是熔岩还是水汽,对机器人而言都是不利因素。海面上有一架正在沉没的飞碟,冒着浓烟,那是乙部队的飞碟,因为飞行速度过快来不及躲闪掉进了海里。飞碟里的机器人妄想钻出海面,奈何海水灌得太快,他保持着往上爬的姿势瘫痪在大海里,随同飞碟一起沉入海底。

乙剩余的部队停在半空，跟甲的部队形成对峙，T星下着滂沱大雨，这雨仿佛是一道程序，没能浇灭火山，也没能抬升海面，只是把凝固的熔岩染成更加浓郁的黑。火山喷出的熔岩落到海里，企图把大海填满，而海水丝毫没有退让，呼啸着奔向岸边。列队的飞碟宛如货架上的草帽，隔断了雨帘。

机器人利用雷达扫描来寻找精铁，离开大海，来到早期火山喷发形成的大陆上，这里出现了不一样的地理生态，有高山平原，有山川河流，地质勘察员探测出来的精铁就在树林里，树林里有动静，似乎是大型生物在奔跑。

甲下令在平原上驻军，金甲和银甲部队分列两边，中间是出军大道。永不停歇的雨阻碍了机器人的行动，他们只好遥控机械完成T星的大气、引力等探测，或者穿戴特殊外衣在雨中作业。

建设一道防护墙，把基地围成一圈，设置看守塔台，安装重型武器，一切安排妥当，甲累得气喘吁吁。他把地质勘察员和第一纵队队长楚叫到身前。"必须尽快找到精铁，"甲说，"楚带领十个机器人，根据地质勘察员给的线索，以及机械师的要求，去把精铁带回来。"

T星的地势比机器人想象中的复杂，夜色降临后楚带领机器人队伍朝树林奔去，悄然与树影融为一体。树林上空惊起一群黑色的飞禽，寂静中传出阵阵猛兽的咆哮。

大雨毫无节制，另一边，乙也安排第四纵队队长怒悄悄离开营地去寻找精铁。他必须在甲之前拿到精铁，然后发起政变。乙在寻找精铁的队伍离开后，马上又安排第三纵队队长鬼率领队伍去追杀楚，他重兵布阵在出军大道边缘，只要树林里发射烟幕弹，他就指挥部队向甲军发起进攻。

烟幕弹

烟幕弹升起，出军大道两侧的机器人顿时紧张起来。部下提醒乙说，那并非进展顺利的烟幕弹，而是求救烟幕弹。甲和乙安排出去的部队在树林里失去了音讯。

"杀死地质勘察员，"乙说，"他多次提供不准确信息，罪该处死。"甲说："既然机器人能够实现真正的永恒，又何必让死亡存在呢？"

无可奈何，乙再次派出部队进入树林，他下令无论碰见什么，格杀论。甲也派出部队，并说无论何时保持联络，假如失去信号，则驾驶飞行器腾空而起，即便使用激光武器横扫整片树林也在所不惜。

机器人部队第二次进入树林后又失去了音讯，树林里没有任何动静。地质勘察员在树林边缘进行了一番探测，发现树林里的磁场比外面强许多，他推测进入树林的机器人可能不是遭到袭击，而是迷失了方向，他们是安全的，所以才没有使用武器。

"求救烟幕弹又如何解释？"乙说。地质勘察员思考良久之后说："当然不排除有士兵在途中遭遇危险，但队伍里显然不止一枚求救弹，既然后面没有再使用，说明他们的处境是安全的。

树林里面很可能是另一种地质景观,甚至是机器人从来没有遇见过的险境。"地质勘察员显得异常紧张,他感受到了乙的敌意,明白自己很可能在获得永恒寿命之前就被乙杀死。

"数据不会说谎,"地质勘察员说,"我们必须到树林里去,机器人连黑洞都能征服,区区一个 T 星怎能阻止我们?"黑压压一片树林散发着雾气,升腾的雾气与坠落的雨水交融,茫茫的水汽笼罩了一切。甲精神状态不好,T 星过于潮湿,影响了他的健康。他同意地质勘察员的建议,既然已经来到 T 星,就得到树林里去。

茫茫的雨水增加了树林的神秘感,穿戴防水盔甲的机器人长驱直入,甲依旧贯彻金三角阵形,乙的部队作为箭头,浩浩荡荡,把草木推倒,把岩石碾碎。深入树林后强大的磁场让机器人之间失去了联系,金三角阵型出现了波动,乙指挥得当,稳住了阵脚。树林中偶有发现前面几支机器人部队留下的痕迹,但没有看见他们的影子。地质勘察员拿着仪器在地表上探测,强大的磁场干扰着他,他有点心烦意乱、急躁不安。

T 星环境恶劣,但因为水的存在,以及大气层的保护,从而拥有完整的生态。植物高大,树林里面是阴暗的,又因为下雨,机器人仿佛钻进了河流内部。不时跃起的飞禽在树冠上引发一阵骚动,穿梭在叶子中的是一群类似猿猴的生物,只不过它们是节肢科。它们的模样出现在机器人的视网膜中,所有特性暴露无遗,连进攻方式也被看透了,它们瞪着红色的眼睛发出警惕的叫声。

　　概念专家将它们命名为红眼猴子。红眼猴子的爪子和牙齿闪着寒光，那是精铁，它们红色的眼睛是常年生活在熔岩上进化而成的。红眼猴子是低级生物，机器人朝树上打了一梭子弹，它们就惊慌失措逃之夭夭了。子弹打出去后，又纷纷掉落，如同被一股强大的力给拉住了，根本飞不远。

　　乙察觉到不对劲，他注视被树叶包裹的天空，又低头看脚下的泥土，心想既然子弹都无法打出去，那枚烟幕弹又是如何从树林中钻出来的？地质勘察员给出的解释是树林里的磁场感应，能把普通金属拉回来，而烟幕弹不是金属，所以能够飞出去。

　　复杂的地理环境并没有让机器人心生恐惧，不断出现在视野中的概念专家来不及命名的生物让他们感到新奇，又有些许不耐烦。他们只想尽快找到精铁，不断把地质勘察员叫到身前询问到底还有多远。地质勘察员拿着仪器，支支吾吾解释半天，然后来一句："就在不远处"。

　　不远处是一个天坑，也许 T 星曾经跟巨大的陨石或者星球发生过碰撞。奇怪的是，天坑里没有水，T 星不停歇的雨竟流不到这个地方。"还是因为磁场，"地质勘察员说，"反水性磁场弹开了所有的雨水。"机器人对他感到不耐烦，直至他终于说出了那句话。"精铁就在这里，"他说，"就在这天坑里。"

　　站在天坑的边缘往下看，黑色的岩石鳞次栉比，几只红眼猴子在天坑里挖掘，它们在盗取岩石下的精铁，它们疯狂吞咽，以精铁为生。一根长矛从黑暗中飞出，没有刺中红眼猴子，但足以将它们吓得仓皇而逃。黑暗中走出两个黑影，它们的外形跟红眼猴子相近,同是节肢类生物,但它们是站立行走的,身躯更加魁梧。

抬头眺望的时候看见了四周的机器人,这些守护精铁的生物吓得瞬间消失在岩石后面。

天　坑

概念专家绞尽脑汁为守护精铁的生物命名为獍——有智慧的能够制造武器的 T 星土著。

獍的身体构造就是精铁,他们以熔岩为食物,以长矛为武器,居住在岩洞里。这些岩洞多为死火山,而天坑是他们的墓地,他们把死去的同伴埋在天坑里,红眼猴子就像秃鹰和乌鸦,以啃食獍的尸体为生。令甲和乙不解的是,獍既然是精铁之躯,为何如此脆弱,不但没能实现文明的高度发展,还不得不面对死亡。

在 T 星,獍显然不是食物链顶端的生物,它们有天敌,因此才生活在死火山里,住在牢固的岩洞中。如此推测,T 星存在精铁掠夺者,他们以精铁为食,或者像机器人那样以精铁来打造身体部件。甲下命令加强防备。乙却不以为然,杀戮的心再次萌动,他挥挥手让部下挺进天坑。

天坑有磁场屏障,但机器人的科技轻易就解决了这个问题。甲的部下在天坑里发现了战斗的痕迹,有机器人打出去的子弹,只是没有发现失去音讯的机器人的踪迹。乙下令对天坑进行轰炸,轰鸣声响起之处泥石飞溅,獍的尸体也暴露出来。

从猿的尸体可见,精铁也是会腐朽的。

机器人对躺在地上的这些已经失去作用的精铁毫无兴趣,他们的目标是活捉猿,用他们的身躯煅烧出最好的铁。甲对着猿的尸体喃喃自语,认为猿浪费精铁,暴殄天物。磁场屏障被破坏后雨就漫延过来了,雨水把尘土浇湿,这个世界没有尘埃,倒是泥浆沾得满身都是。轰炸过后,一个巨大的洞口出现在前方,洞口经过挖掘、打磨、切割、修整,通向幽深的漆黑。

作为T星的土著,猿被定义为生产型生物,具备一定的自卫手段,拥有中级文明的智慧,由于文明起步晚,进化太慢,他们在面对死敌的时候多少有些无助,只能躲在岩洞里获得最大的生存机会。T星不是宜居的星球,猿得以生存,很大程度上得益于他们身体基因优越,他们的身体机能把熔岩转换成了精铁,相当于一台超级过滤器,把杂质排到体外,只吸收最有价值的精华。

活捉猿的任务并非急不可耐,甲命令机器人在天坑等候,猿必然前来夺回他们的墓地,如果闯入洞中,遭到埋伏,就会跟前面四支部队那样,深陷万劫不复之中。机器人同时还需要对付猿的天敌,跟自己抢夺资源的就是自己的敌人。

如甲所想,猿的天敌很快就出现了,一种跟红眼猴子那样以精铁为食的生物,只是它们比红眼猴子还愚钝,光依靠庞大的身躯和锋利的爪子造成杀伤。由于以精铁为食,它们骨骼坚硬。它们咆哮而来,宛如在寻找四处逃窜的白蚁。概念专家给这种肮脏的庞然大物命名为枭,它们从地下钻出来,概念专家不清楚它们为何要生活在地下,为何没有被下灌的雨水呛到。

脾气暴戾的枭看见天坑里没有獟,而是站满了机器人,它瞧不起机器人身上的铁,仰天咆哮,喉咙处发出蓝色的光。乙知道枭将要喷出火焰或者腐蚀性极强的液体,于是朝它发射了一枚炮弹,穿透型炮弹打穿了枭的嘴巴。枭一边喷洒着蓝色液体,一边往后退。接触到蓝色液体的岩石和器械冒起蓝烟,两台器械被腐蚀破坏了,里面的机器人被雨水浇湿,瘫痪在天坑里。

接连的炮弹打在枭身上,它很快就倒地不起,蓝色液体从弹孔溢出,接触到雨水吱吱地响,枭尸体所在位置渐渐被腐蚀出一个深坑,像是枭为自己挖了个坟。乙要发起进攻,像打地鼠那样把山洞里的獟轰出来。“最简单的方式就是引爆一枚超级炸弹,”乙说,“烈焰会把精铁煅烧,合成一个无瑕的黑色球体。”他悄悄安排一支精英部队进入洞穴,对里面的獟进行围剿。在乙眼中没有什么非活捉不可的道理,永恒不是他的目标,他能够坦然接受死亡,但绝不允许甲长久控制机器人俱乐部。

乙的部队在山洞里疯狂厮杀,直至杀伤力过大的武器传出动静甲才反应过来,他命令部下进入洞穴一探究竟,猖狂逃窜的獟的惨叫声从洞穴深处传出。甲勃然大怒,衰弱的身体剧烈颤抖着,他不能拿乙是问,于是命令部件生产中心的机械师带队去活捉獟,为他制造身体部件。

也许是嗅到了獟身上的气息,天坑四面八方钻出来好些枭,他们喷着蓝色液体驱赶机器人。机器人不得不离开天坑,否则蓝色液体很快就会将他们淹没,将他们连同岩石一起腐蚀。

刺 杀

雨声掩盖不住 T 星上的杀戮和挣扎，蓝色液体把地表的水煮得沸腾。枭的破坏力十分强悍，喷出来的蓝色液体似乎要毁掉一切。甲呼叫飞碟群前来支援，蓝色光柱把机器人吸上飞碟。这一仗打得一塌糊涂，T 星满地狼藉。

"我计划给这个低级星球来一炮，"乙说，"让它彻底从宇宙中消失，变成尘埃。"

乙下令准备一门浓缩中子星大炮，对 T 星发射出去。发射中子星需要一个过程，在这个过程中乙命令部下监视甲的一举一动，而部下的每一次汇报都是甲病恹恹待在基地里，正在死去。乙亲自去看望甲，对甲即将死去这个事实感到满意。

乙假传甲的指令召开会议，请求大臣一起商讨俱乐部未来的发展大计。前来参会的将臣中有一半是甲的势力，会议结束后大伙儿都清楚甲将死，乙会取而代之。晚宴上，乙犒劳将士，奖励向自己献殷勤的机器人。他在等候时间流逝，只要甲死去，他就是宇宙的主宰，他将掌管一切。在晚宴的尾声中，乙被一个消息吓了一跳：第一纵队的楚回来了，还活捉了一批猇带回基地。

惊慌失措的乙即刻解散了宴席，然后召集得力下属，商量对策。"刺杀，"其中一个机器人说，"在精铁部件合成之前把他杀死。"乙沉默了一会儿后点头答应，只有这个办法，假如发动政变，输赢不好说，还会给甲创造逃跑的机会。于是他派遣最得力的部将,前往甲阵营,刺杀甲。乙说:"成败在此一举。"

刺杀小队跨过出军大道,潜入甲方阵营。夜里异常安静,大雨中,金甲和银甲难以区分,保险起见,刺杀小队从跨过出发大道时就袭击了几个甲方机器人,换上了金甲。一切都在悄然进行着,寂静之中暗流涌动。甲所在营地增加了防卫,刺杀小队伪造甲的指令进入营地内部,窥见甲尚未穿戴精铁,一副病恹恹的样子躺在床上。他们没有给甲任何机会,远远就掏出了武器,朝床上一阵乱射,激光子弹穿透所有阻隔,把甲打得粉碎。

金甲机器人听见动静后开始向甲所在营地收缩,他们没料到严防死守还是遭到了袭击。刺杀小队在卫兵慌乱之际脱下金甲逃回乙阵营,把刺杀成功的消息告知乙。乙大悦,即刻整理部队跨过出军大道来到甲阵营。乙宣告甲已经死去,俱乐部将由自己统领,所有机器人应当听从自己指挥。乙浩浩荡荡往前去,没想到金甲机器人丝毫没有退让,这坚决程度让乙认为甲还没死。

果真如此,光亮之处,甲走了出来。甲身上丝毫没有受伤的迹象,但他依旧身体虚弱,精铁尚未连接到他身上。乙换了一套说辞:"听闻阵营中有刺客,我等前来协助捉拿。"甲没有说话,只是静静地看着眼前的一切。大雨包裹了整个基地,恼羞成怒的乙带兵离开。乙清楚刺杀小队没有失手,他们只是中了甲的圈套,甲在身边安排了替身。

如此耗下去只会对自己不利,乙决定在甲完成精铁合成之前发起政变。他没有多少时间,转过身就号令部队朝对面发起进攻。大雨中枪声四起,激光把一切打得稀巴烂。机器人在枪林弹雨中倒下了,雨点如海水涌入机械内部。基地被毁灭,金属破碎的声音打破了乏味的雨声。乙的部队骁勇善战,他们多数是雇佣兵,极具作战经验,很快就把对面的甲阵营打得无力招架。

孤军深入的乙大杀四方,他找到了甲,看见甲正躺在床上,面无表情。"再给你一次机会,老头儿。"乙说,"把一切都交出来,给你一个好看的死法。"甲沉默不语,乙感到一丝不对劲,好似从一开始自己就深陷局中。甲的部队不至于如此不堪一击,而甲的重要部将以及助理绪等都不见踪影,他们不会临阵逃跑,他们执行的是甲的意志。

一枪打穿了眼前这个机器人的脑袋,乙意识到自己落入了甲的圈套,躺在床上的这个机器人同样是甲的替身。与此同时,部下传来消息,真正的甲早已逃到第二卫星上的基地去了。

毁　灭

大炮准备妥当,乙站在飞碟控制台上按下两个按钮,两枚中子星炮弹发射出去,一枚奔向第二卫星,一枚奔向 T 星。

第二卫星如烟花绽放,接着 T 星也炸裂了。爆炸把一切都毁灭了,T 星化为乌有。剩余的卫星摇摇晃晃,失去了可以环绕的主体,失去了规律,冲击波将他们甩得远远的。乙在飞碟上观望 T 星曾经所在之地,中子星炮弹的威力实在恐怖,如此浩瀚的星球,转眼间就消失了,海水在爆炸中蒸发,变成冰块四处飞溅,岩石成为尘埃飘浮在空中。

乙庞大的身躯立在飞碟的窗前,长长地呼出一口气。他相信宇宙之大肯定有用不尽的精铁,而机器人俱乐部需要一个新政权来改变以往的腐朽。

一顿折腾下来,世界恢复了平静。对乙而言,最遗憾的,也许是无法亲眼看见甲死在眼前,看见他硬邦邦的身体躺在棺木中被送去火化。回俱乐部行政中心的路上,乙感到空虚,他跟自己的助理商量俱乐部的未来。他把新任地质勘察员叫到身前。"精铁真能实现永恒吗?"他问,"甲苦苦追求的意义是什么?"新任地质勘察员说:"真正的永恒是无法抵达的。"

沉浸在自己的正确判断中,乙为甲感到可怜,对权力的沉迷容易产生臆想。宇宙景观在视野中流逝,一阵晃动让正在时空翘曲中飞行的机器人顿时紧张起来,以为遭遇到陨石雨,或者撞上了时空翘曲中的黑暗物质。当他们获得视野,发现是对面的飞碟正朝自己发起攻击,好几架飞碟失去了动力纷纷坠落,在时空翘曲中坠落意味着被永久困在时间里出不去。乙指挥部队撤退,仓皇逃窜中他看见对方的金色盔甲如璀璨的光亮。

从时空翘曲中逃出来,乙宛如跌入噩梦中,他的部队受到重创。他的第一反应是甲还没死,在他们朝第二卫星和 T 星发射中子星炮弹时甲已经得逞了,他拿到精铁逃进了时空翘曲。乙懊恼不已,以为一切都在自己掌控之中,没想到甲的每一个举动都在自己之前。

回到宇宙边缘,曾经 T 星所在的坐标如今只剩下尘埃,尘埃将漫延好几个世纪,假如没有其他天体将它们吸引带走,这些尘埃将会一直留在这个地方,静止不动。蘑菇云般的尘埃让乙感到落寞,他失去了还手之力。几番思索,乙没有想到可去之处,他征战多年,每到达一个星球都造成了毁灭性伤害。

金甲机器人肯定也会随着时空翘曲追过来,他早就预料到了自己的结局——死在战争当中。他没料到自己会死在甲手中。越发感到愤懑的机器人乙胸腔剧烈疼痛,仿佛一颗炸弹在身体里引爆了。这是乙有生以来第一次乱了阵脚,他在战场上从来没有如此狼狈过。

盯着时空翘曲通道,乙突然摆摆手让他的将士放弃抵抗,他计划独自面对甲的制裁。"散了吧,"乙说,"常胜将军必有失败之日。"他庞大的身躯在那一刻变得异常渺小,整个世界都在离他而去。

时空翘曲传送过来的并非金甲机器人,而是甲的远程投影。甲躺在俱乐部总部病榻上,奄奄一息。看见狼狈的乙,甲一副心满意足的样子。乙这才明白所谓的精铁计划就是一个骗局,而甲从一开始就没有离开过俱乐部总部,随队出征的不过是他的替身。

"你所做的一切我都看得一清二楚,"甲说,"我必须削弱你,给你设这么个局,否则你将毁灭整个机器人文明。武力不能带来和平。所谓的铁意志,就是我的意志,你永远杀不死我,所有机器人都继承我的意志,包括你。"甲的一番话让乙无地自容。

甲表示一切都无所谓。他说:"你是我的第一个孩子,所以为你取名乙。可你性情暴戾,无法带领俱乐部突破宇宙枷锁,布置这样一个局,并非为了捉弄你。"甲每说一句话就得休息很久,身上的部件经过漫长的蓄力才能为他表达下一句话提供能量。"你会得到你应有的处罚,"甲说,"绪会给你宣读最终的判决,我不带走你……"

甲死了,话也说得完整。

时空翘曲传送过来一条铁链将乙紧紧困住,接着绪出现在投影中,他宣布甲的死亡,以及自己的就职,并将关于乙的判决宣读出来——乙将被流放到世界尽头,并用尽一生去重建那些曾被他摧毁的星球。

被剥夺了所有的乙独自驾驶一架残缺的飞碟在世界尽头流浪,时间翘曲被转移了,这意味着他再也回不去宇宙中心。他哼着悲伤的歌,计算如何从一粒尘埃筑成一颗星球,他有些颓丧,但他被审判的生命意义就在于此。他收集尘埃,凝练成岩石,再从岩石叠加成土丘……

乙死去之前筑造了一颗月球大小的星球,这颗星球静止在世界的尽头,俱乐部通过望远镜观察到了星球形成的整个过程。星球所在位置就是原来 T 星所在之处,而从 T 星被毁灭到这颗星球被筑造起来,已经过去了上千年。当初遗留下来的残缺的飞碟失去了动能,载着乙的尸骸环绕着静止的星球旋转,宛如一颗卫星绕着它的宿命旋转。

概念专家将此星球命名为乙星,它将成为一个天文坐标,示意世界的尽头之所在。

散裂现实

世　界

世界是破碎的,并且还会继续破碎下去。

机器人俱乐部企图通过粉碎悬浮在太空中的天体,依赖超大黑洞的引力,实现宇宙物质的统一。

宇宙改造工程是基于中子撞击理论提出的,机器人利用这一理论回收自然能量,实现对庞大机械的操控,以及准光束的实现。机器人事业的发展以及飞行器革命的突飞猛进让机器人统一宇宙的野心日益膨胀。宇宙改造的理论是:把一颗行星视作中子,无限加速,撞击作为质子存在的其他天体,通过技术捕捉,实现能量的统筹管理,以及资源的重新整合。

机器人丙不希望宇宙中的天体被撞碎后满太空都是尘埃与碎片,机器人有限的装置只能收集极少有用的能量,大部分能量都流失在了虚空当中,于是他责令制止,及时止损,毕竟机器人尚未穿透宇宙壁垒,外宇宙是如何一番景观无从知晓,他们需要依靠宇宙资源继续生存。

中子撞击与能量回收的过程中,机器人积累了大量的物质与能量,丙在宇宙地图前徘徊许久,他闭上眼睛,随手一指,决定在宇宙的空旷处建立一个天体。用上回收的所有铁料建立天体,机器人在上面雕琢生活,即便死去,也能化为铁物质,与大地融为一体。

制造星球的计划很快就展开了,机器人都是务实者,他们接到俱乐部的指令,围绕着一颗核心,孜孜不倦地劳动。无数飞碟在空中盘旋,铁物质凝聚成一个黑球,沉重的黑球在太空中坠落,飞碟跟着一边坠落一边建设。黑球越来越大,坠落的速度越来越快,机器人完全不担心,宇宙辽阔,黑球再怎么下坠也不会掉出宇宙,只要在太空上保持运动,黑球就会被更大的天体捕获,成为其行星。

无数飞碟夜以继日地建设,黑球越来越大。机器人丙站在飞碟的操控台前,观摩黑球的建设进展,这时候,黑球已经是一颗恒星大小的铁球,丙为之命名埃峨星。"埃峨星将成为宇宙中最坚硬的星球,"丙说,"黑洞也无法将之撕毁。"

埃峨星的制造圆满完成,机器人丙又下指令为其制造 26 颗卫星,分别以 2、8、14、2 分为四个层次。当 26 颗卫星制造完成,环绕着埃峨星旋转,丙感慨自己创造了历史,完成了如此伟大的工程。"铁文明将永垂不朽,"丙说,"牢固的结构能抵御任何攻击。"

坠落的过程中,埃峨星被一个巨大的黑洞捕获,从此绕着这个被命名为涡旋的超级黑洞旋转,根据俱乐部的观测,涡旋黑洞处于宇宙的中心,而埃峨星的位置相当于宇宙的心脏。机器人在这颗黑色星球上雕琢,他们雕琢出居所、马路、床和墓碑,埃峨星变得坑坑洼洼,犹如平静的湖面泛起了涟漪。

世界是由有形物质和无形物质合成的,有形物质已经建设完成,接下来的工作,丙细细分析,需要制造一些无形的物质。丙深知有些事情无法通过计算来实现,世界并非由数字构成。于是,机器人丙提出一个长远目标,机器人世界将追求一种现实感。至于如何实现这一追求,丙认为需要一个过程,用中子撞击理论来解释,中子撞击可以把现实这一概念撞击出无数种现象,这些现象就是构成现实的碎片。

撞　击

事情的发展跟预料中的不一样。

埃峨星建成以后,机器人进入了漫长的和平年代。在和平的虚空的时间里,机器人变得卡顿、迟缓,不会生活了,对宇宙的探索变得慵懒。埃峨星成了一个巨大的巢穴,机器人过着萎靡的日子,无所事事,吊儿郎当。

一颗陨石撞击在埃峨星第 17 卫星上,烈焰和尘埃在天空弥漫,久久不散。机器人俱乐部为之震惊,这颗陨石来得突然,俱乐部雷达都没有发现,而且造成了大规模的冲击波,埃峨星上的机器人被冲击波撞了个趔趄。

俱乐部迅速组织机器人进行调查。"幸好埃峨星防卫系统出色,"丙说,"否则机器人文明就会被一窝端,消失在这场剧烈的撞击当中了。"疏于出勤和训练,机器人集中列队用了很长时间。飞碟陈放太久,有发生故障的,有启动失败的,天上的尘埃席卷而来,滚滚的火焰把第 17 卫星烧得通红。

穿透尘埃与烈焰,机器人驾驶飞碟在天空盘旋,尽管平时疏于训练,当战争发生后,仿佛一切都是随手捡起那样,水到渠成。机器人分工合作,研究陨石飞来的方向,驱动陨石的力是什么,机器人的防御系统为何没能提前发现陨石。

火焰和灰尘被浇灭,机器人驾驶飞碟在太空中来来回回,把第 17 卫星挪回原来的轨道上,埃峨星又处于固若金汤的防御系统中心。从陨石残留在第 17 卫星上的碎片可以分析出,这颗陨石之所以能够造成如此大规模的冲击,是因为其内部构造是晶体,这颗陨石很可能不是天然陨石,而是一枚炮弹,通过时空武器发射过来。

机器人世界为之沸腾,那意味着,宇宙中,有比机器人还要高级的,至少是实力相当的生命。战争让一切原形毕露,机器人俱乐部内部开始分化,出现多个派系,他们持不同意见,在俱乐部有关战争和敌人的决策上表达了不同的态度。机器人分裂成好几股势力。

机器人中心论破碎了,机器人先于世界存在这一常识也不再被提起。埃峨星处于高度戒备中,假如那颗陨石再大一些,或者冲击更猛烈一些,机器人文明可能已在毫无知觉中化为尘埃。丙在忙乱中突然想到了中子撞击,这个想法让他激动不已,抬头仰望天空,26颗卫星在各自的轨道上旋转,被撞击过的第17卫星遭受了巨大的创伤。这次陨石撞击,实现了丙渴望已久的中子撞击,机器人世界接受了这次撞击,且没有在撞击中灰飞烟灭,接下来就是现实碎片的出现,"散裂现实"计划开始实施。

把手头上的工作放到一边,丙已经不着急于处理机器人之间的分裂,这是冲击之下必然的结果,再往深处探讨,中子撞击一定程度上的模式就是通过战争实现种族分类。机器人丙认为时机已经成熟,迅速成立"散裂现实"行动组,派遣机器人潜入各个势力群体,收集现实碎片。

敌人最终被发现了,是活跃在恒星极度密集的IC1101星系的晶体文明。机器人以铁为生命载体,晶体人则以晶体为媒介。机器人世界乱糟糟的,有些机器人驾驶飞碟前去征战晶体人;有些机器人则逃到其他天体上去,担心晶体人的下一次攻击直接把埃峨星轰炸粉碎;有些则在埃峨星以及26颗卫星上布置了巡逻队,在最外围的卫星上布置了反导弹武器。

晶体人

飞碟和部分武器年久失修,机器人在与晶体人的较量中得不到丝毫优势。丙一边统战,一边下令开发资源支援前线。战场选择在星宿二,炮火轰鸣,恒星的岩浆被抽尽用以充当武器,行星被炸得千疮百孔。正如机器人的躯体是铁做的,飞碟也是铁做的一样,晶体人的躯体是晶体,他们的飞行器也是晶体。在恒星密集的空间,晶体反射着光,有时映照出无数重影子,有时又隐身在光中,给机器人造成了巨大困扰。此外,晶体比铁坚硬,大大地消耗了机器人俱乐部的铁资源。

由于前期准备不足,在与晶体人的正面对话中,机器人渐渐处于下风,他们感到沮丧,自从机器人文明建立起来,他们从来没有遇到过如此大的挑战。随着星宿二战役的失败,机器人部队损失惨重,他们从星宿二逃到宇宙各地,埃峨星孤立无援,只要晶体人再发射一枚陨石炮弹,防御系统就会瘫痪。

宇宙中飘浮着尘埃和金属碎片,只有晶体无坚不摧。机器人丙带着残兵败将回到埃峨星,他站在行政中心观景台,仰望天空围绕着埃峨星旋转的卫星,第一次对铁文明产生了疑问,铁非但不是最坚硬的物质,也不是最高级的文明。看着这个自己一手指挥制造的星球,丙一时间不知所措,他在想到底要不要离开涡旋黑洞,转移到宇宙的边缘去。

丙陷入迷惘,在膨胀的、变动的宇宙空间里,静止的数字是不可靠的,在毁灭面前,一切现实都没有意义。埃峨星依旧围绕着涡旋黑洞旋转,卫星上的防御部队松懈了,黑色星球一片凄凉,机器人藏身居所里,拖着残肢断臂陷入沉思。

在战争中,晶体人的作战方式是机器人的噩梦。在炮弹横飞的太空中,晶体人发射过来的陨石弹往往出其不意,无法判断,到了眼前才被看见,机器人的反导弹系统基本瘫痪了。机器人以恒星作为掩护,无限分散战斗力,想拖垮晶体人的作战系统,未承想晶体坚固、耐热,在恒星附近反而更加游刃有余。晶体人的身体以及他们的武器和飞行器都可以实现粉碎后重装,仿佛一面打不碎的镜子。

晶体人无论是身体构造还是技术都领先于机器人。有机器人认为,之前之所以一直没有发现晶体人,是因为机器人生活在低维空间,是视野的限制,直至晶体人意识到埃峨星的出现,才有意发起攻击,如同往蚁巢里撒一泡尿一样给机器人一个恶作剧。

藏匿在埃峨星地下深处的机器人认为晶体人很快就会找过来,尽管躲在地下深处,他们也抵挡不住晶体人的攻击,见识过晶体人的武器后,机器人一致认为,晶体人摧毁埃峨星不费吹灰之力。战败回来的机器人拖着残疾的躯体,跟没有参加战争的、健全的机器人谈论晶体人,谈论他们也说不清楚的战斗场面。

出乎意料的是,晶体人久久没有发起反击,机器人在埃峨星获得了短暂的安逸。等待让机器人无比焦灼,毁灭可能明天就来,也可能后天。机器人放弃了劳动,他们认为毁灭迟早要来,任何努力都是白费心机。丙一度想激发机器人的激情,让他们重整旗鼓,为了机器人文明,把战争工业发展起来。他无力的演讲像一阵风从埃峨星表面吹过,没有掀起丝毫波澜。

猜疑在机器人当中频频发生,晶体人没有对埃峨星发起攻击,必有原因。有机器人认为晶体人在战争中因为利益瓜分不均匀发生了内战,无暇攻击埃峨星。也有机器人认为晶体人有他们的局限,他们无法离开他们所在的宇宙空间,无法抵达埃峨星。悲观的机器人觉得晶体人既然可以轻而易举把陨石炮弹打过来,就不存在离不开宇宙空间的说法,他们很可能是不屑于对机器人的蚁巢撒这泡尿。

泡　沫

　　一个名叫湄的机器人在俱乐部行政中心前发表演讲,围观的机器人把行政中心前的广场给堵满了。机器人湄质疑机器人文明,并且质疑现实的真实性。"不妨跳出机器人的原有思维,从现实本身出发,"湄说,"首先我必须提出我的观点,机器人先于世界存在是谬论。机器人文明在宇宙文明中微不足道,现实是虚构的,根本没有真实的现实。此时此刻,发生在我们身上的一切,都是虚构的,造物主借我的声音把真相说出来。"

　　精神萎靡的机器人七零八落地站在行政中心前,机器人湄的演讲让他们更加绝望,假如真像湄所说,曾经为之奋斗的、夜以继日的劳动所创造出来的不过是不存在的价值,一切意义,本身就附在虚构的现实之上,所谓的现象,以及现象所创造的感知都是不可靠的,如同泡沫上被光映照出来的斑斓色彩,是虚空,无论膨胀到多大,爆破的那一刻就将化为乌有。

　　世界总不至于如此绝望。有机器人站出来反驳湄。他踉踉跄跄,拖着残疾的躯体走到湄身前。"你凭什么在此大发言论?"他说,"单凭你一席话,就否定了机器人文明历史?"

"机器人文明历史有眼可见,"湄说,"不可否认,有眼可见,可如果没有眼睛呢,没有眼就不可见,这些历史就是可以否定的。"机器人湄的观点在于否定机器人自身,他认为机器人生活在低维空间,无法看见真正的现实。"视野永远是狭隘的,"湄说,"只能看见眼前,感知都具有选择性,历史是有选择的记录,破碎的选择性的现实是不可靠的,这是感知造成的假象,所以现实是每个机器人虚构出来,你我都有参与其中。"

行政大楼上的机器人丙目睹了楼下发生的一切,他让部下在机器人湄离开之前把他留住,请湄上楼继续阐释他的观点。丙说:"感知的欺骗性与局限性,仅依靠这个就断定现实的存在,稍嫌勉强。"

机器人丙将机器人湄带到一个空间,这个空间是收集现实碎片的地方。"中子撞击可以让现实原形毕露,"丙说,"虽然不能完全显示现实的模样,但这确实就是现实的一部分,我们在埃峨星之外建造了一个视野,机器人必须是自己的神,然后才是宇宙的造物主。"

行政中心楼上的这个秘密空间仿佛是一个大脑系统,由无数过去的画面堆积而成。丙在说前面那些话的时候还是语气坚定的,最后一句显然失去了底气。他们不得不面对晶体人的存在,对于宇宙中是否存在更高维度的文明,有太多未知数。"现实是无法改变的,"丙说,"我们能够在现实之外设置眼睛,但我们改变不了什么。"

湄看着疲惫的丙不知该说什么，他的言论确实有待验证，这是他接下来要去做的事情。如今站在行政中心的秘密空间，看着被收集起来的现实碎片，他确实有一种造物主视角。看着自己在大楼前慷慨激昂发表演说的样子，机器人湄突然觉得，这也不能说明现实真实存在，因为造物主的眼睛也是眼睛，同样具有选择性和欺骗性。

斑斓的现实越看越虚假，仿佛画面中的机器人都是假的，他们的行为也是设计出来。湄没有再说什么，丙作为俱乐部部长，做了足够多的努力，丙的工作是重建现实，而他的中子撞击方法论有一定作用，至少透视了现实，只是以战争作为中子造成的撞击过于残酷，机器人百态显露。

离开行政中心大楼，机器人湄没有放弃他的观点，世界在他的观念中依旧是虚构的，虚构的现实毫无意义。为了让机器人更容易记住自己的观点，湄将之命名为泡沫论。湄说："宇宙本身就是一个不断膨胀的泡沫，只要继续膨胀，有朝一日就会破裂。"

机器人湄一味地提出观点，每过一段时间就有一个新观点。提观点是随口而出的事情，湄懒得去论证，一是论证实在太累，二是论证本身也没有意义。

格　物

机器人湄的观点虽然不是无懈可击的，但有相当一部分机器人接受了眼睛的选择性与欺骗性理论，机器人拓就是其中的一员。拓认为世界肯定不是自己意念中的样子,问题出在机器人的眼睛上。拓把两颗眼珠摘下来放在手掌上,他本想研究一下自己的眼睛,但摘下来才想起,没有了眼睛该如何研究?于是他把其中的一颗塞回眼洞,用以观察手掌上的眼珠。

眼珠子没什么异样,眼膜和蓝色珠子都完好,只是四周有少许锈迹,拓用刷子刷去细碎的杂质,眼珠子拿在手上的时候是身外之物,身体没有任何不适,把眼睛放回眼洞里,就会成为身体的一部分,受自己控制,有感知。拓摇摇头,毕竟是一双普通的眼睛,唯一的问题在于太普通了。

必须穿透多重维度才能看清世界的本质,只有在任何角度都能够直接看透事物的本质,才能站在文明的顶端,才能够找出事物的问题所在,包括病灶、机能、结构与规律,才能够从根本上解决问题。拓为自己的这一觉悟感到无比激动,他在居所前徘徊,久久无法冷静下来。

"给我一双眼睛,"拓说,"我还你们一个真实的世界。"俱乐部部件生产中心的机器人愣在原地,感到莫名其妙,然后忍不住大笑起来。他们认为拓肯定是系统出了故障,在这里胡言乱语。他们对拓的眼睛进行一番检测,然后拒绝了拓的请求。其中一个机器人说:"你的眼睛没有问题,如果不是完全失明,按照俱乐部的管理条例,我们是不会给你发放新的眼睛的。"

"我要一双眼睛不是为了获得视野,"拓说,"是做研究。"两个机器人又没忍住笑了起来,他们告诉拓,俱乐部有科研中心,那些负责研究机器人身体部件的专家每天都在孜孜不倦地改良机器人的身体,拓如果有时间,完全可以去做自己的本分工作。

本分工作,这个词在拓的系统中已经太久没有出现,他的本分工作是什么,他想不起来,他早早就失去了所谓的本分工作。"你们以为的尽忠职守是一种愚昧,"拓说,"机器人不应该被条条框框所限制。"拓没能如愿从部件生产中心获得眼睛,他灰心丧气往回走。

机器人拓感到沮丧,为自己的无能,以及俱乐部的无作为感到沮丧。回到居所,他把自己关起来,专心画图设计,居所的墙壁上画满了图案和计算公式。他凝视着墙上的维度图,系统疯狂地运转计算。直到一天,拓认为自己的设计已经成熟,他走出居所,在门前的阶梯上坐下,哼着调调,自我感觉良好。

世界很快就会暴露出真面目,拓对着居所外空旷的公路说,一切谎言和假说都将被推翻。机器人拓不敢懈怠,他转身钻进居所,摘下一只眼睛,依照墙上的设计图细细打磨。由于只能用一只眼睛来观测作业,工作的进度变得缓慢,打磨的精准度也有所下降,机器人拓不得不花费更多的时间和体力,注意力高度集中,在失误与修正间来来回回。

好不容易打磨完第一只眼睛,塞回眼洞后取出另一只进行打磨,这时候,工作难度大幅度下降,精准度也得到提高,机器人拓越发相信自己的方向是对的,打磨第二只眼睛的时候,他几乎没有出现任何细微的差错。两只眼睛打磨完毕,机器人拓急不可耐地把眼珠塞进眼洞,他摇摇晃晃站起来,因为难以适应而不敢走动。世界变得庞大又渺小,复杂又简单。

尽管眩晕，机器人拓还是无法控制激动的情绪，身体剧烈地颤抖着，他终于看见了世界的本质。拓的视野中布满了粒子，世界就是由这些粒子组成的，不同的物体由不同的运动着的粒子组成。一团团的粒子，有其结构特征，可以依靠不同的特征辨别差异。

在本质上，所有物体都是相同的，机器人拓分析道，都是粒子，差异仅在于结构。分析出了世界的规律，拓渐渐能够依靠计算来判断方向，辨别各种物体。他把自己的眼睛定义为格物眼，他的眼睛能够穿透所有障碍，看见事物最初的形态。

"世界如此乏味，"拓说，"但世界本来如此。"

结　构

机器人拓在公路边死去了，他死之前依旧认为自己是唯一看见过现实的真面目的机器人。

俱乐部的管理一片混乱，机器人拓的残骸在公路上躺了好些年月才被看不下去的机器人拖到火炉边，让负责管理火炉的机器人将之焚烧，然后计划用铁水浇筑成铁皮铺平公路上的坑坑洼洼。

管理火炉的机器人认为拓不过是又一个在残酷现实中走向极端的消沉的机器人，在死之前肯定过得一塌糊涂。他们端详拓死去的模样，企图从他身上找到尚可使用的铁部件，可他们一无所获，机器人拓身上没有几处完好的地方。

唯有一双奇特的眼睛。管理火炉的机器人把拓的眼睛摘下来，觉得这样精致的眼睛，也许看见过美妙的事物。"伙计，你也并非一无是处，"机器人说，"死后你将继续为俱乐部做贡献。"这是管理火炉的机器人对每一个死去的将要被抛入火炉的机器人说的话，这些死去的机器人，他们的躯体将用来装饰埃峨星。

闲暇之时，机器人站在温热的火炉边，把玩拓的眼睛，最后还是没忍住，把自己的眼睛摘下来，把拓的眼睛戴了上去。他被自己看见的世界吓了一跳，他看见的都是粒子——蠕动的粒子。拓的眼睛最终来到了俱乐部行政中心，来到了机器人丙面前。丙端详着放在身前的两只打磨精致的眼睛，心想死者肯定度过了痛苦的一生，他终其一生去寻找一个真实的答案，所幸他找到了—— 一双独一无二的眼睛，至少在他的观念中这个答案是正确的，也是唯一的。

往前走两步，丙将拓的眼睛换到自己的眼洞里，毫无例外，丙睁开眼睛的那一刻打了个趔趄。他以为这是一双坏掉的眼睛，因为他看见所有物体都是有结构的粒子。适应了一段时间，丙终于明白机器人拓的用意——无限放大就能看清世界的真相。因此，戴上机器人拓的眼睛，就会看见无数粒子。

在封闭的行政中心顶层，机器人拓的眼睛让丙陷入沉思，他将自己关在密室里，戴着拓的格物眼，俯瞰埃峨星，埃峨星也不过是一堆粒子。丙由此想到了久久没有前来讨伐自己的晶体人，那些能够在光中隐身的晶体人，他们也逃不过这双眼睛，因为他们也不过是一堆粒子。

恍然大悟的丙找到了解决问题的方法，他离开密室，召集部下，探讨反击晶体人的对策。

埃峨星萧条了好些日子，丙出现在广播前，发表鼓舞士气的演讲。丙认为晶体人文明并非更高维度上的文明，他们不过是利用了光，使用了障眼法，只要佩戴格物眼，就能将其从太空中识别出来。"世间万物在最基础的构造上是相同的，"丙说，"我们将会找到击退晶体人的方法。"

在丙的鼓舞下，机器人俱乐部展开运作，机器人产业得以延续，部件生产中心成了最繁忙的地方，每一个机器人都参与到铁料收集与部件生产当中，这是一次集体的备战，是机器人文明的背水一战。

机器人佩戴了格物眼，就站在了宇宙的最高维度，因为所有的文明都由物质组成，而格物眼能够看见所有物质的构造。适应格物眼需要一个过程，通过原子结构以及原子特征辨别事物，同时根据每件事物上独一无二的标识来重新建立数据。机器人有成熟的计算系统，能够快速将物体分解，转换成数字，再把数字向原子转化，实现使用原子来计算，而不是数字。

在格物眼的帮助下，机器人的防御系统起了作用，机器人在炮弹和飞碟上面安装了格物眼，这样就能够识别晶体人的飞行器，以及他们发射过来的陨石炸弹，当目标显现，晶体人的武器就失去了致命性。光靠一双格物眼还不能彻底战胜晶体人，毕竟不能因为能够看见敌人就能够杀死敌人，晶体的硬度以及重组能力是需要突破的两个方面。

丙疲惫不堪，坐在会议室里睡了过去。他因为长时间无法睡眠，当困倦来袭，瞬间就进入了睡梦。睡梦中，机器人丙焦躁不安，处于过去记忆与当下视野的不断切换当中，晶体人时而是整体的模样，时而看不见，时而是无数结构牢固的粒子团；机器人丙变得无比渺小，比中子还要小，成为宇宙中最渺小之物，他在粒子结构中游荡，如闯进了迷宫中，不知所向。

丙抽搐着醒了过来，他很久没有睡过这么长时间，这次他是强迫自己醒过来的，他在睡梦中获得了启发。他回想将自己困住的粒子结构，系统告诉他这是牢固的晶体结构，想要逃出去，必然要破坏粒子之间的结构链接。

"必须瓦解晶体人的原子结构，"丙说，"既然格物眼能够看清楚所有物体的原子结构，那么，我们只需要制造一种武器，瓦解原子结构，即便是坚硬的晶体，在原子结构遭到破坏后，也会变成水一样柔软。"

反　击

在钻研原子打击武器的时候，机器人发现，晶体人之所以久久没有前来攻击埃峨星，是因为晶体人本身的局限性，他们需要待在晶体资源丰富的空间才能获得优势。他们发射到埃峨星上的那颗陨石，是利用了时空翘曲，战争期间，机器人通过这个时间翘曲找到了晶体人，输了战争逃窜回埃峨星的时候时间翘曲就被关闭了。

经过部件生产中心机器人的设计与制造,原子打击武器被生产出来,那是一种加速撞击器,同样是利用机器人世界最基本的物理原理——中子撞击,来实现的。加速器喷射出强光,辐射在物体上的糜烂性中子能量,可以瓦解所有物质的原子结构。机器人在埃峨星上完成集合、出征,士气大振,晶体人的局限性说明此次出征如同讨伐低级文明,是一个瓮中捉鳖的过程。

没有花费多少时间,也没有造成多少损耗,晶体人就被粉碎了。在绝对的现实面前,所有伪装最终都被看穿,多坚硬的外壳也终被击毁。机器人丙英姿飒爽,带领队伍凯旋,机器人对机器人文明重新产生信心,埃峨星依旧是宇宙的中心,而机器人先于世界存在这一常识亘古不变。

庆祝的方式过于激烈,机器人发射炮弹摧毁了十几颗恒星,天空被照得火红,机器人在埃峨星上跳舞,他们的身躯已获得补给,重新做回了得体的、健康的机器人。世界又变回了最初的世界。

输掉战争面临毁灭的时候会陷入虚无,赢得战争面对浩瀚宇宙的时候也会陷入虚无。战争仿佛只是一个过程,失败、转机、胜利,虽然产生过痛痒,留下过印象深刻的画面,但生活就像一个加速器,每个节点是必然要经过的路程,冲过这个节点,记忆就会加速往后退,直至变得索然无味。

现实就是在粒子物质的基础上铺上一层文明的幕布。俱乐部通过各种办法与途径,对机器人进行思想建设,按照俱乐部的意思,必须建设铁意志,增强现实感知。"战争和死亡都不能改变什么,"丙说,"我们要学习热爱,热爱生活,热爱劳动。我们要主动承认这样的现实,劳动能产生意义。"

丙打开密室大门,部下通过"散裂现实"计划,依旧源源不断地收集机器人世界的碎片。"罢了罢了,"丙耸耸肩说,"让我们回到宇宙中去,自主追求答案。"

自从飞行舱对所有机器人开放,飞碟就像无数顶帽子,纷纷飞到宇宙中,没有追求的机器人是一堆废铁,不劳动的机器人也是一堆废铁。

埃峨星变得空荡,整个黑色星球显得浩瀚无比,曾经被机器人雕琢出来的居所和公路异常冷清,地表的交通工具还在运转,承载着空气,慢悠悠地沿着指定轨道攀爬。机器人丙在部下的陪同下,到行政中心附近走了一圈,曾经喧嚣的街道一片寂静。

回到行政中心,机器人丙摘下了格物眼,戴回自己原本的眼睛。

追　求

晚年的机器人丙把自己关在行政中心大楼,身上的铁部件老化了也不去维修,他不可避免地走向衰老。

机器人分布在宇宙中的各个角落,行政中心不时发布机器人在宇宙中的探索成果。世界还是那个世界,观景台前的宇宙景观,星星点点。宇宙始终在运动,运动是一切生命的存在形式,但机器人丙不想动了,在空荡荡的尘埃飞扬的空间里,机器人丙像化石一般靠在座椅上。

格物眼摆放在积满尘埃的桌面上。如今的新生机器人都配备了格物眼,他们始终站在最高维度思考问题,计算最本质的物理定律。恒星在太空中死去,发出绚烂的光,埃峨星被照得铮亮。格物眼只会看见光粒子的分布状况,看见宇宙中恒星数量的变化、大气温度的波动,斑斓的颜色在格物眼中毫无意义。

"收回一切计划,"丙说,"中子撞击已经完成。"机器人助理嵩对丙不停地卡顿艰难讲出来的话感到不可思议。密室里,现实碎片不断累积,在机制发展成熟运转正流畅之际,机器人丙突然宣布终止"散裂现实"计划,所有数据都将消失在已故的光阴中。

在丙的思索中,原子结构如此精致,并非设计而来,而是粒子的"生长"让结构得以成立,粒子之间存在引力,能够组合成结构,从而合成物质。因此,粒子与粒子必然会连成结构,不需要规律, 不需要规划与布置。机器人会自然地去追求意义,不需要定义什么是意义,现实会自然诞生,无需收集。

丙习惯性地耸耸肩说:"就是那样。"

重新将自己孤立起来的机器人丙没有马上死去,他依旧坐在指挥椅子上,身体偶尔还会动一下,只是他的身体在不断变小,身体物质在流失,他日渐干瘪,只剩下轻飘飘的铁片紧紧贴着座椅。机器人嵩不时打开大门,通过门缝观察丙,以确认丙的具体逝世时间。

有时候,嵩看见丙瞪着眼睛凝视前方,有时候丙浑身哆嗦。丙曾召唤嵩到身边去,那是一个星空暗淡的时刻,天空只有些许挣扎着发出亮光的天体,涡旋黑洞狰狞的面孔就在这些零散的天体背后。丙让嵩擦拭观景台的屏幕,因为他看不清宇宙景观了,看不见他日夜相伴的天体,它们仿佛一下子被涡旋黑洞吞噬了,不见踪迹。

机器人嵩走到观景台前,做出擦拭的动作,其实这面巨大的屏幕非常干净,没有任何瑕疵,丙看不见,是因为那个时刻埃峨星处在涡旋黑洞的影子里。此外,丙的眼睛已经失去了部分作用,像他身体的其他部件一样,在慢慢坏死。在嵩擦拭屏幕的过程中,丙闭上眼睛睡去了,他醒来时,肯定会因为没有看见绚烂的宇宙景观而感到失望。

又过去了漫长的时间,嵩再次来到丙身边,看见丙将自己的眼睛和耳朵都摘了下来,整整齐齐摆放在桌面上,不管机器人嵩如何呼唤,丙都没有丝毫反应,嵩伸手去触碰丙的手臂。

丙机械地耸耸肩说:"就是那样。"

随后陷入沉默。

嵩对着丙一番问候,说完才想起丙已经把耳朵摘了下来,根本没有听见他说了什么。丙颤颤巍巍地挪动身体,他的嘴巴难以张合,上下颌不受控制地发出碰撞的声音。

"求索,"丙说,"机器人都在求索的路上。格物,总能格出个道理来。"

越来越多的机器人被嵩通知来到行政中心大楼,他们以丙为中心围成一圈,以见证丙的死亡。丙始终在自言自语,声音断断续续。现场没有一个机器人把丙濒临死亡的时刻记录下来,"散裂现实"计划结束后,记录就没有意义了。

丙说:"思索……摘掉眼睛……耳朵……追求高于感知……"

机器人还期待丙再说些什么,但他没有,一阵剧烈的抽搐过后,丙习惯性地耸耸肩,然后戛然死去。

他面容扭曲变形,七窍皆空洞。

在卡维雅蒂

妈妈,明天我将死去

妈妈,明天我将死去。

此刻,我在西阳报废机器人工厂,我被安置在这里了,像我这样的机器人,还有成千上万个,他们跟我一样,犯了错误。明天,我将被送去受刑,刽子手将赐我死亡,把我身上的螺丝一颗颗拧掉,将我的线路一根根抽离,还有我的身体部件,将散落一地。

宇宙中竟有这样一个地方,陨石雨不时落下来,在地表留下无数弹孔般的凹陷。最可怕的还是冰雨,冰块融化后变成水,将一部分沉浸在悲伤中的机器人泡瘫痪了。不等刑罚降临,我们就会垮掉。妈妈,我从来没有在这样的地方待过,我特别害怕,作为机器人,我身上的铁意志所剩无几,我懊悔过早地离开了你，以至于犯下错误。

妈妈，你曾通过细密计算为我规划路线，是你对我说了谎吗？为何世界如此陌生，跟你在我观念中布置的不同。我努力学习技能，到头来却一无是处。妈妈，自从离开你，我便感到虚无，所谓的意义啊，我为之奋斗过的。从机器人学校出来，我就到俱乐部部件生产中心劳动，我们从小被灌输观念——劳动是机器人追求意义的唯一途径。我在部件生产中心拧螺丝，那是你们认为最有发展前景的工作，机器人世界都是靠一颗颗螺丝钉稳固起来的。我学习了十几年，掌握了各种螺丝的属性，弄明白了螺丝的材质、设计方案、生产方式，以及各种拧螺丝的方法和技巧。我出现在部件生产中心的生产链上，发现只需完成一个动作——右臂保持 90 度弯曲，身体从右往左旋转 90 度。

开始我还觉得那是一份有意义的工作，至少在机器人产业发展中是不可缺少的环节。机器人事业是复杂且伟大的，但需要一部分机器人去完成这样一个简单的动作，这个动作是我经过十几年的努力习得的。后来我觉得不妥，首先是我一直保持这样的姿势、这样的动作，我的身体在僵化。其次当我不用思考就可以完成这样的动作，我的思想系统处于空置状态，于是我在拧螺丝的同时思索了很多事，幻想了各种各样的画面，当我对拧螺丝这份工作感到厌恶时，我就明白，我有了超脱的思维。

在生产链上，在我的工作岗位上立一根柱子，在柱子上安装一条机械手臂，拧螺丝的工作就可以实现机械化。俱乐部并非没有这样的想法和技术，因此我怀疑，并非机器人事业需要我，而是我需要机器人事业。在拧螺丝这条生产链上，并非只有我一个机器人这么想，很多机器人都知道机械化的原理，可他们不敢提出来，只要提出来，他们就没地方可去了。

明白这个事实后，我常常感到苦恼，俱乐部把我当成了机械啊，我正在失去我引以为豪的独一无二的机器人格。于是，在一段时间里，我一边拧螺丝一边幻想，幻想自己在遨游太空，在美丽壮观的宇宙中从事建设空间站的伟业，在跟其他星球的低级文明斗争……虽然不时会被现实中的某些声响或者某些动作打断，我仍为幻想出来的机器人生涯沾沾自喜。这种被批评为好高骛远的幻想逐渐使我对现实产生了排斥，于是，有朝一日我在岗位上说了这样一句话——工作是机器人最大的悲剧。

生产链上所有的机器人都看向我，我知道我说了不该说的话，我就这样被带走了，在机器人法庭上接受审判。他们对我进行一番质问，检查我的身体以及思维方式，最终决定让我接受刑罚。法庭对我的判决是：否定机器人事业。机器人的每一个动作都是经过缜密计算完成的，机器人的所作所为都是为了建设机器人事业，而我所认为的无意义，触犯了俱乐部的律例。俱乐部认为我已经失去了为建设机器人事业粉身碎骨的决心，于是将我遣送至报废机器人工厂。

根据俱乐部物有所用的做法，我的身体部件将用来修补这个金属世界。他们会把我身上的螺丝拆下来稳固桥梁，还会拿我的眼睛来做路灯,用我的肠子做管道,把我的嘴巴当钳子,以我的心脏做炮弹,取我的阳具打棒球,撕开我的胸膛铺马路……妈妈,假如你在外面看见熟悉之物,不要犹豫,请爱惜它,它很可能是儿子我身体的一部分,是从你身上发育而来。

妈妈,我们相距遥远,无法再见一面,他们会把我的死讯传给你,也可能把我身上的某个部件送到你面前,那时候你不要伤心,我是虚空之物,缥缈于世上,你不必为一团无意义哭泣。

妈妈,明天我将死去。

去赤池

方向只有一个——往北。

赤池是个遥远的地方,机器人杏慢吞吞行走在路上,拖着个巨大的黑球,铁链绷得紧紧的,杏呼哧呼哧用尽全力。他讨厌坎坷的路面,这意味着他要花费更多的力气让黑球移动。他不时停下来歇息,问路过的机器人,距离赤池还有多远。那些机器人会告诉他,距离赤池还有相当长一段路程,但只要坚持往北,总会抵达的。杏点点头。他问路过的机器人,不过是想有朝一日听到他们说赤池就在不远处,只要抬起头来就能看见。

路途能够记录杏的努力和成绩,拖着如此巨大的一颗黑球徒步到赤池,对杏的耐力和韧劲都是考验。杏刚从俱乐部中央学院毕业就接到了工作任务——把黑球运到赤池去。这是杏机器人生涯的第一个任务,而且是俱乐部直接指派的,他感到兴奋,第二天看见自己要运送的黑球时,甚至在其表面亲了一口。

杏把自己接到任务的消息告知亲友和同学,他们为他感到自豪,送他上路。在路上,杏每遇见一个机器人就说自己是接到了俱乐部的任务,要到赤池去,还问那些机器人是否都接到了俱乐部直接指派的任务,大部分回答都是没有,这让杏感到满意。他跟那些机器人道别,并再次强调自己有要务在身,不可歇息太久。

路上没有其他机器人的时候杏是落寞的,黑球深陷在泥土中,或者在狭窄的路上过不去,他就需要拿铁铲把路面修平,把小路拓宽,上坡的时候拖动黑球用尽了他所有的力气,下坡的时候黑球不受控制他根本拉不住。有时候黑球掉进深谷,有时候撞坏了居所,杏的肩膀上出现了几道深深的沟痕,手掌也有几处绽裂。杏觉得无所谓,只要到达赤池,俱乐部就会为他提供最好的铁部件。

路比想象中的遥远,杏常以任重道远来安慰自己。有机器人跟正拖着黑球前进的杏攀谈,问杏黑球是什么材质。杏讨厌他满不在乎的样子,骂他吊儿郎当无所事事。“一看就不是什么有所作为的机器人,”杏说,“俱乐部根本就不会任用你这样的机器人。”那个机器人感到莫名其妙,耸耸肩离开了。杏看不起没有重负在身的机器人,对于黑球是什么材质,接到任务以来他从没有思考过这个问题。黑球不是铁质的,也不是磁石,杏认为是稀有金属,俱乐部将大有用处。他很快就觉得这个问题有点多余,黑球是什么材质,用来做什么,对他而言根本不重要，术业有专攻，他只需要完成他那部分工作。

"伙计，此地距离赤池还有多远？"杏问。他必须不断地问从北方走来的机器人，以确认自己跟赤池的距离有所缩短，以确认自己在努力地完成任务。"远着咧，"机器人说，"赤池远着咧。"这样的回答在意料之中，但杏还是有几分失落，他幻想自己已经抵达赤池，而俱乐部将会认可他的贡献。

杏在路途中日渐消瘦，肩膀和手臂被铁链磨得锃亮，路人给他的回答依旧是距离赤池还有很长一段路。走在寂静的道路上，杏忍不住胡思乱想，也许自己根本完成不了俱乐部的任务。他没想到自己接到的第一个任务就如此艰巨，他很可能要为之付出一生，甚至一生都不够。他一时庆幸自己是有目标、受委托、被需要的，一时又害怕自己会死在路上。

前方的路依旧不平坦，杏不再跟路过的机器人攀谈，他变得沉默寡言。他身不由己，必须继续往北。他习惯了肩负重物，他的身体变得脆弱，坏掉了好几个部件。来到结了冰的湖面上看见自己的模样，他变得沧桑，才明白自己真的把时光都用在了运送黑球这项任务上。

杏在湖边停滞不前，往北的路必然要穿过这个湖泊，而且如果冬天结束，湖面的冰层融化，想要把黑球运到对岸就变得无比艰难。杏踌躇不前，害怕黑球把冰面压垮，他不但完成不了任务，还会被黑球拽入湖底。从对面过来的机器人告诉杏，对面就是赤池，但冬天就快过去了。

终于等到这句话，杏拽着黑球往对面走去，黑球在冰面滚动。在湖面行走比在路上要轻松许多，杏只要稍微一用力，黑球就会自然滚动。湖边的冰面是坚硬的，只是越靠近湖中央，冰层就越薄。杏听见了冰裂的声音，看见黑球滚过之处绽开白色的冰纹。他闭上眼睛，不敢再看脚下，他的命运跟黑球捆绑在一起，他要把黑球运到对面，否则就跟黑球一起沉入水中。

有惊无险地走过了湖心，杏才敢抬头，他看见了日思夜梦的赤池。赤池如天堂般辉煌，杏把黑球拖上岸，跪在地上用力敲打着地面。他终于抵达目的地，找到俱乐部要求对接的机构把黑球拖到指定位置。杏坐在接待室里，等候交接机器人的到来。为他服务的机器人告诉他，会有专家来处理这个黑球，他只需坐着等候。

专家来到杏面前，跟杏简单地握手问候，杏本想把自己运送黑球的过程深情地讲一遍，但专家没有时间听。专家走到黑球前，拿出仪器，在黑球上面打了一个小小的孔，取出一勺子粉末就离开了。杏回到招待所，问接下来将如何安排。招待所的机器人看见专家已经离开，便从身后取出一张纸，盖上俱乐部的印章，让他在赤池休息几天，到部件生产中心把身上磨损的地方焊上新的铁皮，然后去完成下一个任务。

崭新的纸上面印章还是湿的，纸上只有一行字——把黑球运回南方。杏把新的任务卡跟旧的那张放在一起，走到接待室门外巨大的黑球前，拖曳着铁链往回走。他没有去给自己的身体打补丁，只顾着走路，黑球如魔鬼一般跟着他，形影不离。

走到湖边，冰面开始融化，杏站在岸上不知所措——他回不去了,下一个冬天不知何时到来。杏转过身去看了一眼行星般的黑球,放下手中的铁链,走到黑球的背面,用力踢了一脚,黑球摇摇晃晃滚到了湖里,激起一阵涟漪,很快就被水吞没。

杏拍拍手上的尘土,扬长而去。

透明的石头

机器人渡驾驶着破旧的飞碟在宇宙中漂泊,他在寻找一块透明的石头。

"一块石头,"渡自言自语,"很难被发现,因为它无色无味。"它曾经是一颗巨大的行星,在宇宙中旋转,后来被陨石击中,又跟别的行星发生碰撞,烈火燃烧,最终变成一块拳头大小的透明石头。飞碟飞得很慢,在太空中抽搐着,仿佛飞不了多远就会跌入黑暗的虚空中。这架飞碟载着机器人渡去过好些地方,这是飞碟抵达的第 1870 个星球,它摇摇晃晃降落在满是灰尘的星球表面,机器人渡打开舱门,在黄土中打了个哈欠伸了伸懒腰。

自从习惯了孤独的旅行,他便喜欢自言自语。"气候不错,"他说,"第 1870 号星球是个好地方。"他几乎每抵达一个星球就会说这样的话,即便去到环境十分恶劣的天体,他也会说那是个好地方。他需要在工作前保持好的心情,否则漫长的寻找之旅他难以坚持下来。寻找透明的石头,机器人渡有特别的方式,他在星球表面保持直线行走,他的身体有感应力,只要接近透明的石头,作为心脏的铁部件就会怦怦怦地剧烈跳动。这是渡梦中的情景,机器人很少做梦,但机器人相信他们的梦是有所依据的。

"老家伙,歇一会儿,"渡拍拍身后还在残喘的飞碟说,"希望我们的征程到此为止。"渡在星球表面徒步,每个星球的表面都布满了大大小小的陨石坑,无一例外。渡从一个陨石坑跨越到另一个陨石坑,对渡而言,为什么寻找透明的石头,石头意味着什么,都不是值得思考的问题,漫长的机器人生涯,总得有个追求。

1870号星球上没有发现透明的石头,渡疲惫不堪,每一次无功而返都对他造成伤害,都在消耗他的生命和意志。渡走到飞碟前,像遇见熟悉的伙伴一般打招呼,但他感到愧疚。"好久不见,老家伙,"渡说,"看来我们不得不继续飞了,现在要去下一个地方。你还能飞吧,老家伙? 旅途的终点还远远未到。"

渡坐在驾驶舱,操纵飞碟喷出蓝色火焰腾空而起。飞碟升上太空,星球之间的距离是遥远的,渡需要在驾驶舱里做好规划,前往透明石头最有可能降落的星球,梦的碎片是他唯一的依据。确定好下一个降落目标,渡浑身乏力地坐在座位上,那是他最煎熬最痛苦的时间。他通过观景台眺望浩瀚的宇宙,所有星球都在绕着某种事物旋转,可能是质量巨大的恒星,也可能是黑洞,而他绕着透明的石头旋转。渡为自己的思考下结论——生命的意义在于旋转。

在旅途中,渡以行者自称,在2044号星球上,乏味的旅途泛起了涟漪。在那里,渡遇见了一个机器人,只不过那是一个死去多年的机器人,他和他的飞碟被沙石半掩着。渡面露惊色,他从死者身上看见了自己的命运。

故作从容,渡把死者的飞碟里能用的物件搬到自己的老飞碟上去,直至被遗弃在 2044 号星球上的飞碟只剩下一副残骸。渡把死去的机器人抬进飞碟里,放在驾驶座上,使其保持操纵飞碟的姿势。这是渡理想的死亡方式,一个行者应该以探索的姿态死去。

无尽的路途中,渡遇见了越来越多的机器人,仿佛宇宙就那么大了,而机器人还在不断扩张。途中遇见的机器人也在寻找东西,他们在找各种难以描述的事物。他们跟渡分享路途中的所见所闻,希望能给渡提供帮助。他们说,机器人探索的范围越来越大,宇宙迟早有一天会被探索完,到那时候,机器人俱乐部就会建立一个数据库,归纳出所有星球的特征,每个机器人都能够轻而易举地找到所想之物。

与途中遇见的机器人之间的攀谈没能改变渡的寻找方式,他认为透明的石头是难以被发现的,而且只能被他自己发现,被其他机器人探索过并不能排除那些星球有透明石头存在的可能性,他会按计划一一前往。

渡在旅途中老去,他的旅程还没有看到任何希望,他可能明天就找到透明的石头,也可能直到死去也找不到。老家伙飞碟最终在4842号星球上瘫痪了,渡走上前去,拍拍飞碟的残骸。

"该歇歇了,老家伙,"渡说,"但是旅途还没有结束。"

紫色星云

机器人段坐在大炮前仰望星空,他必须找个地方发起攻击。

宇宙中存在太多的未知,俱乐部一度对远处的紫色星云充满好奇。紫色星云并不在宇宙的边缘,它之所以遥远,是因为俱乐部未能在其附近发现虫洞,不能通过时间翘曲前往。以飞碟的飞行速度,也就是光的速度,抵达紫色星云需要七千年。段把炮口对准紫色星云,连续发射了几枚激光弹,激光弹要七千年后才会击中紫色星云,在这漫长的时间里他无法看见烟花绽放。

此时的机器人俱乐部分为两个派别,部长甲以及大将军乙实力相当,他们都在寻找机会削弱对方。两股势力长期对立,虽然没有大的冲突,但各种小的斗争以及琐屑的摩擦时有发生。激光弹发射出去没多久,段看见对面的炮台也朝紫色星云发射炮弹。对面是大将军乙的阵营,他们想必不会让甲阵营得到任何优势,他们保持观察,并且做出回应。

部长甲召见机器人段,说他做得很好,选择了一个绝佳的攻击目标。段被部长表扬,他感到莫名其妙,但欣然接受,没有机器人会回绝俱乐部的认可。段从俱乐部行政中心走出来,他发射出去的激光弹还在天空中飞翔,朝着紫色星云飞去,多年以后必将引发巨大的爆炸,而乙方发射的炮弹紧随其后。

机器人的眼睛就是一台天文探测器，能够望远也能够透视，可以把所看见的天体数据提供给系统，形成一系列的计算和分析。紫色星云长年累月被紫色的光笼罩着，看不见其核心，又因为路途遥远，没有机器人愿意前往。紫色星云成了甲乙两派争夺的地方，也是最有可能从中拿到先机的地方。往后，只要甲乙两派稍有风吹草动，稍有摩擦和矛盾，机器人段就朝紫色星云发射激光弹，然后乙方阵营也会跟着发射。

在矛盾激化的时候，甲和乙对簿公堂，指责对方在做损害机器人事业的行为。甲气愤地拍打桌面，让机器人段朝紫色星云发射大炮弹。乙也命令部下朝紫色星云发起重攻。那是机器人段的名字第一次出现在高规格的谈判桌上，他比很多将军都备受重视。同时，段从乙口中得知了对方跟自己一样操控大炮朝紫色星云发起攻击的机器人的名字，他叫犬，跟段一样，是个普通炮兵。

朝紫色星云发射激光弹成了机器人段和机器人犬互动的方式，他们以这种方式，通过简单的二进制语言问候、谩骂对方，紫色星云是他们的依托，他们把不解、愤恨、迷惘和烦恼通通发射到紫色星云上。日积月累，飘浮在太空中的激光弹成了一串字符，是机器人段和机器人犬的对话内容，未来，他们的对话将在紫色星云上造成毁灭性爆炸。

机器人犬向机器人段透露，他们阵营要有所行动，而且是大行动，作为在俱乐部知名的炮手，段在乙阵营的刺杀名单上。而段向犬透露，自己早就不想当炮手了，但是他不知道自己应该做什么,他只是觉得往一个未知的世界发射炮弹毫无意义。

机器人段和机器人犬建立了深厚的友谊,他们认为假如不是双方对立,他们可以成为战友。"可以一起朝紫色星云发射炮弹。"犬说。"假如没有对立,就没必要再攻击紫色星云了。"段说,"假如机器人世界实现大团圆,我们应当坐在一块儿好好庆祝。"他们尚不清楚对方的样貌,迫切想见一面,聊聊各自的大炮,以及各自对紫色星云的观测分析。

直到有一天,俱乐部专家得出结论,紫色星云里没有任何物质,那里不过是光造成的幻影,但没有物质的地方,光是不可能停留且持续不散的,所以专家推测那里很可能是一个巨大的时间翘曲。这一结论在机器人世界引起轩然大波。甲乙两大阵营想方设法追回已经发射出去的炮弹,因为几千年后这些炮弹抵达紫色星云,会通过时间翘曲来到宇宙各地,造成摧毁式的伤害。

甲乙两方达成共识,商讨如何在激光弹抵达紫色星云前实现拦截。另外,他们之间的对抗需要有所展现,于是他们把炮口对准了更远处的蓝色星云。

机器人段和机器人犬执行发射炮弹攻击蓝色星云的任务,他们面无表情,对着缥缈的蓝色星云狂轰滥炸。

菊　洞

机器人俱乐部研究出了一款新产品——菊洞。

所谓菊洞，是一团黑色雾状物，能够安装在任何物体上面，如一张纸、一面墙或者是手掌，菊洞能吐出任何意念中想要得到的东西。产品一经推出就迅速风靡整个机器人世界，机器人秀也入手了一款，他捧着装饰精美的盒子回到居所，迫不及待把菊洞贴在墙壁上。

秀站在菊洞前闭上眼睛，心里默念，他一直想得到一条新的手臂，他的左手在一次事故中被巨石压断了，他去过部件生产中心预约领取新的手臂，但好长时间过去了都没有轮到他。菊洞发出强光，把居所照得通亮，一条崭新的精美的手臂出现在秀面前。秀迫不及待给自己安装上新的手臂，手臂很合适，灵活敏捷且力大无穷。秀激动不已，既然可以得到新的手臂，那么身体的其他部件也是可以随意获取的，秀通过菊洞更换了眼睛、牙齿、肠管和阳具，全身上下焕然一新。

得到了菊洞，就好像得到了机器人部件生产中心的使用权。秀对菊洞的使用只停留在身体部件的完善上面，他不敢有过多想法，害怕触犯俱乐部的律例。脸庞俊俏、外形得体的机器人秀出门展示自己的新形象，他发现外部已发生巨大变化，不再是萧条的战后环境。秀开始向菊洞索取更多的东西，他想获得美味的可食用铁，他想要理想的性生活，他想去宇宙漫游，他想成为俱乐部的领导者，他想得到更多的菊洞……

拥有了一切的秀为所欲为，他改变机器人世界的生活，改变宇宙法则，让所有的事物围绕自己旋转，他想成为宇宙的中心。秀系统中有无数种想法，菊洞一一满足。当世界安静下来，秀感到一丝不对劲,他躺在草地上看着蔚蓝的天空,意识到眼前这个世界是由他系统中的数据构成和运行的,也就是说,这个世界是他系统中的数据的显现结果。这一觉悟使他失去了所有力气,系统一片空白,他不知道自己还需要什么,他成了一枚芯片,菊洞通过他获得了构建世界的所有素材,所以并不是他通过菊洞得到了什么,而是菊洞在瓦解他所有的想象和欲望。

从无聊到厌倦,秀失去了追求,也失去了感知能力,他膨胀得只要稍微一走动就犯恶心。他只想躺着,什么也不再去想、不再去做,像一块被利用完遗弃在路边的电池。无聊是苦恼的,秀开始回忆,通过回忆重构空白的系统。正是回忆,让数据重新回到秀身上,他想起了得到菊洞之前的穷苦日子,想起了那场破坏性极大的战争。回忆是苦涩的,机器人俱乐部为了向外扩张,曾疯狂地搞基建,疯狂地制造军事武器,世界上的铁材料都被用于战争,最后在战争中被摧毁,机器人想要获得一条新手臂,甚至换一颗螺丝都要经过重重审核。

秀最终怀疑菊洞世界的真实性,他掉进了菊洞为他布置的幻象中。他本来就没有作为,没有能力,没有耐力,残缺不全,根本不可能成为机器人世界的领导者。而俱乐部在基建和军备中耗尽了所有资源,根本不可能为他提供眼前这一切。

拍拍身前的物件,如此真实的体验,秀一度舍不得放弃,但无欲无求的无聊比苦涩的回忆更无意义。秀说:"我不能成为游戏世界的芯片。"他把所有自己召唤出来的东西塞进菊洞,吐出这一切的菊洞也能够吞食一切。秀慢吞吞地腾挪转移,毁掉心爱之物比得到它们更令他感到兴奋。

秀把菊洞重新装回盒子里,还给俱乐部开发中心,然后拖着残疾的手臂到部件生产中心门前排队。

花 厅

一日,机器人蝶决定去跳舞,没完没了地跳舞。

花厅原本是一个报废机器人工厂,会集了一批即将报废的机器人,他们从工作岗位上下来,一部分是被岗位淘汰的,一部分是因为厌倦工作而面临处置的,俱乐部把他们带到花厅,准备在这个地方将他们一一粉碎。后来,俱乐部的政策发生调整,报废机器人工厂被解散,一大群无处可去的机器人滞留在这里。

巨大的回收机器分布在四周,有机械手臂,有粉碎机,有磁石,还有熔炉。原本维持报废机器人工厂运转的机器人在一夜之间被转移走了,只剩下等待粉碎的机器人。蝶和其他所有机器人一样,在一度威胁自己生命的机械之间游荡,他们活在一团迷雾当中,害怕俱乐部什么时候又改变政策,那批毫无感情的刽子手重新回到这个地方用巨大的机械手像捉鸡一样把他们捉住,将他们送进粉碎机,然后用铁铲把他们的尸骸抛进熔炉。

有些机器人开始往外走,他们不想被困在花厅,面对血腥的刑具。没有机器人知道花厅是什么地方,也不清楚四周都是什么样的环境，他们没有飞行器，连代步工具都没有，无论去到哪里，他们始终都在俱乐部的管辖范围内。陆陆续续有机器人离开，但大部分还是留下来了，他们害怕离开花厅去到别的地方后被俱乐部重新管辖起来，分配到其他地方的报废机器人工厂。

有天夜晚，几个机器人在花厅四周纵火，同时，为了报复他们所恐惧的刑具，他们用拳头敲击着机械手臂、粉碎机和熔炉，他们只为了发泄情绪、肆意破坏，火焰和敲击声令其他机器人忌惮——这些做法有悖于俱乐部的律例，他们害怕惊动了附近的机器人组织，从而让自己受到惩罚。时间过去了很久，四周依旧没有动静，他们悬着的心才放了下来。他们走到花厅中央，看着火焰，听着有节奏的敲击声，竟觉得热血沸腾。他们感到自由和快活，他们欢呼雀跃，扭着身体跳舞。

跳舞可以减轻身体负担，可以驱散恐惧，蝶在机器人群中舞蹈，忘情地摇摆着，死亡是不确定的，因此他无须爱惜自己的躯体。机器人的身体协调性很好，但因为立体几何的缘故，舞动起来像移动的铁架子。那是蝶第一次跳舞，他从来没想到跳舞会如此快乐，在摇摆的过程中，一些柔软的东西从体内产生，然后被甩出去，产生一种疲惫的、空虚的、落寞的快感。

"机器人应该想尽办法获得快感，"蝶对身边的机器人说，"应该感知这个世界，而不是一味地劳动。机器人并非生产力，机器人是生命。"蝶的想法得到了众多机器人的支持，他们成立了组织，蝶为之命名——自由生命俱乐部。他们分工合作，制造音乐,制造火焰,疯狂地跳舞。俱乐部禁止机器人做的许多事,在花厅都可以做,他们在身体上打满各种各样的烙印,他们摇摆着,把手臂甩出去了,把脖子甩断了,脑袋垂到了肚脐眼处。

蝶爬上机械手臂的最高处,喊出了他的决心。"跳舞是快乐的,"蝶说,"我决定跳舞至死。"四周的机器人高声欢呼着。机器人也并非惧怕死亡,死亡有什么了不起的,与其被俱乐部定义,被强迫执行刑罚,倒不如在快乐中死去。蝶在机器人的簇拥下走到花厅的中央,他在脸颊上烙了两个"舞"字,然后让机器人尽情地敲击,呼喊着把四周都点燃。在篝火中,这群机器人仿佛远古的低级文明,在为丰收或者为成功抵御外来侵犯载歌载舞。

疯狂摇摆,蝶在那个时刻变成了有神论者。机器人本该是科学的、理性的,所有行动都是计算的结果,可在忘我的舞蹈中,他感到晕眩,有种灵魂出窍的感觉,于是他便认为世上是有灵魂的,当一个生命陷入沉醉、迷糊的状态,就能感觉到灵魂依附在身体上。肢体已经不受控制,四周的机器人欢呼、尖叫,蝶浑浑噩噩开始回忆。在此之前,理性的机器人认为记忆都是数据,想打开就打开,如今这些作为数据的回忆扰乱了他的思维,他觉得这是感知生命的一部分。他开始回忆自己过去玩命工作的日子,尽管每天都在劳动,到头来还是什么成绩都没有。他从来没有为自己生产过什么而感到兴奋,从来没有获得过成就感。他麻木地工作,直到最后面临被淘汰,被送到花厅。

最初,牌坊上面"花厅"两个字后面还有七个字——报废机器人工厂,"花厅报废机器人工厂"这个醒目的招牌蝶一眼就看见了,后来机器人把"报废机器人工厂"七个字拆掉了,放在地上疯狂踩踏。承认自己是一件废品并非难事,这些被遗弃在花厅的机器人作为废品,只想尽情舞蹈。

蝶摇摆的身体一次次摔倒,又一次次被拉起来继续跳舞继续摇摆。随着脑袋哐当一声滚落,蝶的身体失去了动静,他再也摇摆不动了。机器人将蝶倒在篝火旁的身体抬起来,抛入篝火当中,溅起一阵星火,然后他们围绕着篝火继续跳舞,忘情地跳舞。

在卡维雅蒂

雪停了,这是卡维雅蒂最不寻常的事。

大地白茫茫一片,机器人狐是唯一的黑点,曾有机器人告诉他,卡维雅蒂会包容一切,会接纳一切,所以他才不远千里,在机器人年历 3TB6 年来到这里。狐曾在暗夜里沉沉睡去,被白雪掩埋,但是他躁动的意志,一次次让他清醒过来。他不自觉地挖开身上的雪,回到一无所有的星球表面。

他曾努力地劳动,努力地生活,努力为机器人社会创造价值。他以为努力是有用的,只要辛勤劳动,就能获得认可。直到有一天, 他发现肚脐眼所在的位置出现了一个手指头大小的洞。他开始以为是自己不小心被子弹击中,于是去俱乐部部件生产中心修补这个洞。这个洞让他慌得很, 仿佛所有的努力、所有的勇气和意志都从这里流失了。

做完填充没多久,狐的腹部又出现了一个洞,而且,只要不去管它,洞口就会不断扩大。部件生产中心的技术机器人盯着狐的腹部研究了许久,拿放大镜和显微镜观察,用刀片刮取粉末来进行分析研究,最终还是没能得出结论。他告诉狐,缝缝补补救不了他,他将被这个洞吞噬掉。

如今,洞口已有拳头大小,狐的身体空荡荡的。他在来卡维雅蒂的路上分析过洞出现的原因,事情大概是在一个午后发生的。那天午后,他在俱乐部行政中心后面的广场上歇息,他喜欢在广场上观察行政中心大楼,分析大楼上每个窗口对应的部门里的机器人所从事的工作,机器人孜孜不倦地为俱乐部的运转倾尽所有。然后,他看见一只白鸽从大楼后面飞出,钻进云层。

机器人世界难以看见其他生命,细菌和病毒都少见,但狐确确实实看见那是一只白鸽。白鸽消失后没多久,他在广场上靠着机器人英雄纪念碑打起了瞌睡,梦见一团蓝色的晶体进入了身体,身体变得轻飘飘的,构成身躯的金属变得柔软,系统中的公式被删除,他的观念变得模糊,世界抽象迷离。当狐从昏睡中醒来,迷迷糊糊回到工作岗位上,旁边的机器人指着他的腹部,告诉他那里有一个洞。

就这样,狐在烂掉,以机器人时间三天一圈的速度。他告别朋友,独自前往卡维雅蒂。卡维雅蒂是机器人的坟墓。下了几千年的雪停了,在卡维雅蒂,他已经无法再被掩埋。

雪停后的第二年,卡维雅蒂露出黑色的大地,狐尚未死去,腹部的洞能塞进两个脑袋,他只剩下一个框架。他在大地上行走,然后,在抬头的瞬间看见了一只白鸽。白鸽从一颗星球飞到另一颗星球上,如从一棵树飞到另一棵树上。

一个理念在这时闯进了狐的系统中,他感觉腹部痒痒的,洞口边缘的铁竟开始生长。狐激动地在黑色的大地上跳起舞来。有些事情不能说,一旦说出口,它就会消失不见。斗转星移,天空中映射下来的光把卡维雅蒂照得明亮,狐四处寻找乐趣,记忆会在玩乐的时候消失,理性和计算能力会在玩乐的时候退化。

机器人世界有劳动法则,而狐此刻正在卡维雅蒂,这里是机器人坠入永夜的地方,是机器人自我了结的地方。因此,俱乐部很可能已经将他除名,他不再存在于俱乐部的发展规划中,也不再被安排劳动任务。曾经,在俱乐部的定义中,"孤独"是个可怕的词,机器人应该团结,应该为机器人事业汇聚所有力量创造价值,机器人是群体生命,俱乐部通过螺丝稳固了整个世界。如今狐发现孤独是个好东西,孤独这种感觉很奇妙。

狐不能说太多,有些事情一说出口,就变了。